誰說世子紈袴啊 3

風 文創 695

暮月 著

目錄

第二十一章 005
第二十二章 037
第二十三章 069
第二十四章 101
第二十五章 131
第二十六章 161
第二十七章 193
第二十八章 223
第二十九章 257
第三十章 289

第二十一章

「妳掩著嘴在偷笑什麼？」見春柳笑意盈盈地走了進來，沈昕顏好奇地問。

「四姑娘和蘊福在吵架呢！」春柳忍笑道。

「吵架？妳沒聽錯吧？蘊福那孩子也會與人吵架？」沈昕顏不相信。

估計又是女兒做了什麼事惹惱了他吧？這兩個小冤家！她無奈地搖搖頭，並不怎麼放在心上。反正這兩人過不了多久又會和好了。

「霖哥兒呢？問問他可準備好了，這頭一回可不能給人家落下不好的印象。」

「都準備好了，在外間等著夫人呢！」春柳笑著回答。

今日明面上雖說是拜訪永和長公主，實際上則是為了英國公府與寧王府的親事，故而這頭一回見面可不能誤了時辰。

走出去果然見魏承霖正坐在外間，見她出來便迎了上來。

「母親。」

「咱們走吧！」沈昕顏滿意地看看他的穿著打扮，頷首道。

從打扮便可以看出他對這門親事的重視，至少真的不是勉強自己。

「娘、哥哥，你們要去哪兒？」吵了一通架後想來找娘親訴苦的魏盈芷一見他們這副要出門的模樣，遂好奇地問。

「到妳永和姨祖母府裡去。」沈昕顏回答，隨口又問：「跟蘊福吵架了？」

「不許提那個小氣鬼！我最討厭他了！」魏盈芷一聽這話臉色就變了，跺了跺腳，氣哼哼地跑掉了。

小氣鬼？蘊福是個小氣鬼？沈昕顏訝然，隨即無奈地道：「今日一早還好好的，怎麼莫名其妙地便又鬧起來了？」

魏承霖若有所思，片刻後，緩緩地道：「孩兒可能知道他們因了什麼在吵。」

「喔？你知道？」沈昕顏一邊走一邊問。

「盈兒今早在宮中送了一個荷包給太子殿下，蘊福也在場。」

沈昕顏一聽便明白了。「荷包是蘊福做的？」

「想來應該是了。」

沈昕顏揉揉額角。「盈兒這孩子真是……」

「想來當初盈兒也沒有和蘊福說清楚，蘊福才誤會了。」魏承霖替妹妹解釋。

自己一番心意精心所做的東西，轉頭便被人送了出去，也怪不得一向性子極好的蘊福會生氣了。只不過，以妹妹那大剌剌的性子，又素來與蘊福最親近，估計也沒有意識到什麼。

「她好好的送什麼荷包給太子殿下？若是讓人誤會了，豈不是滿嘴都說不清楚？」相比兩個孩子的吵架，沈昕顏更擔心的是這個。

「好像是盈兒之前弄壞了太子殿下的荷包，這才要做一個更好的賠給殿下。」沈昕顏無奈地嘆了口氣。「且不管她，回來再說吧！」

且說蘊福和魏盈芷吵了一架後，想要再看看書，卻是一點兒也看不進了，腦子裡老是晃悠著魏盈芷氣呼呼的臉。

「哼，明明是妳錯了，還敢生氣，盈兒才最討厭了！」越想越是氣不過，他乾脆鋪開紙，提筆蘸墨，略想了想便在紙上勾勒起某個人的形象。

片刻之後，一個可憐巴巴地眨著大眼睛、雙手攏在胸前作求饒狀的小姑娘躍然紙上。

他咬了咬唇瓣，再度落筆，一會兒的工夫，一個傲嬌地仰著頭，卻偷偷地睜開一隻眼睛，望向求饒小姑娘的小男孩也出現了。

看著紙上的兩個小人，彷彿就真的看到了魏盈芷可憐兮兮地向自己認錯求饒的模樣，他終於滿意了。再轉念一想，又氣哼哼地指著紙上的小姑娘教訓道：「姑娘家，不許做什麼荷包啊、帕子啊什麼的送給別人，知道嗎？」再一想，又加了一句。「便是不得已要送，也要像這回一般讓我來做，不過得先告訴我東西是要給誰的，知道嗎？」

「小姑娘」還是那副可憐兮兮地求饒的模樣，那圓溜溜的大眼睛如同那個人的一樣，彷彿會說話，似是在說「知道了」。

「好吧，這回就原諒妳了，再沒有下回！」蘊福終於滿意了，待紙上的墨跡乾了之後，這才小心翼翼地將畫卷放入「百寶箱」裡。

「福小子、福小子……」

窗外忽地響起魏雋航的聲音，蘊福連忙拍拍衣裳上的縐褶，忙忙地迎了出去。「國公爺，我在呢！」

「福小子，可有事要忙？若沒有，隨我出一趟門吧！」魏雋航笑咪咪地道。

「好的，我收拾收拾便隨您出去。」蘊福又跑了回去，索利地將書案上的東西收拾妥當。「國公爺，我可以了。」

「好，那咱們走吧！」魏雋航拍拍他的肩膀，笑道：「福小子又壯實了，這回學了幾套拳法？」

蘊福挺了挺背脊，有些驕傲地道：「學了兩套！承霖哥哥說，遲些再教我舞劍！」

「哈哈哈，不錯不錯！將來若是考不到文狀元，那咱們便考個武狀元！」魏雋航背著手，哈哈笑道。

「咦？狀元還分文狀元和武狀元的嗎？」蘊福疑惑地擰起了眉。

「分！怎的不分？沒瞧戲裡都是這般演的嗎？」魏雋航故意逗他。

蘊福認認真真地想了一通，再一看到他忍俊不禁的臉，頓時便醒悟了。「啊！國公爺騙人呢！哪有什麼文狀元、武狀元！」

魏雋航又是一陣朗聲大笑。這小子真是數年如一日般逗趣！

又被國公爺捉弄了……蘊福撓撓耳根，小嘴抿了抿，眼睛帶著控訴般望向某個完全沒有半點應有威儀的國公爺。

魏雋航故作沒瞧見，背著手，踱著方步，輕哼著不知名的曲調出了二門。

蘊福連忙邁腿追上。

「國公爺，您要帶我去哪兒呀？」坐在馬車裡東張西望，蘊福還是忍不住好奇地問。

「帶你去拜見國子監的劉祭酒！」魏雋航這回倒沒有捉弄他。

蘊福似懂非懂地點點頭，並沒有再問。

魏雋航微瞇著雙眸打量著他，見小少年已經脫去當年初來乍道時那瘦瘦小小的模樣，只一雙眼睛依然那般清澈，縱然身世堪憐，可身上仍舊朝氣蓬勃，性情更是難得的寬和溫厚。

也不知這孩子的父母到底是怎樣的人，才能教養出這樣的好孩子。

「若是你能入得了劉祭酒的眼，日後便到國子監讀書，這對你將來參加科舉只有好處。」半晌，他還是緩緩地道明了此行用意。

呂先生家中老母親病重，短時間內是回不來了，蘊福的學業卻不能停，想到自己替他安排的路，魏雋航便決定將他送到國子監去。

蘊福望著他，再度點了點頭。「我明白了。」

魏雋航有些好笑地輕彈了彈他的額角。「你明白什麼？你這小子，便是載你去賣了，你還傻傻地說明白了。」

蘊福捂著額頭偷偷瞪他。「我又不傻！夫人、呂先生，還有春柳姊姊他們都誇我聰明，什麼東西都是一學就會呢！」

魏雋航更覺好笑，搖搖頭道：「呂先生倒也罷了，夫人和春柳她們……」夫人她們對這小子疼得跟什麼似的，丁點大的事也會誇個不停，她們說的話哪能作數？

「夫人最好了，還有春柳姊姊也很好！」蘊福皺著小眉頭強調，末了還用力地點了點頭以加強可信程度。

魏雋航失笑，又有些得意地道：「我的夫人自是最好的！」

蘊福微微噘起了嘴。夫人就是夫人，做什麼要加個「我的」兩字。

魏雋航沒再理他，合著眼，愜意地靠著車廂。

不到半個時辰的工夫，馬車便停了下來，一大一小兩人先後下了車，早就有候在門外的僕人上前恭敬地引著兩人進了屋。

「你們家大人在會客？不知是哪一位貴客？」遠遠便聽見劉祭酒的說話聲，魏雋航隨口問。

「回國公爺，是光祿寺趙大人。」

光祿寺趙大人？魏雋航停下了腳步。「既然你們家大人有貴客，我便不打擾了。」

那僕人見他表情堅決，倒也不好多說什麼，唯有道：「既如此，國公爺隨小人到東廳裡稍作歇息，且等小人回了大人。」

「如此也好。」魏雋航並沒有什麼意見。

他寧願光坐著喝茶，也不想被那趙大人拉著寒暄。盡扯些有的沒的，忒煩人！

「福小子，來，難得有如此空閒時候，我便教你茶藝如何？」偌大的東廳裡，魏雋航饒有興致地逗著坐得端端正正的蘊福。

蘊福有些為難地道：「國公爺，不如等回府了再教？這會兒還在劉大人府裡呢，若是教到中途劉大人便來請了……」

「小小年紀倒是多顧忌。」魏雋航搖搖頭，並沒有勉強。

蘊福陪著他坐了片刻，又連喝了兩碗茶，便覺得肚子有些不舒服，頗為不好意思地向魏雋航說了，魏雋航笑著喚人將他領下去。

「你不是魏承霖身邊那個叫蘊福的小子嗎？怎麼，想來託關係進國子監？」

蘊福淨過了手，正想原路折返，忽聽身後有說話聲，回頭一看，便見一個錦衣華服的少年挑著眉，正望著自己。

他想了想魏雋航在馬車上說的那番話，貌似真的是帶自己來尋劉大人託情進國子監的，故而便很是乾脆地點了點頭。

少年沒有想到他應得這般乾脆，略怔了怔，很快便回轉過來，鄙夷地道：「也不瞧瞧自己的身分，國子監也是你這種身分之人能進得去的？」

「要進國子監難道不是憑才學，而是看身分的嗎？」蘊福奇怪地反問。

少年被他噎住了，有些氣急敗壞地瞪他，想要給他一個教訓，可又想到他身後的魏承霖，到底不敢造次，唯有虛張聲勢地放下話。

「你給我等著！」

「我又不認識你，做什麼要等著？好奇怪的人。」蘊福嘀咕。

「小公子，您真的不認識他？他可是貴妃娘娘的娘家姪兒，雖然如今還只是旁支，但聽聞再過不了多久便會正式過繼到忠義侯名下，承襲忠義侯的爵位了。」引路的僕人解釋道。

蘊福只是「喔」了一聲，並沒有放在心上。反正他又不認識什麼趙府，過繼不過繼的關他什麼事？

回到東廳時，卻沒有看到魏雋航的身影，聽聞在廳裡的侍女道，國公爺被大人請了過去，那僕從忙又引著蘊福去尋。

「福小子，過來拜見劉大人。」魏雋航遠遠便看到他的身影，招呼道。

蘊福不敢耽擱，小跑著過去，先是喚了聲「國公爺」，而後規規矩矩地向劉祭酒行了一個大禮。

「這便是呂先生的高徒蘊福？倒是個翩翩少年郎，就是不知這學問如何？」劉祭酒上上下下地打量了他一番，捋著鬍鬚笑道。

「不是我狂妄，我家福小子的學問，瞧過的人沒有不誇的！」魏雋航一副「與有榮焉」的模樣。

「國公爺說話也不怕閃了舌頭?這麼一個窮苦出身的孩子，便是在國公府住了幾年、學了點本事，可又哪裡及得上各名門世家精心教養的公子。」一旁的趙大人冷笑道。

「我家福小子，旁的不說，比你身邊這小子必是要勝出大截的。」魏雋航笑咪咪地回答，存心氣他。

「你……是驢子是馬，拉出來溜溜才知曉，靠嘴巴說的誰不會！」趙大人氣結。

「這是自然，必要讓你們輸得心服口服才行，要不然還真以為我魏某人以權壓人呢！」

劉祭酒安安靜靜地坐在一旁自斟自飲，聞言這才抬眸。「這有何難?我這裡剛好有兩份一模一樣的卷子，兩位小公子若方便，試著做做便是。」

沈昕顏沒有想到魏雋航帶著蘊福前去拜訪國子監祭酒，更加沒有想到他們還遇上了趙府的那對父子。

當年瑞貴妃的族人重回京城後，元佑帝多有賞賜，那光祿寺趙大人便是瑞貴妃生父堂兄之子，也是如今趙氏一族中官位最高的。

這些年元佑帝與瑞貴妃並沒有放棄尋找趙全忠的獨子，只可惜一直沒有確鑿的下落，隨著日子一天一天過去，瑞貴妃便覺得希望越來越渺茫。

如此一來，早就緊緊盯著趙全忠爵位的趙氏族人便蠢蠢欲動起來，數度向瑞貴妃提及過繼之事。最初幾年瑞貴妃還一直無視，直至今年再一次希望落空，這才鬆了口，畢竟兄長這一脈不能斷了。
而趙大人幼子趙謹，便是趙氏族人挑選出來的過繼人選當中最出色的一位，也是最有希望被瑞貴妃選中之人。
此時的沈昕顏正與寧王妃相談甚歡，彼此對這門親事都是滿意到了極點。寧王妃看著女兒含羞帶怯的表情，再望望對面身姿挺拔的清俊少年，心中越發的滿意了。
這門親事得成，她也算是落下了心頭大石。
永和大長公主瞧著她們的神情，又望望魏承霖和長寧郡主，男才女貌，真乃一對璧人！
長寧郡主俏臉泛紅，不時偷偷望向對面的魏承霖，心裡像是揣了一隻小兔子，撲通撲通的直跳個不停。她還是有些不敢相信，自己居然真的要與這個人訂親了嗎？天知道京城裡有多少姑娘暗暗戀慕著他，便是她的庶妹當中，也不乏喜歡他的人。
魏承霖目不斜視，只是眼神偶爾望向笑容滿面的母親，不經意間抬眸，便對上一雙含著欣喜與嬌羞的杏眸，對方似是沒有想到他會突然望過去，慌亂地低下頭去。
他不解地摸摸自己的臉。臉上應該沒什麼不妥吧？
寧王妃和沈昕顏也在注意著這對小兒女，見狀相視一笑。
離開永和長公主府時，沈昕顏再忍不住問：「霖哥兒，你覺得郡主如何？」
魏承霖頷首回答：「挺好的。」
就這樣？挺好的？沈昕顏有些無語。

魏承霖也瞧出了她的無奈，清咳了咳，望入她的眼神，認認真真地道：「母親放心，將來，我會好好地待郡主的。」

沈昕顏並不懷疑他的話，只是心裡總覺得有些不大自然。

這孩子著實太平靜了，十五歲，正是慕艾之齡，怎的他提及自己的婚事、自己未來的妻子竟能這般平靜？

她想要說些什麼，可一時又不知道應該說什麼，唯有壓下心裡那絲異樣，衝他笑了笑。

「母親自是相信你的。」

母子二人再無話。

兩府彼此有了默契，隔得數日，沈昕顏便稟明大長公主，請了官媒到寧王府提親，雙方交換了信物和生辰八字，再請了高僧合八字。

大長公主本是打算去請惠明大師的，誰知遣了人一問，方知惠明大師月前又雲遊去了，無奈之下，便只能託了另一座廟裡的高僧。

待下了聘禮之後，已經是兩個月之後的事。

卻說沈昕顏帶著兒子去「相看」，回來後恰好遇上同樣帶著蘊福歸來的魏雋航，見魏雋航一副春風得意的模樣，忍不住笑問：「國公爺怎的這般高興？可是遇到了什麼好事？」

魏雋航哈哈一笑，拍拍蘊福的肩，得意地道：「福小子今日可真是給我長臉了！看那姓趙的老小子日後還敢不敢在我面前得瑟！」

姓趙的老小子？莫非是光祿寺的那一位，瑞貴妃的族兄？

魏雋航看出她的疑惑，乾脆地給了答案。「就是光祿寺那位！」

沈昕顏了然。

「蘊福如何給你長臉了，讓你至今歡喜得合不攏嘴？」四人步入屋裡，沈昕顏落了坐，接過蘊福送到跟前的茶啜了一口，讚許地摸摸他的腦袋，這才問。

魏雋航當即眉飛色舞地將今日劉祭酒府上之行一事，詳詳細細地對她道來。

「……姓趙的老小子當場臉色就變了，還以為劉大人存心偏幫，不死心地奪過蘊福的卷子一看，頓時就說不出話來，灰溜溜地帶著他的兒子走了。要我說，他那個兒子算什麼趙府最出色的？連我家福小子都比不過，還好意思過繼給忠義侯！」

忠義侯趙全忠可是本朝最年輕的狀元郎，才華橫溢，便是如今的當世大儒們，對他的才學也是讚不絕口。

「過繼給忠義侯？娘娘決定從族中挑一名孩子過繼了嗎？」沈昕顏抓住他的話問。

「娘娘是露了這個意思，就是不知最後會不會真的決定下來要過繼？」魏雋航回答。

「剛才那位趙謹公子就是娘娘選定的人選嗎？」蘊福突然問。

「他只算是人選之一，最終娘娘會不會選定他還是個未知數。」魏雋航順口回答，略頓，訝然問道：「福小子什麼時候竟也對這些事感興趣了？」

蘊福皺著眉頭，不答反道：「他不好，娘娘不要選他。」

「他怎麼不好了？」沈昕顏好奇地問。

「他目中無人、心胸狹窄，毫無容人之量。」蘊福認認真真地回答。

沈昕顏與魏雋航對望一眼，便是一直沒有說話的魏承霖也詫異地望向他。

這還是他們頭一次從蘊福口中聽到他對人給出這般差的評價。

「他是不是對你做了什麼？」魏雋航問。

蘊福搖搖頭。「這倒不曾，就是說了幾句莫名其妙的話。」於是，便將趙謹在劉祭酒府裡對自己說的那些話一五一十地道來。

「看來這個趙謹的品行確實不怎麼樣。」沈昕顏皺眉。

「下次他再敢對你出言不遜，直接懟回去便是，不用怕，萬事有我和父親給你擔著。」

魏承霖沈下了臉。

蘊福乖巧地點點頭。

魏雋航倒是沒有說什麼，只是眉頭卻一直緊緊地擰著。趙氏旁支子弟到底還是……比當年的趙全忠差遠了。

待蘊福和魏承霖離開後，沈昕顏便將今日與寧王妃見面的情況對魏雋航一一道來，末了才道：「如今先訂下親事，待霖哥兒十八歲，那個時候長寧郡主也不過十六，剛好是嫁人的年紀，那時便替他們完婚，王妃也是這般的想法。」

魏雋航聽罷感嘆一聲。「彷彿不過一轉眼的工夫，霖哥兒也到了可以娶妻的年紀了，再過幾年，咱們也要榮升祖父、祖母輩了。」

沈昕顏笑笑。畢竟上輩子她也是當過祖母的，故而再來一回，她還真沒有太大的感觸。

到晚間魏盈芷過來時，沈昕顏想起她白日在宮裡之事，遂問：「今日在宮裡見著妳太子哥哥了？」

本因為與蘊福吵架還有些悶悶不樂的魏盈芷頓時便來了精神，雙眼放光，興奮地道：「看到了看到了！太子哥哥不管什麼時候看都是那般好看，比哥哥還要好看，一看就是貴妃娘娘親生的！」

沈昕顏有些哭笑不得，不過細一打量她臉上的神情，總算是放下心來。看來是她多慮了，小丫頭還是當年那個喜歡漂亮事物的小丫頭，根本沒有生出姑娘家的小心思來。

「那妳便將蘊福給妳做的荷包給太子哥哥了？」伸手去替她捋捋垂落臉頰的鬢髮，她含笑問。

「是啊，我本來就打算還給他一個更好看的！」魏盈芷點頭，下一刻醒悟過來，蹙著細細的眉疑惑地道：「我什麼時候說過是蘊福給我做的荷包了？我早跟他說過是要拿來送人的。」

「真的說過嗎？」沈昕顏問。

「當然說過了！」魏盈芷相當肯定地回答，話音剛落又有些不確定。「應該……應該是說過的吧？」

「妳若真的說過，蘊福又怎會那般生氣？」沈昕顏無奈地戳戳她的臉。

魏盈芷絞著衣袖，咬著唇瓣，卻是再說不出那般言之鑿鑿的話來了。

沈昕顏拍拍她的臉頰。「好了，知道蘊福為什麼生氣了吧？糟蹋了人家的一番心意，妳還好意思說人家蘊福是小氣鬼？」

魏盈芷越聽越心虛，也覺得自己好像真的有點過分了。

沈昕顏沒有再理會她，低下頭準備著兒子的聘禮。

次日看到蘊福與魏盈芷有說有笑的身影，沈昕顏並沒有意外。

這兩個小冤家隔三差五便要鬧一鬧，鬧完沒一會兒又和好，她若是還在意，那也著實是沒事找事來煩自己了。

隔得幾日，京城不少人家便知道英國公府的世子與寧王府的長寧郡主訂親了。

一時間，有人可惜少了一個佳婿人選，有人嘆息自己手腳太慢，以致讓瞧中的兒媳婦被別人捷足先登了。

可不管怎樣，兩府的親事也算是正式訂了下來。

明確了兒子的親事，沈昕顏才真真正正地鬆了口氣。

此時，宮中的瑞貴妃靜靜地看著眼前一字排開、年齡大小不等的三個孩子，試圖從他們身上尋找一絲與兄嫂相似的地方。

最後，她的視線緩緩地落到年紀最長的趙謹身上。

「你叫趙謹？」

趙謹激動得手都抖起來，努力壓下心中那股狂喜，故作平靜地回答：「回娘娘，是。」

儘管他已經很努力地讓自己表面看來平靜些，可到底不過是一個孩子，又如何瞞得過浸潤宮中多年的瑞貴妃的雙眼？

瑞貴妃微不可聞地嘆了口氣。到底不是兄長的嫡親血脈，又怎會有兄長那種沈穩氣度？可是，這個孩子已經是最像的了，才學也是相當不錯，將來慢慢好生教導著，總也不至於會玷辱了兄長。

「過來讓本宮瞧瞧。」在心裡勉強說服自己後，她朝著趙謹招招手，柔聲喚道。

趙謹激動得險些要跳起來，一顆心「怦怦怦怦」地越跳越急促，差點連路都不會走，同手同腳地往前去了。

瑞貴妃臉上溫柔的笑容沒有變，只是心裡又添了幾分失望，甚至懷疑自己是不是錯了？或許應該再等等的，說不定那個孩子很快便能尋到了呢！

可下一刻，她又將這種想法壓了回去。

這麼多年來，她一次又一次地這樣勸自己，可是卻一次比一次失望，如今連魏世子都被陛下召回大理寺當差，只怕也是不再抱希望了。

「本宮聽說你過不久便要去國子監唸書了，可有此事？」拉著趙謹仔仔細細地打量了一番，她才柔聲問。

「是、是的，劉大人說下、下個月我就、就、就可以去了。」也許是太過激動之故，也許是頭一回這般近地接觸這個最高貴的女子，趙謹結結巴巴地回答。

「你無須緊張，按輩分，你父親是本宮族兄，你應該喊本宮一聲姑母才是。」瑞貴妃看出他的緊張，語氣越發溫和。

「姑、姑、姑母。」殊不知，她這話卻讓趙謹更加激動了。

姑母！忠義侯是貴妃娘娘的親兄長，她讓自己喚她姑母，難不成是決定挑自己了嗎？想到一旦過繼給忠義侯，自己就會成為本朝最年輕的侯爺，他簡直興奮得找不著北了！

大理寺中，魏雋航正整理著卷宗，因是大長公主替他求來的官職，而他本身又有爵位，故而在大理寺中，雖然一開始有不少人不滿他這個空降的少卿，但迫於他的身分，以及陛下與貴妃娘娘對英國公府的看重，到底也沒有人敢為難他。

到後來一連幾宗大案，魏雋航慢慢展現了他的才能，才使得那些人漸漸生了敬服之心，再不敢小瞧了他。故而這幾年在大理寺，魏雋航還算是輕鬆的。

「國公爺，陛下宣您到御書房。」一會兒，有宮中內侍走了進來，恭恭敬敬地道。

魏雋航有些意外。自從調入大理寺後，元佑帝對他雖仍是親近，但暗裡那些勢力卻已經慢慢開始移交給黑子了。

而大理寺的公事上，也是由大理寺卿向他回稟，似如今這般直接讓宮中內侍到大理寺傳召自己，還真真是大姑娘上花轎——頭一回。

只他也沒有多想，將最後一卷案宗放回原處，頷首道：「有勞公公。」

「不敢當，國公爺請這邊走。」那內侍知道他在元佑帝身邊的地位，哪敢托大，忙回了句，躬身引著他往了另一邊路。

進了御書房，見如今接了他一部分權力的黑子也在，他猜測著莫非有什麼重要的差事黑子搞不定，才讓自己來幫忙？

「臣魏雋航參見陛下。」表面上該有的禮儀他還是有的。

「不必多禮！雋航，朕有事問你！」元佑帝略帶激動地望著他，忙不迭地道。

魏雋航更覺得奇怪了，再望望同樣一臉激動的黑子，濃眉不知不覺地皺了起來。他咳了咳，緩緩地道：「陛下請問。」

「你府上可有一名叫蘊福的孩子？」

蘊福？聽他居然問及蘊福，魏雋航驚訝地微張著嘴。「確有個孩子叫蘊福。」他雖不解，但仍是如實回答。

話音剛落，便見元佑帝和黑子對望一眼，臉上的激動之色又濃了幾分。

「他今年幾歲了？你又是從何處尋來這孩子？他父母家人呢？可還在世？」元佑帝又是一連串的問題拋出來。

魏雋航心思忽地一動，心裡隱隱有了些想法。

「蘊福比承霖小三歲，今年十二，他乃五年前家母受惠明大師所託，從靈雲寺帶回府來交由內子照顧長大的。據聞他父母雙亡，並無其他可託付的族人親友。其父生前乃一名遊方郎中，曾對惠明大師有恩，惠明大師感念其恩德，便將蘊福收留於寺中，因緣巧合之下遇上內子，才會到了國公府來。」

「這就沒錯了！」元佑帝聽罷一拍大腿，哈哈大笑。「果然是眾裡尋他千百度，那人卻隱於國公府處！」

見主子激動得連詩句都歪了，黑子佯咳一聲以作提醒。

元佑帝頓時回過神來，攏嘴也是一聲佯咳。「那他身上可有什麼特徵之類的？」

魏雋航對心中那個猜測又肯定了幾分，便乾脆道：「陛下一來就問這麼多關於蘊福的事，是不是蘊福得罪了陛下？」

「你胡扯些什麼？他一個小孩子，能怎麼得罪朕。」元佑帝哭笑不得。

「那陛下問人家孩子那般私隱的問題做什麼？還身上有什麼特徵？」魏雋航挑挑眉。

元佑帝沒好氣地道：「既問了，你便如實回答，扯那些有的沒的做什麼！」

魏雋航哼哼幾聲，只是也瞧得出他真的有點急了，這才緩緩地道：「若說什麼特徵的話，那孩子還真有。一個是左肩有道刀痕，從那傷口推斷，這孩子曾經受過極嚴重的刀傷，幾乎是快要丟掉一條命的。」

聽到這，便是見慣生死的元佑帝與黑子也不禁心底發寒。一個孩子身受嚴重刀傷，真不敢相信到底是如何熬過來的？

「另一個嘛，想來是從娘胎裡帶出來的，在他後腰眼處有三顆排成三角狀的紅痣。」

「沒錯，就是他，跑不了了！」元佑帝大喜，一拍御案，大聲喚人。「來人！快，快到英國公府傳蘊福進宮！」

蘊福？誰是蘊福？內侍一頭霧水，只是到底不敢耽擱，忙應諾躬身退出，著人前去傳召。

魏雋航慢吞吞地道：「我家蘊福到底做了什麼，值得陛下火急火燎地將他喊進宮？若是因此嚇到了他，我回去之後豈不是要被夫人一頓嘮叨？」

元佑帝心情正好，聞言也只是笑斥。「什麼你家的蘊福？那是趙家的，承恩公與忠義侯家的！」

魏雋航震驚地瞪大了雙眼，果然，他的猜測是正確的。「陛下是說，蘊福就是忠義侯的兒子？」

「如果不出意外的話，便是八九不離十了。」元佑帝笑道。

還是黑子上前替他解惑。

「前年咱們的人終於尋到了確鑿消息，當年那對農戶夫婦病重時，曾有位遊方郎中好心替他們醫治，只是最後那郎中還是沒能將他們救回來，想來那對夫婦臨終前將小公子託付給了那位郎中。」

原來如此！魏雋航恍然大悟。

因當年他到大理寺上任後不久，尋找趙全忠遺孤一事元佑帝便全權交給了黑子，這以後查到的一切消息他也就不清楚了，故而那趙小公子是被一位郎中帶走一事，他也是如今才知道。

「咱們之人這兩年一直將注意力放在尋找帶著孩子的遊方郎中上，卻不曾想過那郎中天南地北地去，竟不是孤身一人，陪伴他的還有他的妻子。」

說到這裡，黑子再一次懊惱自己太過於想當然了，竟以為遊方郎中便一定是獨身男子，全然不知世間上還有帶著妻子四處行醫之人。也因為此，致使他們白白浪費了這麼多時間與心血，也讓貴妃娘娘經歷一次又一次的失望。

「所以，如今你們是已經找到證據證明當年被人帶走的孩子是蘊福了？」魏雋航問。

「應該沒有錯了。當年得知小公子是被郎中帶走後，趙少夫人生前的侍女便將小公子身上的特徵告訴了我們，我們也核實過她的話，確信無誤。如今，她所說的那些特徵也全部地應在了蘊福身上。」黑子點頭。

「你們又如何得知你們要尋的蘊福便是我府上的蘊福？」魏雋航又問。

「我也是突然想起，您曾經提起過府裡有這麼一個孩子，想著好歹要試試，反正這些年也失望了不少回，便是多一回也無妨。」黑子坦白。

「蘊福竟是忠義侯的孩子？」魏雋航沒有留意他的話，滿臉的不可思議。

「也虧得他這些年在你府裡，這才少吃了不少苦頭。若是流落在外，不定……」元佑帝感嘆一聲，滿是慶幸。

此時的瑞貴妃已經吩咐宮女將趙謹等幾名孩子帶了下去，又傳來趙謹的生母彭氏。

「謹兒這孩子，本宮瞧著挺好，也是你們夫妻教導有方。」

「不敢當娘娘此話，娘娘看得上謹兒，便是謹兒的福氣，也是臣婦一家人有福氣。」彭氏大喜，知道過繼一事是十拿九穩了，心中的激動自不必說。

瑞貴妃自然也沒有錯過她臉上的狂喜，不知為何有些不豫，丹唇輕抿，冷冷地道：「只一事，本宮還是要將醜話說在前頭。」

彭氏心中一凜，立即收斂喜色，小心翼翼地回道：「請娘娘示下。」

「本宮不管以前如何，只若是趙謹過繼到忠義侯名下，那他與你們府便再無瓜葛，本宮不希望日後無緣無故多出個忠義侯太夫人來。妳可明白本宮的意思？」

彭氏略有些不甘，但轉念一想，目前還是先將忠義侯爵位拿到手，至於其他的，難不成瑞貴妃還能阻止忠義侯孝順生母？想明白這一層，她便恭敬地回道：「娘娘請放心，若是謹兒有幸替侯爺延續香燈，那他便完完全全是侯爺的孩子，與臣婦一家再無瓜葛。」

「表面的好聽話任誰都會說，本宮今日只是給妳提個醒，若是打著先謀爵位再圖日後的主意，那便乘機消了。本宮在此放下話來，如若將來有人膽敢企圖掌控侯府，本宮便是豁出這名聲與位分不要，也絕不會善罷干休！本宮相信，但凡本宮想，這忠義侯的爵位換個人來坐坐也不會是件難事。只是到時候，貴府可否承受得住與本宮撕破臉的後果，那便是你們的事了。」

彭氏嚇得「撲通」一聲跪在地上。「臣婦不敢，娘娘明察！」

瑞貴妃輕撫著腕上的玉鐲，高高在上地望著她，直看得她心驚膽戰，四肢不斷顫抖，又像是有道寒氣從腳底升起，迅速蔓延全身。

良久，直到瑞貴妃覺得威懾得差不多了，才緩緩地道：「起來吧。」

「謝娘娘！」彭氏勉強站了起來，偷偷抹了一把冷汗。難怪，難怪能將原本的後宮之主周皇后壓得再翻不了身，這位貴妃娘娘當真是讓人不敢小看。

「好了，到底咱們也是同宗，論理，本宮該喊妳一聲嫂子才是。嫂子請坐，咱們姑嫂也有許多年不曾見了，嫂子身子一向可好？」下一刻，瑞貴妃又像什麼也沒發生過地和她敘起舊來，態度親切隨和，彷彿真的不過是久別的親人重逢，方才那幕並不曾發生過。

可彭氏被她震懾了一番，心中早生了懼意，又哪敢真的托大？忙回道：「娘娘是尊貴之人，臣婦可萬萬擔不起。托娘娘洪福，臣婦一向安好。」

「什麼尊貴不尊貴，都是一家子骨肉。說起來，本宮也要多謝嫂子將謹兒教養得這般出色，還能忍痛割愛將他過繼到忠義侯名下。」

彭氏這一下再不敢有別的念頭，小心地道：「謹兒素來便敬重侯爺，能與侯爺成為至親父子，是謹兒的福氣，也是他心中所願。」

瑞貴妃的眉梢微不可見地挑了挑，只到底也沒有再說些什麼讓彭氏心驚膽戰的話來。又與她閒話了些趙謹平日在家中之事，這才讓她離開了。

走出宮門後，彭氏終於長長地吁了口氣。

看來，不僅是她自己還是老爺，甚至是族人們，全都小瞧了瑞貴妃。

那一位哪是什麼容易對付糊弄的物件？就怕到時賠進去一個最出色的兒子不說，還得不到什麼好處！

她越想越憂慮，遠遠看到候著自己的兒子，快步上前，拉著他壓低聲音道：「咱們回府！」

「母親，貴妃娘娘是不是答應了？我過些時候是不是就能當侯爺了？」趙謹沒有察覺她的異樣，語氣還帶著掩飾不住的興奮。

「回府！」彭氏低喝一聲，不由分說地扯著他離開。

宮裡的旨意到來時，沈昕顏正指點著魏盈芷及沈慧然看帳冊。

相較於魏盈芷的隨意，沈慧然學得明顯認真多了，不時還會問她一些看不懂的地方。

沈昕顏耐心地一一解答，看著她一臉恍然，而後繼續投入學習當中，心中盡是欣慰。

這麼多年相處下來，她們原本有些疏遠的關係又漸漸拉近。而沈慧然也彷彿走出了父母和離、祖母離世的陰影，雖然比上一輩子的她少了幾分活力，但這嫻靜的性子，卻使她更添幾分大家閨秀、伯府嫡女的矜貴來。

而因為兒子的親事訂了下來，沈昕顏安了心，投到她身上的關注便也多了。

乍一聽陛下傳召蘊福時，沈昕顏先嚇了一跳，但聖意不可違，也無暇多想，便使人去喊蘊福，看著他跟在宮中內侍身後離開，眉間難掩憂色。

無緣無故的，陛下傳召蘊福做什麼？那個孩子向來循規蹈矩，也就上回跟著霖哥兒進過一回宮，但那一回也只是到太子宮中去而已啊⋯⋯

蘊福略有些不安地跟在內侍身後，心裡也是百思不得其解為何皇帝要召見自己？難不成是因為上次他沒有得到允許卻跟著承霖哥進宮的緣故？

如此一想，他又覺得很有可能，畢竟聽聞皇宮內苑可不是什麼人都能進去的。

他胡思亂想著，不知不覺間便進了宮門，跟著內侍七拐八彎的也不知走了多久，突然，迎面撞來一個身影，他躲閃不及，「咚」的一下坐到了地上。

「你真是好大的膽子，撞到了小公子，瞧貴妃娘娘可會輕易饒恕你！」內侍特有的尖銳聲音隨即響了起來。

他呆呆地望了望對面被人七手八腳扶起來的少年，認出對方居然是趙謹。他默不作聲地爬了起來，拍了拍衣裳。

趙謹旁那內侍有心想賣他一個好，越發盛氣凌人地指著蘊福罵。「你是哪來的臭小子，皇宮大苑也是你能橫衝直撞的？知不知道你撞到的是什麼人？那可是瑞貴妃娘娘的姪兒！」

趙謹這個時候也認出了他，又見有人代自己出言教訓，心中得意極了。

引著蘊福進宮的那一名內侍本有心上前替他說幾句，只一見對方是瑞貴妃宮中之人，而蘊福撞到的又是瑞貴妃的姪兒，頓時便噤聲，微不可見地微微退了一步。

宮裡頭如今誰人不知貴妃娘娘乃是陛下心尖上的人，便是貴妃宮中侍候的，也比別的宮裡的奴才要體面些。

彭氏替兒子拍拍衣裳，有些不悅地掃了蘊福一眼，雖然也因為那內侍的討好而心生得意，只是到底還顧忌此處乃是皇宮內苑，不敢造次，故忙笑著打斷那替自己出頭的內侍。「公公，罷了吧，他想來也不是故意的。」

「趙夫人當真心慈，也罷，夫人既然有如此大量，你向趙公子磕個頭、賠個禮便罷。」

彭氏張張嘴想要說什麼，趙謹已經率先開口了。「磕頭便不必了，賠個禮得了。」

磕頭的話，萬一讓魏承霖知道，說不定會惹什麼麻煩，且更怕因此讓貴妃娘娘誤會自己乃跋扈之人。

蘊福緊緊地皺著眉頭，只覺得這宮裡的人好生奇怪，從頭到尾自己一句話也沒有說過呢，怎的如今像是所有錯都是他犯的了？

帶蘊福進宮的那人終於忍不住出聲。「王公公，陛下還在等著蘊福公子覲見呢，你若再耽擱下去，陛下怪罪下來，你可擔當得起嗎？」

那王公公明顯愣住了。這小子是陛下要召見的？

彭氏母子也同樣愣住。

「公公，咱們走吧！」蘊福沒有理會他們，朝著給自己帶路的內侍點了點頭，提醒道。

「好的，蘊福公子請隨我來！」那內侍恭敬地躬了躬身，引著他往東邊方向而去。

「他是什麼人？為何陛下要見他？」彭氏忍不住問。

「魏承霖身邊侍候的，不過一個下人，不值什麼。」趙謹回答。

彭氏還沒怎樣，倒是王公公心裡「咯噔」了一下。竟是英國公府上的？到底在宮裡這麼多年，他自然不會這般天真的以為一個下人能得陛下宣詔進宮，此人只怕有些來頭。他越想心裡越慌，再沒有心情討彭氏母子的好，將他們送出了宮，便匆匆忙忙地前去探個究竟。

趁著蘊福還沒有來，元佑帝又細細地詢問了魏雋航，這麼多年來他住在英國公府的諸事。聽聞沈昕顏將他視如己出，精心教養，而蘊福雖非正經主子，可也如魏承霖一般自幼便跟著名師讀書習武，一時間感慨萬千。

「你娶了一位好夫人，蘊福這輩子能遇到她，是他的幸運！」

魏雋航最喜歡聽別人誇自己的夫人，聞言得意地挑了挑眉。「多謝陛下誇獎！」

若是以往，元佑帝必會取笑他幾句，可這一回卻只是頷首表示贊同，再無他話。

片刻之後，內侍前來通稟，只道蘊福在殿外候見。

元佑帝忙道「快快有請」。少頃，一個年約十一、二歲，著一襲靛藍衣袍的小少年緊跟在內侍的身後走了進殿。

蘊福有些緊張，袖中緊握著的雙手已經微微冒出了汗，可當他一看到殿中含笑望過來的熟悉面孔，心中驀地一定，那絲緊張便漸漸的消散了。

「草民蘊福參見陛下。」他清清嗓子，恭恭敬敬地跪下行禮。

元佑帝緊緊地盯著他，見他年紀雖小，可一言一行卻頗具世家子弟的氣度，眉目如畫，尤其是方才偷偷向魏雋航綻出的那個笑容，竟與瑞貴妃隱隱有幾分相似。

「過來讓朕瞧瞧。」他定定神，朝著蘊福招了招手。

蘊福下意識地望向魏雋航，見他朝自己微笑著點頭，這才起身朝著元佑帝走過去。

「陛下。」行至元佑帝身前一丈遠處，他便停了下來，垂眸恭敬地喚。

「再過來些。」

蘊福順從地又走近了些，一直走到了元佑帝的身邊才停了下來。

元佑帝凝望著他的臉，久久無言。

蘊福被他看得渾身不自在，求助般望向另一邊的魏雋航。

魏雋航衝他擺擺手。

也不知過了多久，蘊福才聽到那個世間上最尊貴的男子嘆息一聲，柔聲問——

「朕聽說你肩上有個傷痕，卻不知是因何而傷？」

「啊？這個嗎？我聽我爹說，是我小時候淘氣，不小心被柴刀弄傷的。」蘊福下意識地撫向左肩，下一刻忽又想起了什麼，忙改口道：「草民是聽先父所說，這個傷是草民幼時淘氣，不小心被柴刀弄傷的。」

「在朕面前不必拘禮，便如在英國公跟前一般說話即可。」元佑帝含笑道。

可以嗎？蘊福詢問的視線投向魏雋航，見他朝自己點點頭，這才回答。「好，多謝陛下。」反正草民草民地叫著，他自己也不是很習慣。

元佑帝又問了他一些諸如「都唸了什麼書」之類的話，蘊福一一回答了，末了又應元佑帝的要求當場寫了幾個大字。

元佑帝讚賞地摸摸他的腦袋。「你寫得一手好字，可見平日裡下了不少功夫。」

蘊福抿了抿嘴，有些害羞地笑了笑。

「你……可還記得你爹娘？」良久，元佑帝遲疑著問。

「記得的。我爹爹是位救死扶傷的大夫，經常帶著娘和我五湖四海地去，我很小很小的時候便去過許多地方了。爹娘都很疼我，啊，我的字便是爹爹教的，名字是娘取的……」一聽他問及過世的父母，蘊福便止不了話。

元佑帝深深地望著他，眼神複雜。

小小年紀便歷經坎坷，是不幸；可如此「不幸」的他，卻又遇上了一個又一個真心疼愛他之人，比如他前後兩對養父母，再比如魏雋航的夫人。

「你很好，你的爹娘也很好。若是你親生爹娘泉下有知，也會大感欣慰了！」元佑帝嘆息一聲道。

親生爹娘？蘊福疑惑地蹙起了眉，眼睛撲閃幾下，不解地望著他。

對著這麼一雙清澈的眼眸，不知為何，元佑帝失去了告知他真相的勇氣。這孩子的親生父母，其實是死在了皇家人手上，而他嫡親的姑母，也因為先帝的私心險些丟了性命，以致忍辱偷生多年。同樣身為皇家人，這一刻，自己卻有一種無顏面對他的感覺。

魏雋航與元佑帝相處多年，多少也明白他的心意，見狀嘆了口氣，上前拉過蘊福，一五一十地將他的身世對他道來。

蘊福睜大了眼睛，小臉上難掩驚訝。「越哥兒說的那個替罪侯爺是我親生爹爹？」

魏雋航無語。「……」

元佑帝尷尬。「……」

魏雋航佯咳一聲，掩飾臉上那絲不自在，心中暗暗決定回去之後要好好跟魏承越聊聊。

「咳，你親爹他……嗯……確實也是倒楣了些。不過，那些都過去了，他如今是朝廷的忠義侯、忠義侯……」元佑帝尷尬地摸摸鼻子。

蘊福「喔」了一聲，便又抿著嘴。

「你、你便沒有其他話想說的嗎？」等了片刻不見他再有話，元佑帝忍不住問。

蘊福撓撓耳根。「那害了我親生爹爹的壞人已經死了嗎？」

「死了，朕親眼看著他嚥下了最後一口氣。」

「那就好。那我有機會可以去拜祭一下我親生爹娘他們嗎？」蘊福又問。

「這是自然！你是趙家的子孫，忠義侯唯一的血脈，當然可以去拜祭他們。」元佑帝毫不遲疑地點頭。

「那就好。」蘊福感激地衝他笑了笑，又問：「那我可以回府讓夫人替我準備拜祭的東西了嗎？」

元佑帝難得地愣住了。就這樣？沒有怨恨？沒有質問？沒有要求補償之類的？

魏雋航卻是忍不住笑了。果然是他看著長大的福小子啊！

見元佑帝瞪大眼睛望著自己，蘊福有些不安，悄悄地往魏雋航身側躲了躲。

良久之後，元佑帝才爆出一陣大笑，笑聲中，眸中隱隱泛起了水光。「雋航，你的夫人將他教得很好、很好……」

魏雋航微微一笑，讚賞地拍拍蘊福的肩膀。

「來人，請貴妃娘娘！」元佑帝大聲喚人。

自有內侍領命而去。

第二十二章

此時的瑞貴妃正吩咐著掌事宮女。「妳便將本宮擇定了趙謹之事告訴他們，讓他們選個黃道吉日，正式將趙謹過繼到忠義侯名下。」

「是，奴婢這便去。」那宮女屈膝行禮退下。

瑞貴妃長長地吁了口氣。如此一來，也算是暫且了卻心中一樁大事，至於過繼之後……她還需再好生參詳參詳。

「娘娘，陛下請娘娘到正明殿。」

瑞貴妃微怔，隨即道：「本宮這便過去。」

早有宮女、內侍將轎輦準備妥當，恭請著她上了輦，一路往正明殿而去。

正明殿中，蘊福緊挨著魏雋航而立，在聽到那句「貴妃娘娘」時，有片刻的怔忡。盈兒口中最最好看、最最可親的貴妃娘娘，是他的嫡親姑母嗎？

瑞貴妃步入殿中時，竟意外地看到魏雋航的身影，更令她驚訝的是，緊緊挨著魏雋航、正好奇地望著自己的小少年。

這孩子……她微微怔了怔。

雖然過去了好幾年，但她還是一眼便認出來了，眼前的小少年正是當年她匆匆從英國公府離開時撞到的那個孩子。

後來她重回宮中後，很快便確認了這孩子並不是英國公的孫輩，只是宮中繁雜之事過多，而她又要想方設法拉近與兒子漸漸疏遠的關係，慢慢地便也將這個孩子拋到了腦後。

不承想這麼多年過去了，她竟然會在正明殿重又遇上已經長成了小少年的他。

「妳猜猜這個孩子是什麼人？」元佑帝不等她行禮便直接將蘊福推到她的跟前，笑著問。

瑞貴妃並不是蠢人，見他這副像是討賞的表情，不禁呼吸一窒，心跳驟然加速。是、是她所想的那樣嗎？

這些年來，她每一回都滿懷期待地盼著有好消息傳來，可每一回的結果都讓她失望了。如今，她還可以這樣期待嗎？

她不自覺地揪緊了手上的帕子，那張完美的臉龐上溢滿了緊張，翦水雙眸緊緊地盯著蘊福，竟是連元佑帝的話都忘記回答了。

心跳「撲通撲通」的，一下比一下急促，她的臉漸漸發白，連緊緊咬著的下唇也泛起了白。

看著她這副想要相信，卻又不敢相信的表情，元佑帝便先心疼了，忙朝著蘊福道：「你這孩子，還不見過你姑母嗎？這麼多年來，她一直命人尋你，日夜擔心著你在外頭會吃不飽、穿不暖，又怕你小小年紀沒有得力之人照顧……」

「去吧！」魏雋航在他的背脊輕拍了拍，催促道。

蘊福終於邁開了雙腿，一步一步朝著已經僵住了身子的瑞貴妃走去。

「姑、姑、姑母……」到底心中還是有些不自在，他結結巴巴地喚了聲。

瑞貴妃只覺得心口似是被重錘用力擊中，眸中瞬間便湧出了淚。隔著朦朧的視線，她看到那張讓她感到親切不已的小臉布上了慌亂，聽到身邊似是有人柔聲勸慰著她。

她的姪兒，她那個不曾謀面、剛出生不久，甚至連名字也來不及起的姪兒，隔著數十年的光陰，隔著父母兄嫂的鮮血，就這樣出現在她的眼前，喚著她「姑母」……

卻說自蘊福跟著宮中內侍離開後，沈昕顏總是有些心神不寧，便是手中的刺繡也頻頻出錯，沈慧然望著她片刻，又看看心不在焉地翻著帳冊、視線卻不時投向窗外的魏盈芷，心中不由得對蘊福生出幾分羨慕來。

姑姑和盈兒表妹待蘊福可真好，不知自己不在的時候，她們是不是也這般想著自己，這般不放心自己？

一時間她又生出幾分羞愧，覺得自己可真是不應該。姑姑和表妹待自己的好是有目共睹的，這麼多年來，她在姑姑身邊的時候比在爹爹身邊還要多，她們是如何待自己的，還有人比她自己更清楚嗎？

沈昕顏一直等到魏雋航下衙的時辰，都不曾看到蘊福的身影。

她正想上前問問他可有在宮裡看到蘊福，魏盈芷已經連蹦帶跳地跑了過去，拉著魏雋航的袖口問。

「爹爹，您有沒有見到蘊福啊？蘊福被宮裡的人叫去了，到如今這個時辰都不曾回來！」

魏雋航努力搶回被女兒晃著的衣袖，無奈地道：「見到了、見到了，這兩日蘊福都會留在宮裡頭，妳們不必擔心了。」

「留在宮裡？為什麼？宮裡是隨便能讓人留下的嗎？」魏盈芷替沈昕顏問出了心中疑惑。

「旁人自是不能，可蘊福不一樣，這會兒，他若是想要天上的星星，只怕也有人爭著替他摘去。」魏雋航笑得一臉意味深長。

沈昕顏終於沒好氣地輕捶了捶他的肩。「有什麼事不能直說嗎？瞧你，都快把人給急死了！」

魏雋航哈哈一笑，抓住她的手腕道：「貴妃娘娘尋了多年的嫡親姪兒尋到了。」

「貴妃娘娘的嫡親姪兒尋到了與咱們有什麼相干？爹爹，蘊福呢？他怎麼還不回來？」

魏盈芷追問著，只片刻便回過神來，「呀」地驚呼一聲，瞪著圓溜溜的雙眸。「蘊福便是貴妃娘娘的嫡親姪兒?!」

沈昕顏同樣被這個消息驚住了。

蘊福竟然是瑞貴妃的姪兒？那他的父親豈不就是那個給誠王當了替死鬼的趙知府，如今的忠義侯趙全忠？

下一刻，她腦中一道靈光閃現，聯繫兩輩子，頓時便明白了。

原來如此……蘊福是枉死的趙全忠之子，那上輩子他所說的家仇也明白了，這個仇人看來便是誠王。

隨即，她的心便揪緊了。

所以，上輩子蘊福便是孤身一人前去尋誠王報仇的嗎？誠王雖然被圈禁，可身邊看著他的侍衛絕對不會是少數，蘊福這般魯莽地闖去，能有多少勝算？

會不會最後她一直沒能等到他，是因為他早就已經死了？

應該不會的、不會的……是不會的吧？

「夫人，妳怎麼了？」見她刷白著一張臉，魏雋航不解。

「我、我沒事，沒事。」沈昕顏連忙掩飾住，察覺屋裡只剩下他們夫妻二人，想了想，輕聲問：「蘊福是貴妃娘娘的姪兒，這事已經有了確鑿證據了嗎？」

「這是自然，若無十分證據，陛下和貴妃娘娘又如何會認下他？只怕再過不了多久，陛下便會詔告天下了。」元佑帝急於補償趙全忠一脈，自然會厚待蘊福。

「蘊福竟然是忠義侯的兒子……」沈昕顏還是有些不敢相信。

這輩子的蘊福是她看著一點點長大的，自然也清楚他的性子，最是寬厚不過，如今趙全忠一案又已得昭雪，他的心中必然不會有怨恨。

可是，上輩子的蘊福呢？在他的養父母過世後，又是何人收留了他、何人教會他一身武藝、何人讓他為家族報仇？是趙全忠身邊那些僥倖逃生的忠僕，還是可能會與他相認了的瑞王妃？

只可惜，上輩子的她所有心思都在內宅上，對外頭之事根本毫不在意，故而這個時候便是想破了頭也想不出一個答案來。

「是啊，我也想不到，尋了這麼多年的孩子居然就在自己身邊！」魏雋航同樣覺得不可思議。

當年他也是奉命全力找尋趙氏後人的，哪想到這個讓他耗費了大量心血都不見蹤跡的小傢伙，居然就是那個逗趣的福小子！

老天爺安排的這一齣，可真真是夠玄了。

蘊福這一去，一直到半個月後才回來，與他一道來的，還有元佑帝對沈昕顏的嘉獎旨意。

聽著旨意上那一連串彷彿不要錢的誇獎詞語，沈昕顏便是再淡定，也覺渾身不自在。

接過這道將她誇出一朵花來的聖旨，看著大長公主一臉的與有榮焉，再看看方氏與楊氏嫉妒的眼神，她頓時就淡定了。

管它如何，有了這道聖旨，便相當在她身上鍍上了一層金，從今往後再沒有任何人膽敢質疑她的一言一行，她將會成為朝廷命婦的楷模，世人敬重的英國公夫人！

兩輩子的待遇轉變得太快、太徹底，徹底到讓她生出一種飄飄然的不真實感來。

看著打扮得一身貴氣的蘊福，沈昕顏先是怔了怔，隨即展顏一笑。「回來了？」

蘊福眼睛陡然一亮，抿了抿嘴，異常響亮地回答。「是，夫人，我回來了！」

卻說彭氏母子那日從宮中離開後不久，便接到了宮中瑞貴妃命他們擇一黃道吉日，將趙謹過繼到忠義侯名下的旨意，一時間又驚又喜。

尤其是光祿寺卿趙大人，眸中光芒大盛。

親生兒子過繼給趙全忠，就等於他們一房人正式搭上了瑞貴妃與太子殿下，這日後的前程還擔心會沒有嗎？

待到次日，又見從宮裡來了十數位宮女、內侍，將對面那座空蕩蕩的忠義侯府打掃得煥然一新，心中更加激動，知道這一回算是十拿九穩了。

府邸都打掃好了，不就是準備迎主人進住的意思嗎？

儘管趙夫人彭氏憂心忡忡地將當日瑞貴妃連敲帶打那番話對他一五一十地道來，他也渾然不在意。

瑞貴妃乃是深宮婦人，難不成她還能一輩子盯著侯府？更何況，將來待自己晉升至舉足輕重的地位，說不定她還得倚重自己呢！

同樣興奮的還有趙謹。肖想了這般久的爵位只差一步就要落到自己頭上了，待他與太子殿下成了最親近的表兄弟，那魏承霖怕也得要退一射之地。

懷著這激動的心情耐心地等候了好些時日，終於等來了元佑帝讓忠義侯之子承襲爵位的旨意。

「如今尚未過繼，為何會先有聖旨下來？」彭氏的疑問瞬間淹沒在闔府的興奮當中。

「傳旨的公公已經出了宮門，正坐上馬車朝這邊來了！」早就有去宮門等候的下人一溜煙地回來稟報。

趙大人哈哈一笑，拍拍兒子的肩膀。「再過片刻，你便是咱們朝廷最年輕的侯爺了！」

趙謹激動得小臉泛紅。

「來了來了，宮裡的車轎在對面街了！」

「轉彎了，來了來了，朝咱們府裡這邊來了！」

「快，準備香案接旨！」趙大人大聲吩咐。

立即便有機靈的下人將早就準備好的香案搬了出來。

片刻後——

「傳旨的公公呢？怎的還不來？不是說已經朝著咱們府裡來了嗎？」趙謹迫不及待地大聲問。

「快去瞧瞧怎麼回事！」趙大人心中也急了，忙催著。

「老爺老爺，宮裡的車轎從咱們府前過去了……」

「什麼?!」

「老爺老爺，車轎停在英國公府門前了！」

趙大人頓時生出一股不妙的感覺來。

良久，戰戰兢兢的下人再度來稟。「老爺，車轎回宮了……」

趙大人眼前一黑。

忠義侯遺孤、瑞貴妃嫡親姪兒已被尋獲的消息迅速傳遍了京城，緊接著便是元佑帝對英國公夫人沈氏的嘉獎旨意，眾人方知，原來忠義侯遺孤這些年一直被養在英國公府。

頓時，人人都道英國公夫人的善心得到了好報，對元佑帝毫不吝嗇的嘉獎更是羨慕不已。

而蘊福既為新任忠義侯，自然不能再住在英國公府裡，元佑帝早前便已經命人將那自建成後，一直等不來主子的忠義侯府重新修繕一番，瑞貴妃又著欽天監擇了個黃道吉日，便讓蘊福搬過去。

看著前來拜別自己的小少年，沈昕顏心裡總有些不捨。儘管忠義侯府離英國公府不過兩刻鐘的路程，可到底不在同一座府邸，便是想見面也不似如今這般方便。

「該叮囑之話，想來貴妃娘娘也叮囑了不少，我便不再多說了，你只須記得，不管將來如何，這裡總也算是你的一個家。」她壓著心裡的不捨，親自上前將跪在地上的少年扶了起來，柔聲道。

蘊福低著頭「嗯」了一聲，鼻音明顯。若是早知道當了侯爺就要離開國公府、離開他熟悉的這些人，他寧願不要當這個侯爺。

沈昕顏也覺得眼眶微濕，千言萬語卻不知從何說起，唯有低低嘆息著拍了拍他的手背。

以魏承霖為首的英國公府小一輩的男丁均上前與他話別。

「蘊福，你留在府裡跟我們一起不可以嗎？」魏承越依依不捨地拉著他的手問。大哥向來不易親近，二哥從來不願與自己玩，騏哥兒就不必說了，被他娘親拘得死死的，輕易見不得人，滿府也就一個蘊福能得他之意。如今蘊福去當了侯爺，留他一個人在府裡，那也忒沒意思了。「要不，蘊福，我和你一起搬到侯府住吧？這樣也能給你做個伴！」他靈機一動，滿目期盼地望著蘊福。

「可以嗎？」蘊福眼睛一亮，覺得這個主意再好不過了！

「當然不可以！」不知什麼時候走了進來的大長公主沒好氣地道。

眾人一見她來，連忙上前見禮。

大長公主在上首落了坐，柔和的視線落在蘊福身上，頷首笑道：「果真不愧是忠義侯之子，確有乃父之風。」

原本以為只是照顧惠明大師的故人之子，不承想竟因此得了這麼一個大好的機緣，可見為人以善必有福報確是有它的道理的。

蘊福略有些不自在地笑了笑。

大長公主又勉勵了他幾句，這才故意板著臉瞪向魏承越。「想給侯爺作個伴是假，以此逃避功課才是真，小心你娘知道了又要捶你！」

魏承越連忙上前又是求饒、又是撒嬌，直逗得大長公主眉開眼笑。

待屋內眾人散去之後，蘊福四下望望，這才發現竟不曾見魏盈芷的身影。

「夫人，盈兒呢？」他忍不住問。

沈昕顏這才發現女兒不在。

「這丫頭，不知跑哪兒去了。」她搖搖頭，無奈地道。

「我去找她！」蘊福扔下這麼一句，也不待她回答便轉過身跑了出去。

「可別耽誤了時辰！」沈昕顏只來得及在他身後喚。

遠遠傳來蘊福的聲音。「知道了！」

到底是與魏盈芷一起長大的，對蘊福來說，想要在偌大的國公府內找到她，並不是一件多難之事。不到一盞茶的工夫，他便在後花園的秋千架上找到了她。

問。

「妳怎的一個人在這裡？讓我好找。」見她坐在木秋千上一下又一下地盪著，他笑著

「喲，我還道是哪個呢，原來是侯爺！你不回你的侯府，還來這兒做什麼？」魏盈芷瞥了他一眼。

蘊福只一聽她的語氣便知道小丫頭心情正不好著呢，小心翼翼地問：「可是有什麼人惹妳不高興了？」

「這府裡還有誰敢惹我不高興？以前有祖母、爹娘、哥哥護著，如今又多了一個侯爺，日後我這日子可自在著呢！」魏盈芷輕哼一聲。

蘊福便是再遲鈍，聽著她左一聲「侯爺」、右一聲「侯爺」的，也明白她為何會這般模樣了，分明是捨不得他離開。

只是，不捨的何止是她？他也是啊！

見他呆呆地站著不發一言，魏盈芷不知怎的覺得更加不高興了，再度衝他重重地哼了一聲，猛地從秋千上跳了下來。

「你去當你的侯爺好了，以後不用來找我了！」她恨恨地放下話來，頭也不回地跑掉了。

「盈兒！盈兒……」蘊福下意識地就追上去。

才追出一小段距離，春柳便已經尋了過來。

春柳一見他便急急地道：「我的小祖宗，可總算找著你了！快快快，宮裡的人都在外頭候著，貴妃娘娘與陛下都在侯府等著呢！」一邊說，一邊拉著他就走。

蘊福被她拉著，不停回頭望向魏盈芷消失的方向，臉上盡是失望之色。

一直到兩人的身影再也看不到，魏盈芷才從假山後走了出來，怔怔地望著遠處，神情帶著掩也掩不去的落寞。

「哼，走就走好了，我才不稀罕呢！你就一個人孤孤單單地住在侯府算了，哪天……哪天我高興了許會去瞧瞧！我倒要看看，那忠義侯府有什麼了不起的，難不成還比咱們府要好嗎？」半晌之後，她才自言自語地道。

瑞貴妃自然也不會放心姪兒一個人住在侯府裡，幾乎將她身邊得力之人都往侯府派了，又求元佑帝撥了一隊侍衛護著侯府安全，她這還不放心，必要親自來瞧瞧。

儘管是自己嫡親的姑母，可是對蘊福來說，她到底還是有些陌生，只是他也能感覺得到瑞貴妃對自己的真心疼愛。

相比瑞貴妃，他倒是覺得與太子殿下一處比較自在些，畢竟因著魏承霖之故，他幾年前便已經接觸過太子了。

太子也想不到魏承霖視若親弟的蘊福居然是自己的表弟，甚至若按親緣來說，他與蘊福的關係，還比魏承霖要親近些。

「這個妳不要動！那個也不行！哎哎，妳別碰別碰，讓我自己來！」

屋內傳出蘊福一陣又一陣的叫聲，正欲邁進屋的瑞貴妃怔了怔，一望，便見姪兒屏退欲替他收拾地上那大箱小箱的侍女，挽著袖子親自動手。

「你這是做什麼？有什麼事吩咐下人們做便是。」她輕提著裙踞走了進屋，隨手打開一個漆黑描金箱子，見裡面放著一些雜七雜八的東西，有價值不非的精緻玉雕、維妙維肖的兔子狀紙鎮、缺了口的小木劍，甚至連小姑娘戴的頭花也有。

「姑母，我自己來就行！」蘊福忙道。

「這些東西你是打哪兒來的？」她笑著問。

「除了這小木劍是承霖哥哥當年給我做的，其他的都是盈兒給的。」蘊福忙得團團轉，隨口回答。「那箱是夫人、國公爺、秋棠姊姊、夏荷姊姊和春柳姊姊給我的東西，還有大長公主殿下。這盒子裡放著的是呂先生送給我的書……」

瑞貴妃眼眸微深，看著如數家珍的姪兒，沒有忽視他每每提及英國公府之人時，臉上那種不捨與歡喜的表情。

她忽地意識到，也許在姪兒的心目中，英國公夫人比她這個嫡親姑母要重要多了。

可是哪怕如此，她卻生不出一點嫉妒來。

不過是因為惠明大師的一句囑咐，英國公府便將這個孩子視若自家的子姪，精心教養，細心照顧。

對沈昕顏、對英國公府裡那些善待蘊福之人，她只有滿滿的感激。

蘊福離開後，沈昕顏好長一段時間裡都感到不習慣。不只是她，整個福寧院，包括三房的魏承釗、魏承越哥兒倆，甚至長房的魏承騏都有些悶悶不樂的。

倒是魏盈芷像個沒事人一般，整日拉著沈慧然一起做女紅、學管家，忙得不亦樂乎，彷彿將蘊福完全拋到了腦後，讓魏承越暗暗嘀咕，這四妹妹也忒無情了，蘊福對她那麼好，這人才走沒幾天呢，便將人家給拋到九霄雲外去了。

不過下一刻他又興奮起來。呀呀呀，他居然有一個當侯爺的兄弟了！

再過得大半個月，沈昕顏才漸漸適應身邊少了一個孩子，而她未來兒媳婦長寧郡主的生辰則到來了。

未來兒媳婦的生辰，她自然得精心準備賀禮，又對女兒及沈慧然囑咐一番，三人才一起往寧王府去。

魏盈芷與沈慧然是見過長寧郡主的，如今又添了這麼一層親戚關係，自然更親近些。

沈昕顏見女兒、姪女與長寧郡主相處得相當融洽，頓時放心了。

自來姑嫂問題是僅次於婆媳問題的老大難，這輩子她可不希望女兒再與兒媳婦相處不來。

「我瞧著長寧她臉色似乎不是很好，王妃最近可是給她佈置了過多功課，累著她了？」

與寧王妃落了坐後，沈昕顏才半是關切、半是開玩笑地道。

「哎喲喲，兒媳婦還不曾過門呢，這未來婆婆便已經護上了，真真是讓人羨慕！」寧王妃還沒有說話，她身側的側妃便掩著笑道。

寧王妃有些不悅地沈下臉，可到底也沒有說什麼，只對沈昕顏無奈地道：「這些日子也不知怎麼回事，夜裡總是咳嗽，這一咳就是半宿，又哪能休息得好？」

「可曾請太醫瞧過了？」沈昕顏滿懷關切。

「怎會沒瞧過？如今太醫開了藥，正吃著呢！這兩日倒是好了許多，只是一時半會兒的也不能立即痊癒。」

「可不是嗎？為了這病啊，請醫吃藥，片刻也不能停。郡主年紀輕輕的，可不能落下個什麼病根來！」那側妃插嘴。

沈昕顏微不可見地蹙了蹙眉，不動聲色地瞥了寧王妃一眼，見她臉上的不悅已經相當明顯了，暗地搖搖頭。

寧王不著調，後宅裡塞得滿滿的，除了一個正妃、兩個側妃，再加上若干個侍妾、通房，這些女子又一個接一個地生，庶子、庶女每年加一、兩個，也虧得寧王妃持家有道，硬是沒出什麼亂子，讓京中不少等著看她笑話之人大失所望。

眼前這位側妃，想必在府裡比較得寵，否則也不敢這般大膽。

她忽地想到許素敏曾經說過的一句話——這男人嘛，只管褲子一脫一提的爽快，這爽快之後的種種麻煩，全讓正妻受了！

此話說得有些不雅，可卻是一針見血。

寧王左一個美人，右一個佳人，春風一度是爽快了，可接下來呢？把人往後院裡一塞，頭疼的還是寧王妃！

她一個外人，自然不好多言，唯有低下頭去，假裝沒有聽到側妃的話，認認真真地喝茶。

「妹妹妳也是，已經不是水嫩嫩、鮮活的十六、七歲小姑娘了，身子吃不消，大晚上的還得多穿幾件，這月色雖好，若是因此著了涼、受了寒，那才是得不償失。」寧王妃似笑非笑地道。

側妃臉色微變，訕訕然地道了句「王妃說得對」，而後說聲「失陪」便急急離開了。

「讓妳見笑了，都是些不省心的。」寧王妃歉意地朝正假裝喝茶的沈昕顏道。

「王妃言重了，誰沒遇著幾個糟心的？」沈昕顏不以為然。

見她言語真誠，寧王妃鬆了口氣。到底是受過陛下嘉獎的，女兒能嫁入英國公府，有這麼一個通情達理的婆婆，她也算是放心了。

身邊沒了礙眼之人，兩人說話便也自在了不少，說說笑笑的，不知不覺時間便過去了。

原本以為長寧郡主不過是偶然抱恙，好生靜養一陣子便會痊癒，可一個月後的魏敏芷及笄禮，沈昕顏早就送了請帖到寧王府，不料卻驚聞長寧郡主抱病在床的消息。

「怎會如此？早前不是還好好的嗎？」她驚訝地問。

奉命前去送帖子的王嬤嬤一五一十地道：「王妃娘娘如今也急得不得了，只說月前郡主還只是有些咳嗽，容易犯懶犯睏，太醫叮囑了慢慢調養些日子便好了，沒想到如今卻仍不見好。」

「既如此，為何不再換一位太醫瞧瞧？」沈昕顏追問。

「換了，換了好幾位呢！可仍是老模樣，初時略有好轉，過不了多久便又會加重，故而三姑娘的及笄禮，郡主是斷斷不能來了，王妃請夫人見諒。」

「及笄禮那些倒不算什麼，最重要的還是讓郡主先把身子養好。」沈昕顏又哪會怪罪？心裡擔心著長寧郡主的病，想了想還是不放心，遂吩咐春柳道：「妳到庫房裡，將早些年陛下賜下的珍貴藥材挑些能用的送到寧王府去，順便跟王妃說，萬事都要以郡主為重，其餘諸事莫要放在心上。」

春柳應聲退下，領著小丫頭到了庫房。

沈昕顏仍舊放心不下，又喚來女兒問：「半個月前妳不是到寧王府見長寧郡主了嗎？郡主她身子如何？」

「倒不曾覺得有什麼，就是容易累，在園子裡走不到一會兒的工夫便喘氣了，想來是大病初癒之故。」魏盈芷想了想，回答道。「娘，好好的怎問起這些？難道我未來嫂嫂她又病了？要不乾脆讓哥哥代表咱們去探望探望，說不定嫂嫂一見他便不藥而癒了！」魏盈芷抱著她的胳膊，笑嘻嘻地問。

沈昕顏沒好氣地捏了捏她的臉頰，引來小丫頭一陣哇哇怪叫。

「說過不許再捏人家臉的！」魏盈芷不滿地嘀咕。

沈昕顏原有些沈重的心情被她一陣搞怪給驅散了。「妳呀，還要和蘊福嘔氣嘔到什麼時候？上回他來，妳怎的避而不見？」

「我哪敢避他呀，他如今可是京裡的大紅人，不知多少好看的姑娘想通過我結識他呢！」一聽她提及蘊福，魏盈芷便又哼了一聲。

朝廷有史以來最年輕的侯爺，又是瑞貴妃的嫡親姪兒、太子殿下的表弟，蘊福已是今時不同往日。只可惜他自幼便長於英國公府，甚少結識外人，搬到了侯府後，身邊之人又盡是瑞貴妃派去的，讓人便是想要結識他，一時之間也尋不著門道。

久而久之，便有人將主意打到了魏盈芷身上。準確來說，不只是魏盈芷，連長房及三房的孩子也不例外，不少人想著藉由他們結交忠義侯。

看著女兒跑了出去的身影，沈昕顏無奈地搖搖頭。

「姑姑，可是郡主身子抱恙？」看著春柳帶著藥材吩咐人備車往寧王府，沈慧然想了想，轉身到了正房，見沈昕顏眉間難掩憂色，遂問道。

「郡主確是抱病在身，敏兒的及笄禮怕是不能來了。」

「姑姑莫要擔心，有王妃在，還有宮裡的太醫，郡主很快便會痊癒了。」沈慧然柔聲安慰。

沈昕顏點點頭。「妳說的有道理。」

上輩子長寧郡主可是一直好好的，如今不過偶爾抱恙，算不得什麼，她怕是杞人憂天了。

暗自鬆了口氣，她望向身邊的姪女，見她唇瓣含笑、眉眼溫和、端莊嫻靜，既有些上輩子的模樣，又彷彿有哪裡不一樣。

「姑姑為何這般看著慧兒？」沈慧然略有些羞澀地問。

「再過幾個月慧兒十三歲生辰也要到了，可有什麼想要的嗎？」沈昕顏將她垂落臉頰的髮絲捋到耳後，柔聲問。

沈慧然搖搖頭。「多謝姑姑，只是，慧兒什麼也不缺。」

吃穿用度樣樣精緻，府裡也沒有人膽敢輕慢她，又有姑姑和盈兒表妹護著，一時之間，她的確不知道自己還有什麼想要的？

「妳先好好想想，莫要急著回答我，待想好了再與我說。」沈昕顏並不在意她的婉拒。

「好。」沈慧然溫順地應下。

不出意料，魏敏芷及笄禮，長寧郡主果然無法前來，只是也託了人將她精心準備的賀禮帶來。

沈昕顏憂心忡忡，勉強打起精神，有條不紊地安排著典禮，等賓客散去後，她才忙喚來剛從寧王府回來的春柳，細細問起長寧郡主的病。

「我瞧著郡主病得似乎有些嚴重，整個人都快脫形了，沒說上幾句話便喘得不行。」春柳緊緊皺著眉回答。

「怎會如此？太醫便沒有個說法嗎？好好的怎會病得這般嚴重？」沈昕顏大驚失色，簡直不敢相信。

「太醫也瞧不出什麼來，寧王妃又到宮裡求了貴妃娘娘，貴妃娘娘還派了太醫院夏醫正前去替郡主診治，只仍是不見什麼起色。」

「這會兒，王妃連民間的大夫也不放過，只要是聽聞哪位大夫醫術高明的，必要派人去請。」頓了頓，春柳微微嘆了口氣。「如今，幾乎滿京城的人都知道長寧郡主病重之事了。」

沈昕顏身子一晃，頭疼地撫著額頭。

怎會如此？明明上輩子長寧郡主一直安好，順利嫁了人，又生下了一雙兒女。這輩子呢？明明早前還好好的啊！她簡直不敢想像那樣明媚的姑娘纏綿病榻的模樣。

「會不會、會不會是小人作祟？」她深深地呼吸幾下，想到寧王府後宅那數目驚人的妾室，咬了咬唇瓣，問道。

春柳清咳了咳，小小聲地回答：「夫人能想到這些，難不成王妃便想不到嗎？我可都聽說了，王妃前不久重整了內宅，只是如今郡主仍這般模樣，病情毫無起色，想來應該不會是小人作祟才是。」

沈昕顏也知道自己許是病急亂投醫了，嘆了口氣，整個人靠坐在太師椅上。

她甚至想，上輩子沒有與自己的兒子訂親，長寧郡主便一直健健康康的，這輩子走出了上輩子的軌跡，郡主與自己的兒子訂了親，卻又得了本不應該會得的病……

「夫人，大長公主請您過去。」忽有丫頭來稟。

沈昕顏不敢耽擱地前往。

「我聽說長寧病重，可有此事？」大長公主一見她便問。

沈昕顏也知道此事必然瞞不過她，遂點頭。「確有其事。」

大長公主眉頭都皺了起來。「可有請了太醫？」話剛說完又搖搖頭。「我也是老糊塗了，病得這般嚴重又怎會不請太醫？怕是將宮裡最高明的太醫都請來了。明日妳親自去瞧瞧，看看到底是怎麼一回事？若有幫得上的便盡力幫忙。」她又吩咐。

沈昕顏應下。「母親放心，我正有此意。」

次日，當沈昕顏親眼看到病床上消瘦得，幾乎瞧不出原本模樣的長寧郡主時，險些失聲叫了出來。

眼前的長寧郡主，就好比一朵原本鮮嫩的花，頃刻間凋謝枯萎。

「這是怎麼了？好好的怎會病得這般嚴重？」她大驚失色，忙上前去輕輕按著欲起身的長寧郡主。「快躺下，那些個虛禮不要也罷！」

長寧郡主便是想給她行禮也是有心無力了，勉強衝她扯了個蒼白的笑容。「長寧失禮了。」

沈昕顏在床沿處坐下，輕輕握著她瘦削的手，柔聲道：「妳也莫要想那般多，只安心養病，先把身子養好了再說。」

長寧郡主臉色微黯。自己的身子自己清楚，怕是再沒有好的那一日了。她只是有些遺憾，這輩子終究沒有機會穿上大紅嫁衣，堂堂正正地嫁給那個人了。

「是長寧身子不爭氣，讓夫人擔心了。」她輕聲回道。

「任誰也不是鐵打的，有些個病痛又有什麼？妳一個小姑娘家，正是花朵一般的年紀，好生調養著，必定會好起來的。」沈昕顏替她掖了掖被角，溫柔地勸慰道。

長寧郡主勾了勾嘴角，轉移話題道：「盈芷妹妹近來都在忙些什麼？上回見她，還聽她說在學看帳冊。」

「她呀，還不是老樣子。今日本來是要跟著來看看妳的，偏不巧被貴妃娘娘宣進宮裡去了。」

沈昕顏陪著她說了一會兒的話，見她臉上泛起了倦意，不敢再打擾，柔聲告辭道：「妳好生歇息，下回得了空，我再來瞧瞧妳。」

「我送送夫人……」

「何須客氣，快躺下，莫要受了涼。」沈昕顏忙阻止她的動作。

離開寢間後，她才暗暗嘆了口氣，心裡泛起了一陣又一陣的憂慮。

走到外間，見寧王妃正在抹著淚，她更覺得難受極了，上前安慰了好一會兒，寧王妃才慢慢地抹掉了眼淚。

「讓妳見笑了。」寧王妃眼眶泛著紅，苦澀地道。

「我知道王妃這是不將我當外人，才會露出這般軟弱之態。再多的話我也不說了，只是想請王妃千萬珍重，長寧離不得妳的照顧，若是連妳都倒下了……」

寧王妃深深地吸了口氣，勉強笑了笑。「我都知道，妳放心吧，我還要看著她風風光光地嫁進你們府，必不會倒下，也不會讓任何人看我的笑話的！」

「妳能這般想我也就放心了，我也與妳一般，等著長寧風風光光地嫁進來，我必視她如親生女兒般對待，必不會辜負了妳一番愛女之心。」沈昕顏輕聲給出了保證。

寧王妃感激地握著她的手，哽聲道：「好、好，咱們、咱們都等著那一日……」

坐在回府的馬車裡，聽著街上的熱鬧，想到病榻上的長寧郡主，沈昕顏眉間憂色漸深。

良久，她低低地嘆了口氣，忽覺心裡一陣煩悶，忍不住輕輕掀開車簾一道細縫望出去，看著街邊小販熱情地招呼著過路的行人，調皮的孩童相互打鬧追逐，處處充滿著勃勃生機。

突然，書肆門前一張有些熟悉的臉孔映入眼簾，她瞪大了眼睛，將車簾掀得再開一些，緊緊地盯著那人，看著他抱著一疊書卷從書肆走出來。

一直到再也看不到那人，她才放下了掀著車簾的手。

是他，上輩子長寧郡主的夫君。

如今的他不過一尋常少年，還不是日後的狀元郎。自然，也沒有機會認識王府裡的郡主。

憶及上輩子偶爾間遇上長寧郡主與她的夫君，想到他們的相處，再想想當日魏承霖談及婚事時的平靜表情，她突然有幾分茫然。

今生她的兒子娶了長寧郡主，那這個人呢？他的姻緣又會在哪裡？

她至今還記得上輩子他面對妻子時的柔情繾綣，那雙眼睛裡的深情是怎麼也騙不了人的。

沈昕顏回了府，先是到大長公主處，將長寧郡主的病情細細地說與她聽。

大長公主聽罷長嘆一聲，卻是久久說不出話來。

回福寧院的路上，迎面便遇到楊氏。

「長寧郡主的病怎樣了？這年紀輕輕的，忽然病得這般嚴重，會不會與咱們霖哥兒八字不合啊？」

「什麼八字合不合？這親事訂下來之前可是請高僧合過八字的。」沈昕顏皺眉。

「唉，便是神仙也有打盹的時候，這高僧也是人，說不定還真的算錯了呢！」楊氏不以為然。「這婚姻大事可不是鬧著玩的，若真的是八字不合——」

「三弟妹慎言！」沈昕顏的臉一下子便沈了下來。

見她明顯不悅，楊氏不敢再說。

雖然隔三差五總想著看看沈昕顏的笑話，可若真的將對方得罪狠了，她也是斷斷不敢的。

「這些都是你妹妹與慧表妹她們的一番心意，這裡還有你祖母的，這個是母親與你父親的。郡主此去，想必要過些年才能回來，你替咱們送一送，也算是盡了情誼。」這日，沈昕顏細細地交代兒子。

魏承霖點點頭。「母親放心，我必會將郡主送到的。」

日前寧王妃也不知從何處聽來的消息，只道雲雁山極適宜靜養，於是四處託了人，打算將長寧郡主送到山上的淨慈庵上去調養身子。

魏承霖身為長寧郡主的未來夫君，在沈昕顏要求之下，決定親自護送郡主前去。

「只盼著郡主此去真能將身子調養好。」沈昕顏嘆息一聲。

「母親放心，有這般多人關懷著，郡主必會度過此劫的。」魏承霖柔聲安慰道。

「盼是如此吧！」沈昕顏到底還是覺得心裡有些沉重，勉強打起精神又叮囑了幾句，這才讓他離開了。

魏承霖一直到次日晌午過後才回來，回的時候將一個精緻的錦盒遞給沈昕顏。「母親，這是長寧郡主託我轉交給妳的。」

沈昕顏有些意外地接過，卻並沒有打開，只是問：「郡主可平安到達了？」

「母親放心，已經平安到達了，王爺與王妃在庵裡將一切都安排妥當，郡主只需安心調養著便好。」

「這便好。你也累了，先回去歇息吧！」

「好，孩兒告退。」

魏承霖離開後，沈昕顏才緩緩地打開手上的錦盒，當裡面一塊鳳凰玉珮露出來時，她的臉色頓時大變，再看到玉珮壓著的信函，顫著雙手打開一看，臉色瞬間又難看了幾分，高聲命人將魏承霖喊回來。

魏承霖去而復返，進來便發現母親臉色難看，正想要詢問，沈昕顏已經急切地開口了。

「這錦盒你確定是郡主讓你交給我的？是她親手交的？」

魏承霖點點頭。「確是郡主親手交給我，讓我回府後再轉交給母親的。母親，可是裡面的東西有什麼不妥嗎？」他不解。

不妥，自然不妥！相當不妥！大大的不妥！

「郡主她可還有別的什麼話要你轉達給我的？」

「郡主只說，母親若看見裡面的東西便明白了。」魏承霖老實地回答。

沈昕顏怔忡，久久說不出話來。

只是私底下將東西轉交給魏承霖，代表著這只是長寧郡主自己的意思吧？

魏承霖離開後，她坐在長榻上，良久，長長地嘆了口氣。

因為擔心自己一病而去，魏承霖會落得一個剋妻的名聲，所以自作主張要退了親事嗎？想來作出這個決定之後，她也應該和寧王妃商量過，而寧王妃看來是沒有同意，故而才有了今日私下歸還信物一事。

真是……叫她說些什麼好呢？這個傻姑娘，不是她配不上霖哥兒，較真起來，倒是霖哥兒配不上她啊！

待次日一早寧王妃突然上門時，沈昕顏並不覺得意外，想來她應該是知道女兒私底下做的事了。

她將錦盒親自交還給寧王妃，緩緩地道：「長寧這孩子我很喜歡，母親也很喜歡，若能為犬子娶她為妻，是英國公府之幸，也是犬子之幸。」

見她如此，寧王妃神情複雜，良久，才低低地嘆息，將那錦盒再度推還給她。「那丫頭自來便是個倔脾氣，她決定之事，任誰也拗不過她。我若收回，待她知道了，豈不是又添一樁心事？說到底，終究還是她福薄。」

沈昕顏臉色微變，正想要說些什麼挽回一下，寧王妃已擺擺手打斷她的話。

「滿京城的孩子，我就只瞧上了你們霖哥兒，對這門親事，我與王爺都是一千個、一萬個樂意，只是如今……不瞞妳說，對她這番病，宮裡的太醫都已經束手無策了，送她到雲雁山不過是無奈之舉，也想著好歹拚一拚……這親事，還是依她之意，退了吧！」

寧王妃離開後，沈昕顏仍是久久回不過神來。

她怔怔地望著圓桌上孤伶伶的錦盒，良久，輕嘆一聲。

隔得幾日，寧王府低調地將聘禮歸還，至此，兩家親事便算是正式取消了。

為著沒了這門好親事，大長公主一連數日情緒都有些低落。

沈昕顏自然也一樣，看著那些她精心準備的聘禮原封不動地被退了回來，半天說不出話來。

魏承霖雙眉緊皺，不知為什麼心裡也有些奇怪的不適，同時還隱隱生出幾分說不清、道不明的失落之感。

「怎麼就退了親呢？長寧姊姊那樣好……」便是魏盈芷也是一臉的失望。

她還是挺喜歡長寧郡主給她當嫂嫂的，不過看看心情不豫的母親，又望望皺眉不語的兄長，她不禁乖乖閉上嘴，再不敢多話。

大長公主正因為長孫與長寧郡主的親事取消而情緒低落，當方氏將自己已經替魏敏芷擇定了人家一事告訴她時，她的臉色頓時就變得有些複雜。

這方氏替女兒擇定之人正是光祿寺卿趙大人的長子，如今十八歲的趙嶽。

她並不是認為這門親事不好，實際上，她是覺得這門親事太好了，好到讓她心中的猜疑終於得到了確鑿答案——長媳確實不遺餘力在與次媳相爭！

這趙嶽除了是光祿寺卿之子外，還是忠義侯趙蘊福的族兄、瑞貴妃的姪兒、太子殿下的表兄。

「妳都已經確定了？」她眼神複雜地望著喜形於色的方氏，緩緩地問。

「確定了、確定了，兒媳與趙夫人都已經交換了信物，只待過幾日趙府便會遣媒人上門了！」方氏對這門親事可謂滿意至極。

終究還是妹妹想得長遠，若想將來與二房爭奪國公之位，那必要想盡一切辦法走通貴妃娘娘的路，聯姻便是最好的法子了。

大長公主長長地嘆了口氣，滿肚子的話再也說不出來。

「既然妳們都已經決定了，那便隨妳吧！」最後，她淡淡地扔下這麼一句，拄著枴杖進了裡間。

方氏也不在意，立即歡天喜地地去準備了。

魏敏芷知道後有些不怎麼高興地皺了皺眉。「趙家的人？那豈不是蘊福家的？我堂堂國公府的嫡姑娘，難道還要與府裡曾經的下人做親戚？」

「妳這死丫頭！什麼下人？人家根本從來就不是咱們府裡的下人！再說，不管人家以前是怎樣的，如今可是朝廷的忠義侯、貴妃娘娘的嫡親姪兒、太子殿下的表弟！若不是妳與他年齡對不上，我還想將妳許配給他呢！」方氏氣得在她胳膊上掐了一把，沒好氣地道。

魏敏芷被她掐得直呼痛，好不容易將胳膊解救下來，這才揉著被掐到的地方，悶悶地道：「妳都已經決定了，我還能說什麼？」

「此事這便定下了，妳給我老老實實地待在家裡準備繡嫁妝，只待日後風風光光地嫁過去當妳的趙家少夫人！」

「知道了。」魏敏芷便是再不滿也只能應下來。

雙方都有意，親事自然很快便訂了下來，婚期則定在了來年開春之時。

沈昕顏得知這門親事時有片刻的愕然。這輩子魏敏芷所嫁之人居然與上輩子不一樣了。

趙大人之子、瑞貴妃的姪兒，確是相當好的一門親事，也難怪方氏會這般高興了。

這門親事與當年方碧蓉的又不一樣，只要貴妃不倒、太子不倒，這趙家的富貴便一直不會少。

第二十三章

趙府下聘禮那日，蘊福也跟著來看熱鬧了。

「夫人！」先去拜見了大長公主後，他便直接到了福寧院見沈昕顏。

「這些日子倒是難得見你來一回。怎樣，在國子監唸書可還習慣？」沈昕顏拉著他落了坐，慈愛地打量了他一番，這才笑著問。

蘊福乖巧地點頭。「先生們都很好，我在那裡學到了不少東西。」

蘊福如今身為忠義侯，自然是不用再參加科舉，但學業卻沒有放鬆。尤其是瑞貴妃得知當初魏雋航本打算將他送到國子監後，仔細思量片刻，便也作了同樣的決定，故而如今蘊福已經是國子監裡的學生，功課絲毫不比當日在國公府裡要輕鬆。

「盈兒呢？」習慣性地環顧一周，不見魏盈芷的身影，他便問。

「去她三姊姊那裡，想必過會兒便回來了。」沈昕顏回了句。

那廂春柳早就捧著蘊福愛吃的點心走了進來，笑盈盈地道：「侯爺來了？」

「春柳姊姊！」蘊福連忙起身，撓撓耳根，衝她憨憨地笑了笑。

春柳「噗哧」一聲笑了出來。這小子，都已經是尊貴的侯爺了，這性子倒不曾變過。不過這樣也好，也不枉夫人這麼多年來對他的照顧。

蘊福才剛嚥下第二塊點心，魏盈芷便回來，一見他也在便笑了。

「喲，侯爺來了？」

「盈兒……」蘊福小小聲地喚，聲音帶著幾絲不滿。

「怎的，旁人叫得你侯爺，我便叫不得了？」魏盈芷笑咪咪的。

蘊福摸摸鼻端。「不是叫不得，是我不喜歡妳這般喚我。」

「好了，就妳這丫頭古怪！妳若真的這般尊敬人家侯爺，先給我行個大禮再說！」沈昕顏沒好氣地瞪了女兒一眼。

魏盈芷撒嬌地抱著她的胳膊直蹭。「人家不過是和他開個玩笑嘛！誰讓自從他當了侯爺之後，便總有一些莫名其妙之人往我身邊湊，明裡暗裡的跟我打聽他！」

「當我不知道呢！那些人哪個不是被妳給氣跑了？」沈昕顏更沒好氣了。

人家小姑娘不過是好奇來打探幾句，可這丫頭卻總有一堆法子把人給氣跑，這性子這般古怪，不定這會兒已經得罪了京城多少人家的小姐了。

魏盈芷略有些得意，輕哼一聲。「想打蘊福的主意，也要瞧我樂不樂意！」

沈昕顏無奈地搖頭，對她這個性子已經不想再說什麼了。

至少這麼多年下來，這丫頭除了嘴皮子索利些外，性子倒不再似小時候那般衝動了，對這一點，她還是相當欣慰的。

「嗯，盈兒說得對，日後儘管把那些人氣走便行了！」蘊福如同小雞啄米一般直點頭，對魏盈芷這樣的做法可謂滿意極了。

沈昕顏撫額一聲長嘆。罷了罷了，這兩人一個願打，一個願挨，她又能說什麼呢？

「東西都給妳三姊姊了？」魏敏芷訂親，按府中慣例，姊妹們都會送些禮物恭賀一番，故而沈昕顏才這般問。

「送了送了，可後悔死了！早知道她會那樣陰陽怪氣，我還不如不送呢！」一提起這個，魏盈芷便一肚子火氣。

什麼叫「有個掌事的娘可真好，家底厚，隨手送出的東西也是價格不菲的」？說得好像娘親中飽私囊一般。氣得魏盈芷當場便又和她吵了一架。

沈昕顏一見她氣呼呼的模樣，便知道這姊妹倆必是又吵架了，無奈地搖搖頭。

「哎，對了，蘊福，我聽說當初貴妃娘娘有意將未來三姊夫的弟弟過繼給你爹，以承襲你爹的爵位。幸虧你及時認祖歸宗，要不還真的便宜他們家了！」魏盈芷咬了幾口桃花糕，忽地想起這樁事。

「確是有這麼一回事。」蘊福頷首。

事實上，當日趙大人一家到忠義侯府見他時，臉上的神情可謂精彩極了。尤其是彭氏和趙謹，更是一臉見鬼的模樣。

趙謹甚至指著他，失聲叫了他的名字，還被瑞貴妃派過去的嬤嬤斥責了一通。

雖然好像有些不厚道，不過看到趙謹那副憋屈的模樣時，他還是覺得相當痛快。

直到如今，趙謹對他也是能避則避，輕易不會與他出現在同一個地方。聽聞還曾死活鬧著不肯去國子監，只因為他也在國子監，最後還是被趙大人親自強送了進去。

沈昕顏自然也聽聞過此事，同樣也覺得相當慶幸。

她曾經在瑞貴妃的宮中見過那位趙夫人，初時只是有些不解她對自己釋放的若有似無的敵意，後來才慢慢品出了滋味。說不定對方是在怪自己將蘊福養在了國公府，讓他們一家最終竹籃打水一場空。

幾人坐著說了會兒話，得到消息的魏承越又跑了過來尋蘊福，他的身後，居然還跟著長房的魏承騏。

孩子們相見，自然又是好一番熱鬧。

沈昕顏不動聲色地望了望魏承騏，見他眼睛亮亮的，多是安安靜靜地聽著旁人說話，偶爾也會附和幾句，這也使得往日他身上那些怯懦減了幾分。

這個孩子……

只盼著魏敏芷出嫁後，府裡少了一個整日約束他的人，從而能讓他的性子稍稍硬上幾分吧！

暗地嘆息著，她打算起身避入裡間，不打擾這些孩子們，哪想到才剛一站起來，忽地眼前一黑……

待她醒來時，便對上幾雙閃閃發亮的眼睛，有魏雋航、有魏盈芷、有春柳，這三人臉上無不洋溢著歡喜。

「我這是怎麼了？」她遲疑少頃。

「娘，我要當姊姊了！」

「夫人，妳有身孕了！」

魏盈芷與魏雋航同時回答，話音剛落，父女二人對望一眼，均笑開了。

有孕了？沈昕顏瞪大了眼睛，幾乎懷疑自己是不是聽錯了？

「恭喜夫人，恭喜夫人，夫人又懷上小公子了！」春柳喜不自勝，連聲道喜。

「娘，您給我生個弟弟吧，我一定會好好照顧他的！」魏盈芷歡喜得眉眼彎彎。

近些年明顯穩重不少的魏雋航摩挲著手掌，滿臉激動地看著她，像是想要上前和她說幾句，可是看看在場的女兒和春柳，腳步始終沒有邁出去。

沈昕顏輕撫著腹部，良久，一絲淺淺的笑容緩緩地綻開。

這個孩子來得是這麼的突然，在她完全沒有準備的情況，就這樣來了。

不安嗎？其實還是有的，儘管早已為人母多年，可她依然沒有把握成為一個好母親，沒有把握把這個孩子教養好。

但是，她也無法忽略內心的喜悅。沒有一個女子會拒絕自己親生骨肉的來臨，她亦然。

早已按捺不住的魏盈芷則一溜煙地跑了出去，將她即將榮升姊姊這個天大的好消息告訴了候在外面的蘊福幾人。

春柳同樣迫不及待地往大長公主處報喜。

不過片刻的工夫，屋內便只剩下魏雋航與沈昕顏夫妻二人。

「夫人，這可真是太好了！沒想到我們還能給霖哥兒和盈兒添一個弟弟或妹妹。」魏雋航坐在床沿上，抓著她的手，激動得連聲音都微微顫了起來。

沈昕顏抿著雙唇，只是望著他笑。片刻，想到自己的年紀，又有些羞赧。「年紀這般大了還有身孕，真真是老蚌生珠了。」

魏雋航哈哈一笑，神情是說不出的得意。「管她們嘴上怎樣說，內心必是羨慕極了！」

沈昕顏被他的笑聲所感染，唇邊的笑容越發明媚。

夫妻二人你看看我、我看看你，均笑得一臉傻氣。

笑著笑著，沈昕顏不由得想到了魏承霖，秀眉微蹙，反握著魏雋航的手，輕聲道：「這個孩子我要一直放在身邊教養，再不允許有任何人將他抱離我的身邊。」

魏雋航怔了怔，瞬間便明白她是想到了當年老父抱走長子一事，心裡不禁有幾分抱歉，隨即堅定地道：「這是自然，妳是他的母親，再沒有任何人能將他抱離妳的身邊。」

沈昕顏鬆了口氣，又道：「可是，我又有些擔心自己教不好他。你也知道的，霖哥兒打小便由父親教導著，與我一處的時候並不多……」她越說越是不安，越說便越是覺得自己毫無把握將這個孩子教導好。「……若是，若是將來他、他……」

「不用擔心，還有我呢！我也是他的父親，自然要承擔為人父之責，怎能將所有事都推到妳身上？這個孩子，便讓我們共同養育，看著他慢慢長大，長成不遜他親兄長的男兒，妳瞧著可好？」魏雋航柔聲道。

沈昕顏愣愣地凝望著他，對上他柔和的臉龐，不知為什麼，內心裡的忐忑一下子便消散了不少。

「……好，這個孩子，我們一同教養他，看著他慢慢長大。」良久，她輕輕地點了點頭。

魏雋航笑著湊過去，在她臉頰上親了親。

「本就該如此，教養孩子又豈能全是母親之責，夫人好歹也讓我當一回嚴父！」

沈昕顏一聽，直接「噗哧」地笑出了聲，嗔了他一眼。

這個闔府孩子都不怕的國公爺，她才不相信他能當一個嚴父，到時只怕唱黑臉的還是她自己，這人就負責將孩子哄得眉開眼笑。

國公夫人有孕的消息迅速傳遍了府裡，大長公主大喜，當場拍板給府裡的下人多發一個月月錢，福寧院的則再多一個月，一時間，滿府處處可見喜氣洋洋。

同樣得到消息的方氏，險些將手上的白底青瓷茶杯都砸掉了，虧得桃枝眼明手快地接住，心中暗道好險。

紅。

「這老天爺真的太不公了、太不公了……」方氏抖著雙唇喃喃自語，眼眶漸漸泛起了紅。

她這頭剛替女兒訂了一門好親事，那頭沈昕顏便有喜，分明是事事都要壓自己一頭。這萬一她再生下一子，長房想要奪回爵位更是難上加難了。

桃枝暗地嘆了口氣。事已至此，再怨老天又有什麼用呢？若讓她說，倒不如好好將自己的日子過好。四公子雖然不及大公子出色，可總也是個聰明的孩子，好生培養著，將來還怕沒個好前程嗎？

再說，國公爺和大公子也不是那等眼皮子淺的，日後未必不會拉四公子一把。

自己能將日子過得好，又何苦再去爭那早就無望了的爵位呢？

可是這些話她也只能在心裡說說，這幾年來，方氏如同魔怔了一般，再聽不得這樣的話，她一個下人，也不好逾矩。

她想，或許再過些日子，她也要另尋個出路才行，與她年紀相當的秋棠都已經當娘了，而她的終身大事卻始終沒有著落……

有了身孕，許多事沈昕顏也不得不暫且放下，府裡諸事悉數交給了方氏與楊氏。反正這兩人彼此瞧不順眼，相互牽制著，她也不怕有人給自己下什麼絆子。

至於她的那些生意，卻是早已上了正軌，也不必她花什麼心思。

故而如今的她，便一心一意安起胎來。

以魏盈芷為首的小輩對她的肚子充滿了好奇，每日都要過來圍觀一下，看看裡面的小娃娃有沒有長大？大概什麼時候會出來？

便是蘊福也是得了空便往國公府跑，久而久之，乾脆連自己的侯府都懶得回了，直接從國子監到國公府來。

宮中的瑞貴妃很快便得到了消息，自有好一番賞賜下來。

這日，到外地巡視生意月餘的許素敏也來了，剛一坐下，便盯著她的肚子良久，這才感嘆道：「你們家國公爺可真是老當益壯，不容小覷啊！」

「胡說些什麼呢！他可比妳還要小些，怎麼就老了？」沈昕顏沒好氣地道。

「嘖嘖，瞧瞧、瞧瞧，不過說他這麼一句，妳便給護上了！」

「妳說的不對，我自是要說妳。」沈昕顏耳根微微發熱，若無其事地道。

許素敏輕笑，又閒話了幾句，這才道：「我記得周府那位五夫人是你們府上大夫人的嫡親妹妹，可有錯？」

「妳沒記錯。好好的怎提起她？」沈昕顏不解。

「這位周五夫人是個角色，也不知道她好好一個貴族夫人，怎就搭上了鹽幫那些人，靠著他們倒是賺了不少。」許素敏呷了口茶，這才緩緩地道。

沈昕顏吃了一驚。「妳怎會知道？」

「不過是偶然得知罷了。不過她也不算是蠢人，好歹知道不能暴露身分，七拐八彎地參與了一份，還慣會做人，四處打點著下面的小嘍囉。」

「我自來便不敢小瞧她。」沈昕顏道。

「還有妳那位庶妹齊夫人，也有份參與，不過她沒有這位周五夫人的膽色，投入得少些，賺得也不如周五夫人多。」

沈昕顏頗感意外，忽地又想起當日秋棠曾說見過方碧蓉與沈昕蘭一起，難不成便是因了此事？

這二人倒是有些意思，這是化干戈為玉帛，共圖賺錢大業了？

到開春魏敏芷出嫁時，沈昕顏的肚子已經大到讓她每走幾步路都累得喘氣的地步了。

而大長公主早已經命人闢出一間屋子，打掃得乾乾淨淨，又請了穩婆在府裡候著，隨時準備著迎接沈昕顏肚子裡的孩子。

魏敏芷出嫁，沈昕顏不管怎樣也會露露臉，也免得被人說閒話。

看著魏敏芷伏在魏承騏的背脊上漸行漸遠，她輕輕地撫著高高聳起的肚子，微微側頭看看始終扶著自己的女兒，再望望對面的夫君與長子，垂眸少頃，唇邊緩緩勾起一絲笑容。

就在方才那麼一瞬間，她突然覺得，不管未來怎樣，她都有了去面對的勇氣。

英國公的嫡次子是在一個陽光明媚的日子裡出生的。陽光輕灑地面，給這偌大的院落鋪上一層薄薄的金光，金光上，是來來回回急促的步子。直到屋內傳出一聲嬰孩的哭聲，凌亂而急促的步子立即停了下來，下一刻，男子爽朗的大笑聲響徹半空。

「賞！賞！重重有賞！」

「恭喜國公爺，賀喜國公爺！」

英國公再度喜得嫡子的消息不過片刻便傳入了宮中，元佑帝訝然，隨即笑開了。「雋航這小子倒是個有福氣的！」

他身旁的瑞貴妃笑道：「確是個有福氣的，陛下不如再賜些東西，也讓這孩子再添幾分福氣。」

元佑帝哈哈一笑，毫不遲疑地應下了。

屋內，沈昕顏抱著軟軟的小兒子，溫柔地注視著他的睡顏，只覺得怎麼看怎麼歡喜。

「母親說這孩子長得像我。」魏雋航坐在她的身邊，驕傲地道。

沈昕顏抬眸望望他，又低下頭去看看兒子，笑道：「不說不覺得，聽你這般一說，倒確是與你比較相像。」

魏雋航挺了挺胸膛，臉上的得意之色更濃了。
「還有鬧騰人的脾氣，估計也與國公爺像了七、八成。」
鬧騰的國公爺臉上的笑容頓時便僵了。

歲月如梭。
當那個小兒子漸漸可以扶著東西站得穩穩時，沈昕顏已經徹底掌控住了整個英國公府內宅，而大長公主的注意力早就被幼孫給吸引去了，對府裡諸事已經不大理會。
秋風漸起，天漸涼，又是溫泉莊子日進斗金的時候。
這日難得空閒，沈昕顏與楊氏到了京郊與許素敏合夥的溫泉莊子。
她本是打算一個人來的，不承想遇到了楊氏，楊氏一聽她居然能預訂到位子，厚著臉皮也要跟著來，沈昕顏自然不會因這些小事而駁了她的面子，欣然同意了。
「此處當真是處處可見巧思，莫怪類似的莊子開了一家又一家，卻始終沒有哪家能比得過它的。」妯娌二人閒步莊上，楊氏感嘆道。
沈昕顏微微一笑。
這麼多年來，除了魏雋航，始終沒有人知道這個莊子她也是有分的，而她也無意張揚。
「來，二嫂，我帶妳去一個地方，妳必是不曾去過。」楊氏忽地一臉神秘地道。
「什麼好地方？」雖說是自己也占份的地方，可沈昕顏來的次數卻不算多，聞言好奇地追問。

「我上回來時發現的，有一個溫泉洞，裡面像是一個小瀑布，若是夜裡，月光投在瀑布上，好看極了。這洞口附近還栽有一片梅林，如今這般時候，雖說未必花開，不過去瞧瞧也是好的。」楊氏略帶著幾分得意。

沈昕顏也有些好奇了。「既有這般妙處，自該去瞧瞧。」

「那地方可隱蔽著呢，想來還沒幾個人發現，這莊子可真是處處藏著驚喜啊！」楊氏一邊帶路，一邊道。

此處的溫泉莊子又分成各個大小構造不一的小院子，院子間隔著一段不短的距離，彼此獨立著。

但是莊子還有頗大的地方屬於開放之地，若是每個小院的客人在自己小院裡待膩了，也可以出來四處賞玩。

「喏，就是此處，我說的那個洞在那裡呢！」兩人七拐八彎地走了好片刻的工夫，才來到一個環境清幽的地方。

沈昕顏順著她所指望去，果然見不遠處有一個隱蔽的洞口。

「我先帶妳去瞧瞧那小瀑布，接著再去看看梅林。」楊氏得意地引著她往洞裡走。

只站在洞口處，便能聽到裡頭嘩啦啦的流水聲，兩人朝裡頭走了一段距離後，突然「啊」的一聲女子叫聲從裡面傳了出來，緊接著，那聲音便像是被什麼給堵住了。

兩人對望一眼，彼此都遲疑了一下，最終還是相攜著往洞裡又走了幾步。

「嗯……啊……你、你輕點，啊……」

「輕不了……」

引人遐思的女子輕吟伴著男子的低喘徐徐送入兩人耳中。

兩人臉色一變，下意識地止了步，然後猛地轉身，飛也似的跑掉了。

逃跑前，也是不經意的，沈昕顏往溫泉水裡那兩個投入地糾纏在一起的身影掃了一眼，瞬間，整個人便像是被雷劈中一樣。

「又是他們?!真是、真是不知廉恥！」一直跑出好一段距離，楊氏才喘著氣低低地罵了一句。

又是？看來她也認出了。沈昕顏抹了一把額上的薄汗，抬眸望向她。

「遇到一回倒也罷了，怎的又來第二回？真是……妳說他們好好的夫妻，有什麼回自己屋裡折騰不行嗎？偏要在外頭礙眼！」楊氏啐了一口，一臉厭惡。

「是啊，我這心裡也是萬馬奔騰啊！」沈昕顏感嘆一聲。

早就聽聞周懋回京了，卻不曾想到竟然會以這麼別開生面的方式再遇上他們夫妻二人。

「兩位夫人怎在此？海棠居裡都已經準備妥當了，兩位夫人不如去泡泡湯暖和暖和？」山莊裡的侍女看到她們，笑著上前招呼。

「不不不，不用了、不用了！我們四處瞧瞧便好，瞧瞧便好！」

沈昕顏還來不及說些什麼，楊氏已又是搖頭、又是擺手地拒絕了。

「泡湯？我這輩子都不會泡湯了，誰知會不會有鴛鴦在裡面戲過水！」楊氏小小聲地嘀咕。

沈昕顏聽得分明，嘴角抽了抽。看來楊氏是有心理陰影了。

那侍女也不勉強，含笑著又介紹道：「那夫人可有興趣賞菊？前方趣菊堂裡有不少珍貴品種的菊花，這時候已經綻放得相當美了。」

「這個倒是不錯，這趣菊堂在何處？」楊氏總算有了幾分興致。

「就在前面，我領兩位夫人前去。」

「有勞姑娘了！」

也許真的是「有緣」，當天色漸暗，妯娌二人準備離開時，迎面便遇上溫氏。

看著溫氏白裡透紅的臉龐、像是含著兩汪春水的水潤雙眸、嫋嫋婷婷的身姿，還有身上縈繞著的那股嫵媚動人的氣質，沈昕顏不得不感嘆上天對這個婦人的厚愛。

數十年如一日的容貌，穠纖有度的嬌軀，腰間束著的帶子不但越發顯出她的纖腰不盈一握，便連胸前也是脹鼓鼓的。

溫氏還認得她們，先是有些意外，隨即含笑上前招呼。「國公夫人、魏三夫人。」

「周夫人。」沈昕顏客氣地回了禮。

彼此招呼過後，兩人又寒暄了幾句便各自上了自家的馬車，而沈昕顏才發現身邊的楊氏臉色竟是相當古怪。

不等她問，楊氏便重重地嘆了口氣，壓低聲音道：「二嫂，只怕有段時間我都不能直視那周大夫人了，一看到她，我就像是看到一團白花花的肉在行走，真是……太污眼睛了！」

沈昕顏直接被嗆得連連咳了起來。

楊氏體貼地輕拍拍她的背脊，又恨恨地道：「果真是上不得檯面的庶女出身，將那狐媚子的風騷學了個十足十，哪有半分像是正室夫人！還有那個周大老爺，呸，簡直是枉讀聖人書！如此色中餓鬼，竟還有臉做什麼父母官執政一方，簡直是丟盡了天下官員、天下讀書人的臉！」

沈昕顏有些好笑，只覺得楊氏經過這麼多年與妾室、通房的鬥爭，已經漸漸認識到一個巴掌拍不響的道理。甚至，還開始醒悟一切問題的最關鍵還是在男子身上。

她覺得這樣的想法相當好，與其怨恨那些前仆後繼、力爭上游的美人兒，倒不如拿捏住那個見一個愛一個的男人。

馬車一路疾馳，很快便回到了英國公府。

妯娌二人彼此道了別，便各自回屋。

邁進福寧院院門，遠遠便聽到一陣幼童軟糯歡快的笑聲，讓人聽見了也不自禁跟著愉悅了起來。

她微微一笑，腳步不自覺地加快了幾分。走進屋裡，見小兒子祥哥兒像隻小猴子一般掛在魏承霖身上，像是捉迷藏一般，一會兒轉過臉衝魏盈芷格格地笑，待見姊姊衝他扮鬼臉，又立即將胖臉蛋藏回哥哥頸窩處。

如此來回，屋內灑落一陣小傢伙歡快的笑聲。

小小的孩童長得肉嘟嘟的，正如他剛出生時沈昕顏的戲言，小傢伙不但容貌極肖其父，便連這愛笑、愛鬧騰的性子據聞也與魏雋航小時一般無二。

「呀！」小傢伙率先發現了她，糯糯地叫了一聲，哈喇子也跟著流了下來。

魏承霖也看到了她，先是用帕子替幼弟擦了擦胖臉蛋，這才抱著他迎上前來。

「母親。」

「娘！」魏盈芷也跟著喚。

「小壞蛋又鬧哥哥了是不？」沈昕顏含笑捏捏小兒子的臉蛋，將朝著她張開雙臂呀呀直喚的小傢伙接了過來，這才問魏承霖。「這一路辛苦了，差事可還順利？」

「不辛苦，還算順利，讓母親擔心了。」眼看著即將踏入十八歲的魏承霖，比往些年又沈穩了不少。這幾年，元佑帝有心考校他，漸漸指給他一些差事，他也從來沒有讓人失望。也因為此，元佑帝才終於相信了當年魏雋航並沒有誇大其詞，此子之優秀，確有青出於藍之勢。

「這次回來可要歇息幾日……哎哎，別扯別扯，疼疼疼，你這小壞蛋！」正叮囑著長子，卻沒有料到懷中的小兒子突然一把抓住她的頭髮，好好的髮髻頓時便亂了不說，頭上的珠釵也被他扯落到地上了。

魏承霖正想上前將弟弟抱開，不想魏盈芷的動作比他更快，先一步制止住做了壞事、正格格笑著的小壞蛋，還順手在那肉嘟嘟的屁股上拍了一記。

「不許亂抓東西！」

她打得一點兒也不痛，故而小傢伙根本不怕，只是衝著她樂呵呵地笑，哈喇子瞬間便又流了下來。

趁著女兒將搗蛋鬼抱開之際，沈昕顏乘機進了裡間，摘去身上的珠環首飾，將頭髮綰成一個簡簡單單的髻，又換上舒適簡單的常服。

「只怕是歇息不了多久。陛下又讓我到五城兵馬司去，參與維護萬壽節盛典的京中秩序。」待她出來哄得小兒子跟著奶嬤嬤下去後，魏承霖才將接下來的差事告知她。

沈昕顏嘆了口氣，略帶有幾分抱怨地道：「陛下也真是的，好不容易辦完了差，也不讓人好生歇息幾日，這新差事便連著來了。」

雖說這是元佑帝看重兒子的表現，可是看著兒子四處奔波，她不由得便想到上輩子他身上大大小小的傷，總是覺得有些不舒服。

「這樣說來，萬壽節那日哥哥也會在家裡對嗎？」魏盈芷眼睛一亮，插口問。

魏承霖點點頭。「應是在的。」

「那就好了，今年的萬壽節我要去看花燈，有哥哥你在，娘也不能再說什麼了！」魏盈芷更加高興了。

「若是妳聽話些不亂跑，我何苦拘著妳？」沈昕顏無奈地輕戳了戳她的額。

魏盈芷也不惱，笑嘻嘻地捂著額頭。「反正今年我必是要去的，娘您若是不答應，我便找爹爹，讓爹爹陪我去！」

沈昕顏無奈地搖搖頭。

「妳哥哥身上有差事，便是當日還能在家中，又如何有空陪妳看花燈？」

「那有什麼要緊，他不是要巡查的嗎？到時自然瞧得見。」魏盈芷不以為然。

因還有事要忙，魏承霖略坐了片刻便告辭離開了。

沈昕顏這才問魏盈芷。「妳慧表姊呢？」

「妳和三嬸剛出去沒一會兒，大舅舅便派人來接她回府了！」魏盈芷邊興致盎然地翻著弟弟的小衣裳，邊回答。

「可曾聽說是因了何事？」沈昕顏隨口問。

「像是因為峰表哥的親事。」

沈峰年紀比魏承霖還要大些，今年已經十九了，眼看著即將到弱冠之齡，可這親事依然沒有著落，靖安伯急得不行，也託沈昕顏幫忙物色兒媳婦，可至今所物色到的姑娘，始終沒有一個能讓沈峰點頭應下親事。

沈昕顏記得，上輩子的沈峰在他失蹤之前也是一直沒有娶妻的，故而這輩子她雖仍是很認真地物色著適合的姑娘，但並沒有抱太大的希望能讓沈峰應下，事情也確如她所想的這樣。

還有讓她更頭疼的，便是長子的親事。

自當年與寧王府退了親後，其間大長公主再度物色了禮部謝大人府上的姑娘，哪想到兩家這頭剛剛交換了信物，親事尚且來不及訂下，那姑娘居然便「意外失足，落水而亡」了。

一連選的兩門親事都沒有好的結局，尤其是得知雲雁山上的長寧郡主在退親後病情已經漸有起色，京中不知何時竟然流傳起了魏承霖剋妻之言論，氣得大長公主連連砸了好幾個珍貴的花瓶。

便是沈昕顏也是氣得不行。

與寧王府的親事暫且不說，只說那謝府的姑娘，明明是那姑娘不知檢點與人私奔，謝府丟不起這個臉，乾脆便對外宣稱她因意外落水而亡，權當再沒有這個女兒，而謝氏夫婦更是伏低做小地懇求他們保守這個秘密，以全了謝氏一族的顏面。如今倒好，他謝府倒是保住了名聲，可這髒水卻全然潑到她的兒子身上了！

剋妻，背負著這樣的名聲，饒得霖哥兒再優秀出色，這婚事卻是難了。

再接著的便是姪女沈慧然的親事。如今沈慧然早已經及笄，這親事確是不能再拖了。

她頭疼地揉了揉額角，再長長地嘆了口氣，望了望正研究著小兒子那些小衣裳的女兒，只覺得壓力更大了。

女兒今年十四，大多數人家的姑娘到了這個年紀也已經開始議親了，故而這一、兩年之內，她也必須替女兒訂好親事。

也不知是怎麼回事，這輩子許多事都是挺順利的，偏偏就是她關心的這些小輩的親事，一個比一個頭疼。

蘊福倒還好，有宮裡的貴妃娘娘替他張羅；再者以他的身分條件，京城裡意欲將女兒許配給他的人家簡直多不勝數。

萬壽節這日，整個京城都瀰漫在喜慶當中。大街小巷掛滿了紅燈籠，到處花團錦簇。到了晚上，燈光點燃起來，滿城亮如白晝，處處熱鬧非凡，比起元宵佳節還要熱鬧幾分。

沈昕顏一大早就要與魏雋航進宮，又不放心鬧著要去看花燈的女兒以及年幼的小兒子，偏偏府裡最可靠的兩個男丁，一個要與她一起進宮，一個身上有差事，都不得空。

最後還是三房的魏承釗與魏承越哥兒倆拍著胸脯保證，會保護好四妹妹和祥哥兒，魏雋航又安排了不少家丁暗中保護，她才勉強放下心來。

只是魏承祥到底不敢交給這幾個小輩，最後還是楊氏主動請纓，將小傢伙抱了過去。

安置好小輩們後，夫妻二人才與大長公主坐上了進宮的馬車。

到了明華殿瑞貴妃處，殿裡殿外早就已經候了不少朝廷命婦，看到婆媳兩人過來，遂有不少人上前招呼見禮。

如今英國公府聖眷深厚，大長公主德高望重，任誰見了不禮讓三分？

尤其是家裡有適齡子女的夫人們，臉上的笑容又更親切幾分。

英國公世子至今未訂親，英國公唯一的嫡女眼看就到及笄之齡，再不濟還有長房及三房的孩子，也陸續長成，可以議親了。

故而不少人看著英國公府的灼灼目光，簡直像是盯著一塊上等的肥肉。

偏大長公主與沈昕顏婆媳倆也心憂著孩子們的親事，再不似以往那般甚少交際，來者不拒，均親切熱情地招呼回禮。

一時間，殿裡殿外氣氛甚好，言笑晏晏，一直到瑞貴妃的身影出現，眾人才止住了交談。

年過三十的瑞貴妃，容貌、氣度更勝從前，單是看著她行走落坐的動作，也讓人賞心悅目。

沈昕顏好歹也活了兩輩子，見過的美人兒不在少數，可每一回見瑞貴妃，都要被她的鳳儀所折服。

宮中雖有周皇后，可這些年周皇后一直閉門養病，徹底淡出了命婦們的視線，可謂名存實亡。

貴妃乃太子之母，陛下髮妻，雖不知為何陛下一直沒有將她封后，可卻絲毫不影響她在眾人心中的「皇后地位」。

尤其是看到瑞貴妃身側的太子及忠義侯時，在場夫人眼睛頓時都放光了。

日前宮裡便放出話了，陛下及貴妃打算替太子殿子選妃，一正兩側，足足有三人。

而忠義侯身為貴妃的嫡親姪兒，貴妃娘娘也將他的親事提上了日程，估計是借著替太子選妃的機會，一舉也將忠義侯夫人給訂下來。

原本有細心的夫人思忖著，以忠義侯與英國公府的關係，更聽聞忠義侯在認祖歸宗之前，一直是由英國公夫人教養著的，英國公夫人又育有一個與忠義侯年紀相仿的女兒，這兩府會不會有意聯姻？

可她們好生觀察了一番，卻發現不管是貴妃娘娘還是英國公夫人，好像都沒有這方面的意思。這一想，她們又放心了下來。

不聯姻最好，這樣她們又多了選擇。

「好了，不拘著你們了，你們去吧！」受了眾人的禮後，瑞貴妃才含笑對著太子及蘊福道。

兩人同時笑了笑，告了退，再到大長公主跟前行了禮，又與沈昕顏彼此見過。

沈昕顏笑著看了看漸漸褪去稚氣的蘊福，柔聲叮囑了幾句，才看著他的身影消失在殿中。

在場諸位夫人自然沒有錯過這一幕，不得不再次感嘆這英國公夫人運氣之好。

隨隨便便收留一個孤苦無依的孩子，不承想這個孩子竟會有這般大的來頭。這人的好運若是來了，真是擋也擋不住。

如今誰還記得當年不少人私底下取笑她，身為世子夫人連中饋都要拜託寡嫂代掌，夫君又是那般不成器？

再看看當前，夫君早就浪子回頭了，兒子更是出色到成了同輩男兒中的標竿人物，再加上與瑞貴妃及忠義侯的關係，說她可以在京城貴婦圈中橫著走也不差了。

沈昕顏始終放心不下家中的兒女，甫一出宮便問：「四姑娘與二公子他們如今在什麼地方了？」

「回夫人的話，這會兒四姑娘與二公子在百味樓。」

「那妳便去百味樓吧！幾個孩子到底還是貪玩的年紀，沒個大人照應著總是放心不下，等雋航回來了我再讓他去找你們。」大長公主聽罷忙吩咐她。

沈昕顏亦正有此意，毫不遲疑地應下。

片刻，馬車便往城中最熱鬧的東街駛去。

駛了一段距離，車速便越來越慢，直到最後簡直是動彈不得。

「夫人，人太多了，怕是得棄車而行。」春柳輕聲道。

這個時候街上人來人往，平日大門不出、二門不邁的夫人、小姐，如今也沒了拘束。尤其是年輕姑娘們，若是遇到了心儀的公子哥兒，還可以含羞答答地將手上的帕子送給對方。可以說，這個萬壽節與元宵節並無太多不同了。

「如此便棄車而行吧！」沈昕顏無奈，也很清楚以街上的熱鬧，便是走路也得走走停停，更不必說還要駕車了。

「這燈明明是我先瞧中的，怎的你偏要搶去?!」

還沒有到百味樓，忽聽前方不遠處傳來一陣熟悉的聲音。

「夫人，是四姑娘！」眼尖的春柳驚喜地叫了起來。

沈昕顏順著她指的方向望過去，果然便見不遠處的燈籠攤子上，魏盈芷睜著一雙明亮的杏眸，氣呼呼地瞪著她身前的一名男子。

那男子背對著她，故而沈昕顏也看不清他的容貌，只又見女兒身邊的魏承越幫腔。

「就是就是，明明這燈是我家四妹妹先看中的，你做什麼要搶去？況且，你一個大男人拿這種小孩子才要的老虎燈，也不怕人家笑話？」

「你又不曾給錢，怎的說這燈便是妳的了？」那男子不服氣地反問。

「我才要掏錢，你便搶去了！」魏盈芷更氣了。

出門前她便答應了弟弟，要給他買老虎燈回去的，如今好不容易才瞧中一個，沒想到半路殺出個程咬金，硬是將燈給搶去了。

「好了好了，多大點兒事，再重新尋一個不就得了？」沈昕顏無奈上前，嗔怪地瞪了女兒一眼。

見娘親來了，又聽她這般說，魏盈芷有些委屈地撇了撇嘴。說得倒是輕巧，祥哥兒可挑剔著呢，不是最好看的都不要，這一盞還是她瞧了許久才相中的。

「這位公……公子，小女方才多有得罪，還請公子莫要見怪。」沈昕顏回過身來向那年輕男子道歉，卻在看清楚對方容貌時呼吸窒了窒，下意識地將女兒護在身後，努力保持著得體的語氣。

她這般客氣，男子倒是不好意思了，將那盞老虎燈放回攤子上，道了句。「夫人客氣了，這燈還是讓給你們吧！」說完，也不等沈昕顏再說，轉身走掉了。

「說得好聽……」魏盈芷沒有察覺娘親的異樣，嘀咕了一句。

直到對方的身影消失在人群當中，沈昕顏才鬆了口氣。

再見女兒喜滋滋地提著那盞老虎燈籠，嘴裡說著「祥哥兒一定會喜歡我給他挑的這燈的」，渾然不覺那一刻她心裡的驚恐。

女兒不會知道，當她發現與女兒爭執的那人居然是周懋的次子，前世導致女兒殞命的凶手時，身上的血液有了片刻的凝固。

「不是說在百味樓的嗎？好好的怎出來了，還與人在街上爭執？」待覺急促的心跳漸漸平復後，她才略帶責備地望著女兒道。

「來看看熱鬧啊，總待在裡面有什麼意思！」魏盈芷把玩著手上的老虎燈，而後將它遞給身旁的魏承越，抱著她的手臂撒嬌地道。「娘您怎的這般快便回來了？在宮裡可有見到蘊福？最近他也不知在忙些什麼，許久沒到咱們府裡來了。」

「我知道蘊福在忙什麼！」沈昕顏還沒有回答她，魏承越已賊兮兮地湊了過去。

「你知道？」魏盈芷懷疑地望向他。

「我當然知道，蘊福他在忙著挑媳婦兒呢！」魏承越笑嘻嘻的。

魏盈芷瞪大了眼睛。「可選定了嗎？」

「這般久都不曾到府裡來尋咱們，想必已經選定了，這會兒正在努力討未來媳婦兒歡心呢，哪還有心思管咱們！」魏承越煞有介事地回答。

「真的？是哪家的姑娘？我可認識？」魏盈芷更加好奇了。

「越哥兒的話妳也相信？」

突然插進來的聲音打斷了正欲繼續胡扯的魏承越，眾人一望，便見蘊福微微喘著粗氣，不知什麼時候來了。

背後說人被人抓了個正著，縱是一向臉皮厚的魏承越，也有幾分訕訕的。

剛剛還提著許久不見蘊福，沒想到他馬上便出現了，魏盈芷有些驚喜地喚：「蘊福！」

蘊福朝著沈昕顏喚了聲「夫人」，這才望著她笑，語氣帶著幾分抱怨。「你們怎的四處跑，害我找了許久。」

明明他出宮比夫人還要早上許多，卻在街上兜了許久都沒找著他們。

魏盈芷嘻嘻地笑。「大過節的不四處瞧瞧，難不成還要待在一個地方？偏是你笨，才會找這般久，我娘可是一下子就找來了！」

「早知如此，我就等夫人一起出宮來尋你們了。」

「好了，不要站在大街上，咱們找個地方坐會兒，過陣子再去看花燈。」眼看著街上的人越來越多，沈昕顏直接便打斷他們的話。

眾人自是沒什麼意見，總歸如今這時辰還不是看花燈最好的時候，先坐坐歇息一會兒也是好的。

蘊福習慣性地與魏盈芷一左一右地扶著沈昕顏，魏承釗與魏承越兄弟倆則緊跟在他們身後。

沈昕顏有些無奈，被人這般攙扶著，她總覺得自己像是已經七老八十了。可這總是孩子們的孝心，她也不好說些什麼。

一行人到了早前便已經訂下的百味樓樓上臨街的房間，彼此落了坐。

魏承越碰了碰蘊福的肩膀，笑得一臉曖昧。「最近是不是整日混在美人堆裡樂不思蜀了？」

「什麼美人堆，盡胡扯！」蘊福瞪他。

「當我不知道呢！貴妃娘娘在給你選媳婦，還不召集滿京城的美人兒任你選？」

「當真？那你可有瞧上眼的？說來聽聽，我幫你參詳參詳！」魏盈芷頓時來了興致，便是向來愛學魏承霖裝嚴肅的魏承釗也好奇地望了過來。
蘊福被他們望得渾身不自在。
靜靜地坐在一旁的沈昕顏聽到他們的話，也不禁笑了，打趣地道：「我也想知道，蘊福可曾瞧上哪家的姑娘？」
蘊福臉紅了紅，飛快地瞄了魏盈芷一眼，有幾分扭捏，又有幾分不依地喚：「夫人……」
眾人見狀，齊齊笑了起來。
沈昕顏捣嘴輕笑。這傻小子！
一時又有幾分感慨。時光飛快，彷彿不過眨眼間，當年那個固執地要與自己簽活契的小不點，如今已長大到可以成家立業的年紀了。
有心想問問他瞧上了哪家的姑娘，又怕他臉皮子薄，最終她還是放棄了。
魏承越他們可就不那麼厚道了，死活追問著蘊福到底瞧上了哪家的姑娘？蘊福偏偏緊抿著雙唇，憑他們怎麼威逼利誘也不肯再開口。
自來便愛護著蘊福的魏盈芷雖然心裡也是癢癢的，只到底還是相當豪氣地雙手撐在桌上，瞪向魏承越。「蘊福都不願意說了，越哥兒你不准再逼他！」
見她只是衝著弟弟發難，魏承釗相當機靈地坐得離魏承越遠一點，裝作若無其事地開始品茶用點心。

魏承越摸摸鼻子，嘀咕道：「不問便不問，我就不相信妳不想知道！」想了想到底還是覺得有幾分不甘心，又道：「四妹妹，妳這樣子是不行的，人家蘊福可是比妳還要大的，妳怎的老把他當弟弟一般護著！」

「我樂意，你管得著嗎？」魏盈芷得意地仰了仰頭。

蘊福原本還是樂滋滋地享受著她數年如一日的維護，可一聽魏承越這話，整個人便呆了幾分，再一聽魏盈芷的回答，一張俊臉頓時便脹紅了，結結巴巴地反駁。「我、我才不是妳、妳弟弟，妳弟弟是祥哥兒！」

「我弟弟是祥哥兒還用你說嗎？」魏盈芷奇怪地掃了他一眼。

蘊福還想說些什麼，魏盈芷卻指著窗外驚喜地叫了起來。

「你們看，那些燈都點起來了！」

眾人往窗外一望，果然便見大街小巷掛著的燈籠陸陸續續點了起來，不過頃刻間，整座京城便沐浴在燈光當中。

「咦，那不是大哥嗎？」魏承釗眼尖地發現了人群中的魏承霖。

沈昕顏望向街上，一眼便看到了人群中的兒子。

街上熙熙攘攘，男女老少，來來往往，明明穿著最尋常不過的藍布衣裳，可依然是人群中最扎眼的一個。已經有好幾個經過他身邊的姑娘羞答答地欲將手上的帕子扔給他，可他卻板著一張臉，目不斜視，似是絲毫沒有接收到周圍那些愛慕的眼神。

「大哥可真是不解風情啊！」魏承越忽地長嘆一聲。

沈昕顏好笑地瞅了他一眼，不知怎的，又想起他小時候楊氏總愛罵他小小年紀便喜歡好看的小姑娘。

「不解風情總好過你將來處處留情！」魏盈芷又哪會由著自己的親哥被人說道？當即便反駁了回去。說完，又朝著魏承霖的方向高聲喚了一聲「哥哥」。

也許是聽到了她的聲音，也許是感覺到親人的存在，魏承霖忽地抬頭望了上來，正正便對上了沈昕顏的眼睛。

沈昕顏便看到，他的臉上瞬間漾起了笑容。

下一刻，又見他像是低聲朝身邊兩名身材瘦小的男子吩咐了什麼，然後邁著大步從人群中擠了出來。

「哥哥是不是看到我們了？」魏盈芷驚喜地問。

「他應該是看到了。」蘊福點點頭肯定了她的猜測。「這會兒，他應該是過來了。」

只片刻的工夫，房門便被人輕輕從外頭推了開來，魏承霖的身影隨之出現在眾人眼前。

「先喝口茶歇息片刻，今日這般多人，想必你也是從早忙到了現在這時候。」眾人彼此見過後，沈昕顏親自替兒子倒了碗茶，柔聲道。

「多謝母親。」魏承霖接過茶盞呷了幾口。「街上人來人往，雖然有官差巡邏，只你們也要小心些，莫要亂走。母親與四妹妹便交給你們幾個，務必要保證她們的安全，知道嗎？」畢竟有差事在身，魏承霖不能久留，不放心地叮囑了幾句，又一臉正色地朝著魏承釗哥兒倆及蘊福道。

「是，大哥／承霖哥哥放心！」三人對他都有幾分敬畏，聞言立即端端正正地坐好，嚴肅地回答。

「你自己當差也要小心些。」沈昕顏也不敢留他太久，忙叮囑了幾句，這才看著他離開了。

幾個小的興致勃勃地要到街上看花燈，沈昕顏早已過了那個愛湊熱鬧的年紀，乾脆便留在了屋裡，由著他們四人歡天喜地地下了樓。

包廂裡瞬間便只剩下沈昕顏與春柳主僕二人。

第二十四章

「侯爺年紀與四姑娘相仿，又是從小一塊兒長大的，夫人就不曾想過將他們湊到一塊兒嗎？」春柳憋了這許久，終於忍不住問。

方才聽著夫人及幾位公子逼問侯爺的婚事時，她便有這個疑問了。

沈昕顏搖頭笑笑。「盈兒打小便將蘊福視作弟弟一般，想讓她對蘊福生出男女之情，怕不是件容易之事。況且……貴妃娘娘也不會同意這門親事的。」

「為什麼？咱們四姑娘出身名門，德言容功樣樣不差，更是最名正言順不過的嫡姑娘，貴妃娘娘有什麼理由不喜歡？」春柳不解。

「有時候不同意一門親事，不是因為不喜歡對方的姑娘，只是認為彼此不適合。我的女兒我自是清楚，盈兒德容言功確是不差，只是自小便是萬般寵愛在一身，雖說近些年懂事了不少，可這性子仍稍率真了些，掌家理事倒也不成問題，若為一族之宗婦，到底還有所欠缺。」

「這有什麼？以四姑娘的聰明，好生教導著她，什麼宗婦不宗婦的，難不成還當不了？」春柳不以為然。

沈昕顏啞然失笑。「妳說的沒錯，她性子聰慧，若有心教導她，縱為一族宗婦也並無不可。只是，貴妃娘娘對她的認識已然穩固，若想改觀，談何容易？況且，我與國公爺也不想看到她一輩子承擔那般重的責任。」

女兒還小的時候，她與魏雋航便已有了共識，將來的女婿不可為長子、獨子。

蘊福若仍是當初那個孤苦無依的蘊福，她會相當樂意將女兒許配給他，畢竟這是她從小看著長大的孩子，品行心性更是上佳。

可是，如今的蘊福已經是京城炙手可熱的忠義侯，更是瑞貴妃父兄一系唯一的血脈，以瑞貴妃對蘊福寄予的厚望來看，身為他的妻子，要承擔的責任著實太重，她捨不得她的女兒去承擔這些。

不錯，現今的瑞貴妃仍然很喜歡魏盈芷，總不時賞賜她許多東西，也隔三差五便宣她進宮說說話解解悶，可是，看女兒和看媳婦的標準是不一樣的。活潑率真的小姑娘可以是最疼愛的「女兒」，卻未必是最欣賞的「媳婦」。

畢竟，於瑞貴妃來說，內心裡只怕已將蘊福當成親生兒子一般對待著了。

「再者，貴妃娘娘心目中已經有了更適合的人選。」她緩緩地又道。

這個才是最重要的，明知道貴妃已經定好了人，她又怎會再想著撮合他們？若是最終的結果不如人意，豈不是白白害苦了他們？

春柳有些似懂非懂，好像明白了，又好像沒有明白。

只一條，她卻是清楚得很，那便是——夫人與國公爺都沒有想過將四姑娘許配給蘊福，而宮裡的貴妃也已經替蘊福選好了人。

她覺得有些可惜，畢竟這兩人打小便一起，若是能結成夫妻，那便真真是一段佳話了。

此時的魏盈芷正興高采烈地往最熱鬧的地方擠去，魏承釗與魏承越兄弟倆這裡看看、那裡瞧瞧，不過一會兒的工夫便與她落下了好長一段距離；倒是蘊福始終緊緊地跟著她，看到她走得快了，便一把扯著她的袖子將她拉回來。

這樣的次數多了，魏盈芷便有些不滿，噘著嘴道：「你做什麼老拉我？你瞧，又被人家搶先了位置！」

「急什麼？那些攤子又不會跑掉，慢慢來便是。」蘊福認認真真地回答。

「可人家心裡著急啊！」魏盈芷腮幫子都鼓了起來。

蘊福笑了笑，順手在她的臉頰上戳了一下。「再急也不行，若是走丟了可怎麼辦？」

「我又不是小孩子，怎會輕易走丟！」魏盈芷嘀咕，不過見他堅持，知道以他的性子，一旦固執起來便是誰也拿他沒辦法，故而什麼也不再說了，老老實實地放緩了腳步。

蘊福見狀，終於滿意地笑了。可他的手，卻始終緊緊揪著她的袖口，見她走得快了，便揪著袖口搖了搖以示提醒。

「跟放羊似的……」終於追上了兩人的魏承越很快便也察覺了這樣的一幕，哈哈一笑。話音剛落，同時收到了兩記惱怒的瞪視。

「好好好，我不說了、不說了！」他連忙舉起手作投降狀，可臉上的笑意卻是掩也掩不下去。

魏承釗倒是比他聰明上許多，努力憋著笑落在最後面。

「都怪你！」被人取笑是「被放的羊」，魏盈芷有些羞惱，壓低聲音，恨恨地衝著蘊福說。

蘊福好脾氣地安慰道：「不用理他，三夫人還總罵他是頭一根筋的驢呢！羊總比驢可愛多了。」

「……」魏盈芷雖然知道他是想誇自己可愛，可為什麼這話聽起來總是有點怪怪的呢？

幾人好不容易才擠到那一處正耍著猴戲的攤子前，見一個老翁正指使著一隻穿著衣服的猴子給圍觀眾人作揖行禮，引得眾人一陣哈哈大笑。

「這猴子可真逗！」魏盈芷樂得不可開交，拉著蘊福的手直道。

蘊福同樣笑容滿面。

一會兒，又看到那隻猴子開始翻跟斗，那有些靈活又有幾分笨拙的逗趣動作，再次引來一陣大笑聲。

「這小傢伙太有意思了，怎的平常咱們府裡便沒想著請人來演一齣呢！」魏承越笑得直拍大腿，抹了一把笑出來的眼淚道。

「回去跟祖母說說，下回有喜慶事，除了請戲班子外，還要請這些更逗趣的。」魏承釗跟著道。

「二哥哥說得對，每回都是請戲班子來唱戲，那也太沒意思了。」魏盈芷覺得這個主意甚好。

三人說話間，那猴子又連續翻了好幾個跟斗，靈活地踩在一旁綁得穩穩的繩子上。

蘊福一直留意著他們的話，聽到這裡，暗地沈思。看來他也得在府裡多置些有趣的，這樣才會更熱鬧，盈兒他們也會更喜歡往他那裡跑。

這樣一想，他又覺得擁有那麼一間完全由他作主的大宅子是件多麼好的事，可以隨心所欲地佈置，可以隨時招呼他的朋友。

良久，幾人才擦了擦眼中笑出來的淚花，正打算去下一攤瞧個熱鬧，沒有想到居然再度看見了魏承霖。

「哥哥！」這一回，首先看見他的是魏盈芷，她立即揮著手高聲喊了起來。

魏承霖此時也看到了她，臉色明顯有變了，不一會兒的工夫便擠到他們的跟前。

「你們幾個快帶著盈兒回去。」

幾人呆了呆，魏盈芷才不滿地道：「為什麼？我還沒看過癮呢！」

「好，我們這便回去！」蘊福二話不說，拉著她便要往回走。

「可是……」魏盈芷還想要說什麼，魏承霖接下來的話便讓她再說不出來了。

「出事了，有位姑娘被人綁架了。」

蘊福與魏承釗哥兒倆臉色同時一變，立即堅定地回答：「大哥／承霖哥放心，我們一定會好好護著她回去的！」

魏盈芷也是知道輕重的，雖然有些可惜，但到底不敢給他們添亂，無比乖巧地應了下來。「哥哥你放心，我跟著他們回去，再不會亂跑的。」

魏承霖如同她小時候那般摸了摸她的頭，不放心地再次叮囑。「路上小心，父親已經過來了，這會兒應該快要到母親那處，你們會合之後便與父親母親一起回府，待事情一了，我便也回去。」

「可知道是哪家的姑娘被綁了？」魏承越忽地問。

魏承霖並沒有回答他，反而催促道：「快回去吧！」

「你也真是傻了，被歹人綁走，這姑娘的名聲還能有嗎？以大哥的性子，又怎會四處張揚？自是瞞得死死的。若不是因為四妹妹也在，大哥放心不下，這才循私跟咱們說了這事，否則他才不會提呢！」回去的路上，魏承釗教訓弟弟。

魏承越也知道自己問了蠢問題，摸摸鼻子再不敢多話。

回到了百味樓沈昕顏等候的包廂，果然見魏雋航也到了。

「怎的這般快便回來了？我原以為你們還要看一陣子呢！」見他們居然這般早便回來了，沈昕顏難掩驚訝地問。

魏承越立即將魏承霖方才跟他們所說之事一五一十地道來。

有位姑娘被綁了？沈昕顏有些意外，隱隱約約的，又似是覺得這樣的一幕很是熟悉。

「也不知是哪家的姑娘，這會兒想來五城兵馬司與京兆尹已經到處尋人了。這賊子也真是猖狂，眾目睽睽之下也敢綁人！」魏承越道。

「哎，我說不對啊！雖說今日沒什麼約束，女子也可以放心出門，可哪家的姑娘不是三兩成群結伴同行的？況且這到處都是人，人來人往的，賊子便是有天大的膽也不敢眾目睽睽之下綁人吧？」魏承釗皺著眉提出了疑問。

「釗哥兒說的有理，若是窮苦人家的姑娘，必是結伴而行；若是大戶人家的姑娘，身邊必有人保護，哪是普通賊子所能綁得去的？」蘊福點點頭，也說出了自己的看法。

「唉……只白白浪費了這麼一個好機會，我還有許多地方沒去瞧過呢！」魏盈芷雙肘撐在圓桌上，托著腮，有幾分悶悶不樂。

「說不定那姑娘跟咱們府裡的四姑娘一般，是個被困得久了的，今日難得出來透氣，一時興奮過了頭，與家人走散了，才給了賊人可乘之機。」魏雋航打趣道。

「爹爹……」魏盈芷不依了。

眾人見狀，又是一陣大笑。

沈昕顏低著頭小口小口地啜著茶水，順手又挾了一塊精緻的點心往嘴裡送。

這個時候，她也總算是想起來為什麼會覺得這樣的一幕相當熟悉了，甚至，她心裡隱隱有了一個猜測，猜測那個被綁架的姑娘是何人，如今只等著結果便是。

至於魏雋航與幾個孩子的種種猜測，她微微一笑，卻是不以為然。有些人、有些事，是不能以常理推斷的。若是事事較理，只怕日後還會有更多讓人想不明、猜不透的。

「咱們回去吧！出了意外，霖哥兒只怕一時半刻也不能回來，咱們也不必在此乾等。」最後，她才緩緩地開了口。

「哥哥也是讓我們先回府，說他待事情一了便也回去。」魏盈芷接了話。

「既如此，咱們便走吧！」魏雋航自然也沒有意見。

一直到次日辰時，魏承霖才帶著滿身疲累歸來，換洗過後，他便到了正房處，沒有意外地看到早就在等著自己的母親。

「回來了？那姑娘可解救出來了？」沈昕顏問。

「解救出來了，讓母親掛心，是孩兒不孝。」

「可是周懋周大人之女？」

魏承霖愕然，下意識便問：「母親如何知道？」

果然……沈昕顏意味深長地望了他一眼。

如何知道？自然是上輩子就知道了。也不知她「前兒媳婦」到底生就什麼命格，凡是出門往這些熱鬧的場合去，十有七八會被綁架，不過到最後肯定會逢凶化吉就是了。

「是你救了她？」沈昕顏不答反問。

魏承霖略有幾分遲疑，半晌，還是點了點頭。

沈昕顏絲毫不感到意外。

「母親，您……您是如何得知被綁架的是周懋周大人之女？」他終究還是想不明白。知道周家姑娘被綁架的也僅限於周大人一家及參與營救的官差，母親由始至終都沒有接觸，又如何會知道被綁的是周姑娘？

「我也只是猜測而已。」沈昕顏替自己倒了碗茶。

猜測？魏承霖的表情並不怎麼相信。母親從一開始便留在百味樓內不曾出外，又有什麼依據可以讓她作出這般準確的猜測？

沈昕顏自然也看得出他的不相信，輕拭了拭唇角，不緊不慢地道：「據聞周姑娘生得天香國色，就如一顆璀璨的明珠，哪怕是放在草堆裡，也會輕易吸引人的目光……」

魏承霖皺了皺眉，不知為何竟覺得心裡有幾分不舒服。

母親此話是什麼意思？僅憑周姑娘的「天香國色」便準確地猜到昨晚出事之人是她？照理應該不會，必然還有其他什麼原因，使得母親作出了這樣的判斷。

難道說，周姑娘曾經發生過類似之事，而剛好母親也知道，故而一聽聞昨晚有姑娘被綁架便能迅速地聯想到周姑娘身上？

他越想便越是覺得這個可能性最大，只是心裡到底還有幾分遲疑。周姑娘好歹也是官家千金，出入都是前呼後擁的，又怎會接二連三地發生這種被人綁架之事？

正在這時，一個歪歪扭扭的小身影出現在門口處，沈昕顏望過去，便見小兒子祥哥兒正扶著門，衝她咧著嘴笑。

她的心一下子便柔了下來，快走幾步上前，將笑得憨態可掬的小傢伙抱在懷裡親了親，疼愛地道：「祥哥兒也來向娘請安了嗎？」

小傢伙衝她「呀呀呀」地叫了幾聲。

「懶傢伙，明明都已經會說話了，偏不愛說。」沈昕顏無奈地捏捏他肉嘟嘟的臉蛋，牽著他的小手一步一步往裡走。

小傢伙走得像隻小鴨子一般搖搖擺擺，烏溜溜的眼珠子轉動了幾下，終於發現屋裡的魏承霖，立即高興地「呀呀」叫了起來。

魏承霖笑著輕輕握住幼弟肉乎乎的胳膊，蹲下身子，望入那雙黑白分明的清澈眼眸，看著裡面映出兩個小小的自己，忍不住學著沈昕顏的動作，也捏了捏小傢伙的臉蛋。

觸手軟綿綿的，甚是舒服。

沈昕顏含笑看著兄弟倆的互動，見小兒子親暱地摟著哥哥的脖子，「咿咿呀呀」地說著一堆誰也聽不懂的話。

偏魏承霖卻是一副認真聆聽的表情，偶爾用帕子替弟弟擦擦流下來的哈喇子，動作輕柔，不失耐心。

「好了，你昨夜累了一整夜，這會兒還是先回去歇息吧，到了時辰再起。」片刻，她才上前將小兒子抱了起來放在軟榻上，回身囑咐長子。

魏承霖本也是相當疲憊，聽她這般一說，那種倦極的感覺又再度襲來，故而也不多說，頷首應下。「是，那孩兒先回去了。」

離開前，又握著祥哥兒的小手搖了搖，惹來小傢伙一陣格格的歡快笑聲。

沈昕顏耐心地哄著小兒子說話，心裡卻不由得一陣感嘆。

自發現自己重活了過來之後，但凡她想要去做的，甚少沒有不成功的。如今的她，名譽、地位、錢財應有盡有。府裡有魏雋航護著她，宮裡有貴妃娘娘對她諸多照顧，滿京城的夫人、小姐，沒有哪個在她跟前不是畢恭畢敬的，哪怕只是表面的恭敬，可不是更加說明那些人對她的忌憚嗎？

可偏偏她心裡最在意的長子婚事，卻始終進展得相當不順利。

長寧郡主無端病重，不得已退親；謝家小姐與人私奔，親事半路腰斬。如今，魏承霖還是沿著上輩子的軌跡，以「英雄」之姿出現在遇險的周莞寧面前。

她甚至有些懷疑，會不會長子與周莞寧乃是天定姻緣，是不可抗拒的，故而曾經與長子訂親的長寧郡主會無端得病，退親之後病情便漸有起色？

魏承霖回到自己屋裡，更衣過後躺在床上，怔怔地望著帳頂出了會兒神，明明身體已經倦極，可腦子卻相當清楚，一幕又一幕地閃現著昨晚之事。

母親有句話是說對了，那周姑娘確是生得天香國色，哪怕是扔進草堆裡，也能輕易便吸引旁人的注意力。

想到自己從綁匪手上救下她，將那溫香軟玉抱在懷中的感覺，鼻端彷彿還縈繞著那股沁人心脾的獨特馨香，他的心頓時便「怦怦怦」地急促跳了起來，耳根也漸漸地泛起了紅。

只是，下一刻，當沈昕顏那準確無誤的猜測，以及她那番彷彿別有深意的話迴響在耳邊時，就像有一盆冷水兜頭淋了下來，將他漸漸升起的熱情瞬間便澆滅了。

那個周姑娘，到底是怎樣的女子？他還記得自己發現她時，她害怕得縮在車廂角落裡，那雙氤氳著水氣的美麗眼眸驚慌地望過來，不過瞬間，又如一隻受了驚的兔子一般，一個勁兒地往角落裡縮。

他平生見過不少女子，可卻從來沒有一個如她那般絕美嬌柔，輕易便能勾起他的憐惜。不過，也許是因為他身邊的女子，沒有一個似她這般柔弱。

他一會兒想著那個柔美纖弱的女子，一會兒又想著沈昕顏那些句句都埋著深意之話，不知不覺間，便墜入了夢鄉……

「世子本是打算直接回府的，不承想在路上遇到了周大人，應周大人之邀去了周府，只怕要再過一會兒才能回府。」魏承霖身邊的長隨，老老實實地將主子遲歸的消息向沈昕顏道來。

「哥哥去周府做什麼？」剛好走了進來的魏盈芷隨口問。

「好像是因為世子曾經幫了周大人一個大忙。」

大忙？沈昕顏挑挑眉。確是大忙，救了他的寶貝女兒，這個天大的恩情，以周懋的為人，想必不會當作不知道便讓它給過去了。

「你先下去吧，我都知道了。」屏退了下人，側頭便見女兒努著嘴坐在一邊不發一言。

「這是怎麼了，好好的怎又把油瓶嘴給掛起來了？和蘊福又鬧彆扭了？」她打趣道，心裡卻想著，或許應該將女兒與蘊福慢慢隔開來，畢竟如今兩人都漸漸長大了，不能再似小時候那般親密無間。否則，若是傳揚出去，對兩人都不利，便是宮裡的貴妃娘娘，想來也不會高興。既然於親事無意，有些事還要是保持距離為好，以免鬧出什麼誤會來。

「哪能呢！蘊福最近忙得是神龍見首不見尾，輕易連面都難見著。」魏盈芷頭挨著她的肩膀回答。

「那妳怎的這般模樣？可是又有人惹了妳？」沈昕顏奇怪了。

「誰敢惹我呀？有爹爹、有娘，還有哥哥和祖母，誰還敢欺負我？」魏盈芷撒嬌地蹭了蹭她的胳膊。

沈昕顏微微笑了笑，再沒有追問。

這一日，蘊福終於得了閒到國公府來，恰好魏雋航帶了一籃子螃蟹回來，幾個小輩乾脆便讓下人在後花園的亭子裡擺起了螃蟹宴，一邊飲酒吃蟹，一邊賞著園中怒放的秋菊。

「蘊福，你可見過周懋周大人那個女兒？嘖嘖，真真是個絕色美人兒，生生將京城所有的姑娘都給比下去了！」魏承越灌了杯酒，無比豔羨地道。

沈默地吃著蟹黃的魏承釗聞言抬眸掃了他一眼，又飛快地瞅了瞅不知何時走了過來的魏盈芷，不動聲色地坐離他身邊。這個笨蛋又犯蠢了，自己還是離他遠一點兒吧，否則要被他連累了！

「曾在宮裡見過一面。」蘊福已經喝得微醺，聽他這般問，老老實實便回答了。

「怎樣怎樣？是位絕色美人吧？怕也就貴妃娘娘能與她比上一比了！」魏承越頓時來了興致。

「憑她也敢與貴妃娘娘相提並論？越哥兒你倒是越活越回去了！」魏盈芷再也聽不下去，重重地哼了一聲，將手上的酒壺放到了桌上。「你說的是周莞寧吧？我最不喜歡她這種動不動就裝柔弱，一副被人欺負了的模樣！」她緊接著又道。

「周姑娘可不是裝柔弱，她本就是位柔弱女子！」魏承越大著膽子反駁。

「她倒也確是弱，除了哭，什麼也不會了！」魏盈芷又是哼了一聲，懶得再理他，轉身便走了。

「盈兒不喜歡那位周家姑娘。」蘊福遲鈍地下了結論。

「這是再正常不過了。周姑娘那般美的女子，只怕沒幾個姑娘會喜歡她，因為只要和她站一處，立刻便會被人家襯得像個尋常丫頭！」魏承越哈哈一笑，隨即又裝模作樣的搖搖頭，嘆息一聲。「自古美人相輕啊美人相輕！」

「是這樣嗎？」蘊福醉意上湧，有些迷糊地問。

「當然是這樣了！」魏承越一拍大腿，問：「你覺得是四妹妹美，還是周姑娘美？」

「自然是盈兒更美！」蘊福下意識便回答。

魏承越古怪地望著他良久，才作出一副同情的表情。「蘊福，如今我方知，你有眼疾！」

「我沒有眼疾！」蘊福不滿了。他的眼睛好好的，哪有什麼眼疾了？

「正常人都瞧得出來，周姑娘比四妹妹美多了。」魏承越打了個酒嗝。

「越哥兒，你有眼疾。」蘊福一本正經地道。

「我沒有，是你有！哥，你說周姑娘是不是比四妹妹好看？」魏承越拉同盟。

魏承釗不理他，拒絕回答這種蠢問題。

正房內，沈昕顏輕撫著手腕上的玉鐲，靜靜地聽著小廝平硯的稟報。

「那周大人只道自古英雄出少年，贈了世子一把寶劍，再三感謝世子救了他的女兒。其間周大夫人和周家兩位公子也有出現，周大人又設了宴，請了世子入席。至於那位周姑娘，倒不曾在宴席上出現過，不過世子離開時，曾在府內蓮池旁遇上她。」

沈昕顏的秀眉不自覺地蹙了蹙。「那他們可有說過什麼？世子臉上表情如何？你且細細說來。」

「只是客套了幾句，周姑娘感謝世子出手相救，世子只道是職責所在，讓她不必放在心上。從表面看來，世子的神情與往日一般無二，並沒有什麼特別之處，跟平常與四姑娘說話時差不多。」

這還叫沒什麼特別之處？沈昕顏搖搖頭。

對一個陌生女子以待自己親妹妹的態度神情，這就已經說明了他對這名女子極有好感。若是真的沒什麼特別之處，以他的性子，應該是客氣而疏離的。

「我都知道了，你且下去吧。日後世子與這家人再有接觸，事無鉅細都要來回我。」她吩咐道。

「是，夫人。」平硯躬身退下。

沈昕顏若有所思。看來周莞寧的魅力依然可以輕易便打破霖哥兒對外人的防線，而接下來呢？

「夫人，殿下請您過去一趟。」春柳走進來回道。

沈昕顏忙起身。「那便走吧！」

也許是因為沈昕顏完整接去了府裡諸事，也許是因為近幾年只一心一意地享受含飴弄孫之樂，大長公主的氣色比幾年前要好些。

一看見她進來，大長公主便迫不及待地道：「沈氏，妳快過來，我又替霖哥兒選了一家姑娘。」

沈昕顏訝然。這般快便又有適合人選了？

她不會不知道大長公主挑長孫媳婦的挑剔，若說曾經的長寧郡主是她一大早便瞧上的，後來的謝家姑娘卻是她精心比較、認真觀察了大半年才決定定下來的。

「不知母親瞧中了哪家的姑娘？」

「御史董大人府上嫡出三姑娘。」說完，大長公主笑了。「妳應該對董三姑娘的母親相當熟悉才是。」

沈昕顏也不禁笑了。這位董三姑娘的生母正是她閨中姊妹傅婉，沒想到大長公主繞了一圈，竟然瞧上了傅婉的女兒。

前幾年傅婉隨夫到外地上任，她們已經許久不曾見過面了。原來連傅婉的女兒也到了可以議親的年紀了嗎？

「妳意下如何？若是沒有意見，我便找個機會向董老夫人遞個話。」

「汀如是個不錯的姑娘，若能訂下我自是高興，不過還得看看霖哥兒的意思。他在外頭行走這般久，不定也有他自己的想法，咱們還是聽聽他的意見為好。」沈昕顏斟酌片刻才回答。

「妳說的有理，這畢竟是霖哥兒自己的終身大事，還是瞧瞧他的意思為好。」想到前兩回親事長孫都是毫不遲疑地應下，大長公主覺得，這一回同樣還是先問問他的意見為好。

恰好今日元佑帝放了魏承霖的假，他也沒有出外，只留在府裡，故而立即使了下人前去請他。

魏承霖到來後，大長公主迫不及待地將此事告訴了他。「霖哥兒，你的意思呢？那董家姑娘祖母是多番瞭解過了，她的母親與妳的母親又是多年的朋友，彼此間是再熟悉不過，說不定你們倆小的時候還見過面呢！」

「汀如剛出生時，霖哥兒還曾吵著要抱抱小妹妹呢！」沈昕顏含笑接了話。

婆媳倆妳一言、我一語，直說得魏承霖俊臉微赧，不過好歹也是將她們的意思聽明白了。

這一回，祖母與母親相中了傅姨母的女兒，御史董大人府上的嫡出三姑娘董汀如。

平心而論，他對董汀如一點兒也不瞭解，也記不大清楚她的模樣。如今，他想娶那個沒有半點印象的董家三姑娘嗎？

不知為何，腦海中，一張秀美絕倫的臉漸漸代替了那模糊的董家三姑娘的臉。

「如何？霖哥兒，若是你不反對，我便找個得閒的時候，讓你與董三姑娘見上一見？」大長公主眼中充滿了期盼。

沈昕顏臉上始終帶著淺淺的笑容，耐心地等著他的答案。

「……孫兒如今差事不斷，一時片刻的只怕也難抽得出時間，還是不要耽誤了人家姑娘才是。」魏承霖遲疑了半晌，這才緩緩地道。

「你這孩子，不過幾日的工夫，怎的便是耽誤人家姑娘了？董老夫人也是個明理的，自然也是知道皇命不可違之理，便是你一時因差事在身走不開，她也不會見怪的。」大長公主笑道。相反地，知道「未來孫女婿」如此受陛下器重，董老夫人只有高興之理，哪還會見怪？

藉著低頭喝茶之機，沈昕顏發出一陣若有似無的嘆息。差事不過是藉口，歸根到底還是不同意便是了。

這樣的一幕，已經漸漸開始與上輩子重合了。上輩子大長公主相中了長寧郡主，她心目中的兒媳婦人選則是姪女沈慧然，兩人先後將各自相中的人選對他道來，可無一例外地收到了他的拒絕。

這一回，魏承霖的語氣算是比較委婉了，只可惜大長公主習慣了他對前兩次親事的順從，一時片刻竟也沒有意識到，她一向看重的嫡長孫根本不想同意與董府的這門親事。

見大長公主沒有明白自己的婉拒之意，魏承霖想了想，求救地望向了靜靜地坐在一邊不說話的沈昕顏。

沈昕顏本想當作沒看到，只是轉念一想，若是明知道霖哥兒對別的女子動了心，她仍然堅持讓董汀如嫁進來，對董汀如來說何其不公。

嫁一個心在他人身上的夫君，哪怕這個夫君前程似錦，哪怕這個夫君仍會敬重她這個正妻，可這就真的好嗎？

若說早前的長寧郡主和謝府姑娘，她還能以「霖哥兒娶了妻後便會一心一意」為藉口，這一回卻是無論如何也再做不出來了。

「母親，依兒媳之見，此事不如容後再議吧？如今陛下與貴妃娘娘正替太子殿下選妃，便連蘊福的親事，貴妃娘娘也提上了日程，這會兒咱們若是訂下汀如，旁人不定還以為咱們府欲與皇家爭媳婦呢！」沈昕顏定定神，笑著對大長公主道。

大長公主正想要笑罵她幾句，忽地心思一動，若有所思地望了望皺著眉、有些不安的魏承霖。果真是她老糊塗了，竟然沒有反應過來，霖哥兒這是不同意呢！

可是這董汀如是她花了好些時間才相中的，若是放棄，到底可惜了。只不過再看看一旁的兒媳婦，她便又作罷。

罷了罷了，瞧兒媳婦這番舉動，想來也是支持霖哥兒的決定，那她也不願做那個討人嫌的。

「既然如此，那便擱置了吧！」她嘆了口氣，有些無力地揮了揮手。

總歸此事還來不及向董老夫人遞消息，便是擱置了也不要緊，不必擔心惹得人家不高興。

「多謝祖母！」魏承霖鬆了口氣，又感激地望了沈昕顏一眼。

沈昕顏微微笑了笑，沒有再看他，只是柔聲哄著情緒有些低落的大長公主。「祥哥兒這孩子昨日會喊祖母了呢！真真還是母親有法子，竟能讓這懶孩子叫人。」

大長公主一聽，頓時便來了精神，眼睛都發起了光。「當真？祥哥兒會喊祖母了？」

「我還敢騙母親不成？雖是喊得不大真切，可明明白白卻是喊的祖母二字，為此國公爺還酸溜溜地直抱怨，說他一得空便哄這孩子喊爹，偏這孩子半點面子都不給！」

大長公主樂得直笑。「活該！誰讓他上回把咱們祥哥兒逗哭了，想祥哥兒喊爹？再等等吧！」

「可不是？只母親也得幫幫兒媳才是，好歹讓祥哥兒把這聲娘也給叫出來了。」沈昕顏笑著又道。

「好，讓祥哥兒先叫娘！走，咱們這便瞧瞧祥哥兒去！」

「怎好勞母親，我這便讓人將祥哥兒抱來。」

「不必不必，我走這麼一段路權當是散心了！」

趁著大長公主起身往外走的機會，沈昕顏朝難得有幾分手足無措的魏承霖使了個眼色。

魏承霖心神領會，緊跟在婆媳二人身後出了門。

晚上魏雋航歸來時，沈昕顏便將今日之事向他道來。

看著有些憂慮的夫人，魏雋航無奈地笑了。「頭兩回霖哥兒都是遂了妳們之意，如今這回他不願意了，妳們倒不習慣了？」

沈昕顏被他給噎住了。

「霖哥兒這年紀，說大不大，說小可也不小，這些年在陛下身邊當差，也算是有了歷練，這眼界必然更寬，對自己的婚事，怕也會另有打算，咱們且不妨等等看，終究還有幾年的時間。」

沈昕顏嘆了口氣。「你說的倒也是，孩子都長大了，都有自己的主意了。」

魏雋航輕笑。「孩子們長大了，可我家夫人卻美貌更勝當年。」

沈昕顏被他誇得俏臉泛紅，嗔了他一眼。「都快要當祖父的年紀了，說話還沒個正經！」

「哪就是不正經了？這可是我內心之言！」

沈昕顏紅著臉輕捶了捶他的肩膀，引來他一陣哈哈大笑，順手抓住那隻「行凶」的手，將它牢牢地包在掌心。

沈昕顏被他半摟著，靠著他的胸膛，片刻，忽地問：「若是我除了一張能讓你喜歡的臉外，其他什麼都不會，當年你可還會堅持要娶我？」不等魏雋航回答，她又加了一句。「不許說好聽話哄我，我要聽真話。」

魏雋航果然認真思量了片刻，這才緩緩地回答。「會的。」見沈昕顏似是並不相信，他繼續道：「當年府裡有大哥，我不過是次子，既不用承擔支撐門庭之責，也不必有多大出息，擇妻便可以只擇自己喜歡的。父親、母親也是這般想，故而我只是對他們提了與靖安伯府的親事，他們並不曾考慮太久便答應下來了。」

「換而言之，若是當年你便已經是世子爺，不管心裡再怎麼喜歡，也不會娶一個空有美貌卻什麼也不會的妻子？」沈昕顏緊接著道。

「妳又不是那種什麼也不會的……」魏雋航嘀咕，在收到夫人一記瞪視後連忙舉手作投降狀，略思忖須臾後，點了點頭。「確是如此。世子夫人為日後一族之宗婦，除了承擔延綿子嗣之責外，還要掌家管事、人情往來，事事均要周全，若是什麼也不懂，內宅之亂不過是時間長短之問題。」

「若是男子相當能幹，能裡外一把抓呢？」沈昕顏又問。

「男子不涉內堂，縱是再能幹，心思與才能也應該放在建功立業之上，如此方不會辜負了長輩傾力精心教導，否則，枉為一族之長，又談何光耀門楣？況且，夫妻乃陰陽之道，唯有相互扶持，方得長久，若僅靠一人獨力支撐，縱是一時無礙，待天長日久，終會成問題。到時候，夫妻離心事小，只怕會禍及子孫。」見沈昕顏一雙秀眉微微蹙了起來，他連忙又加了一句。「當然，我方才所說的是針對日後要承擔族長之責、承襲家業的長子。至於次子、幼子之媳，只要他們自己喜歡，對方又是品行無礙的正經人家姑娘，那便不必要求過多。」

「我明白了。」沈昕顏頷首。

「所以，霖哥兒的妻子，也不能盡然由他自個兒喜歡便行，妳與母親也得把把關，畢竟國公府日後便是要交給他們夫妻倆的。」末了，魏雋航又叮囑了一句。

「好，你放心，我心裡都有數。」沈昕顏含笑應下。

魏雋航輕撫了撫她的鬢邊。「還有盈兒的親事……」說到這裡，他又長長地嘆了口氣。「可惜了蘊福竟是那樣的身分，若他仍只是蘊福，咱們也不必擔心盈兒的親事了。這孩子心性寬厚能容人，與盈兒又是自幼相識，若能成就一段姻緣……可惜了可惜了。」

沈昕顏也是一陣惋惜。

夫妻二人正惋惜著白白浪費了這麼一個好女婿人選，渾然不覺屋外的魏盈芷將他們的話聽得分明，臉蛋脹得通紅，有些羞赧，又有些說不清、道不明的異樣欣喜。

「誰、誰要嫁蘊福了？我還想說虧得他有那樣的身分呢！」她嘀咕了一句，頂著一張泛起了海棠紅的臉蛋，飛也似的走了。

「盈兒，妳跑那般快做什麼？我都叫了妳好幾遍了！」正在園子裡的蘊福看到她的身影，在身後叫了她好幾聲她都沒有聽到，遂快步追上了她，一把抓住她的手腕，略有幾分抱怨地道。

魏盈芷如同被針扎了一般，將手腕抽了回來，難得地結結巴巴起來。「做、做什麼拉、拉拉扯扯的！」

「妳怎麼了，臉這般紅？難道是生病了？」蘊福不答反問，甚至伸出手來欲去試探她的額溫。

手還沒有碰到她，便見她「噔噔噔」地連連後退了好幾步，一副生怕被他碰到的模樣。蘊福的手頓時尷尬地停在了半空，看著一直與自己親近的姑娘突然避自己如蛇蠍一般，他的心裡一點也不好受。

魏盈芷也察覺自己有些反應過度了，遂清清嗓子，結結巴巴地又道：「又、又不是小、小孩子了，這般、這般拉拉扯扯的像、像什麼樣？若是讓人瞧見了，對你我都不好。再不然讓你未過門的妻子看到，豈不是、豈不是有嘴也說不清了嗎？」

「我沒有未過門的妻子！」蘊福不高興地沈下了臉。

「這會兒雖然沒有，可總有一日會有的啊！不是說貴妃娘娘在替你選媳婦了嗎？」魏盈芷小小聲地道。

其實，她自己也不知道是怎麼回事，提到蘊福未過門的妻子時，她的心裡總是有幾分不自在。不過她也沒有太在意，只當是自己一時不習慣而已，畢竟她與蘊福也算得上是從小一塊兒長大的，陪伴彼此的時間最長。

蘊福抿了抿嘴，腦子飛速運轉，思考著要不要乘機捅破那層窗戶紙呢？要不這丫頭總是看不清彼此的心意，還總是將自己當作弟弟一般，著實有些憋屈。

只是，他還沒有想出個結果，魏盈芷已經轉過身又跑掉了。

他無奈地搖了搖頭，決定還是先尋個機會將他的心意跟姑母說說，以姑母對他和盈兒的疼愛，想來應該會非常贊成這門親事的。

至少，不能再讓盈兒誤會他將要和別的姑娘訂下親事。

「盈芷姑娘好些日子沒進宮來了吧？怪道貴妃姊姊近些日子吃什麼都覺得沒什麼味道。」這日，魏盈芷得了瑞貴妃的旨意進宮，這才陪著瑞貴妃說了一會兒的話，三皇子生母麗妃便來了，一看到她便打趣道。

魏盈芷乖巧地向她行禮問安，麗妃拉著她說了幾句話後，便放她離開了。

「盈兒妹妹！」

正跟著宮女往偏殿去，忽見太子迎面走了過來，衝著她喚。

「太子哥哥！」魏盈芷雙眸頓時放光，聲音也不自覺地響亮了幾分。

太子已經習慣了她灼灼的目光，含笑問：「今日進宮陪母妃說話，怎的也不過來尋尋我？」

「誰不知太子哥哥現在正選太子妃嫂嫂，若是我過去尋你，讓未來的太子妃嫂嫂誤會了可怎生是好？」魏盈芷笑嘻嘻地回答。

「貧嘴丫頭，哪來什麼太子妃嫂嫂！」太子無奈，心思忽地一動，不緊不慢地又道：「倒是蘊福，母親如今已經替他選好了幾家的姑娘。」

「幾家的？難不成還不止娶一個？」魏盈芷瞪大了眼睛。

「咳，這幾家只是候選候選，最終還要從中擇一位。」太子清清嗓子，解釋道。

「是哪幾家的姑娘？說來讓我也參詳參詳。」她努力忽略心底那點不舒服，好奇地問。

「一位是孫首輔的嫡次孫女，與蘊福同齡。這位孫姑娘頗有才學，又生得溫柔嫻雅，蘊福那般好學問，想來會喜歡這種才氣橫溢的姑娘的。」

「這個不好不好，不要選這個！那孫雅妍清高得很，又老喜歡壓人一頭，蘊福若是娶了她，將來不定會被欺負呢！不行不行，換一個換一個！」魏盈芷將腦袋搖得像是撥浪鼓。

「妳說的倒也有幾分道理，不過不要緊，還有呢！」太子煞有其事地點點頭，眼中卻是溢滿了笑意，慢悠悠地又道：「這第二位嘛，乃是鎮國將軍府嫡出的大姑娘。這慕容姑娘端莊大氣，言行不俗，日後必會是蘊福的一名賢內助。」

「不行不行，慕容文嫣此人說得好聽是八面玲瓏，說得難聽就是慣會裝模作樣，蘊福是個再實誠不過的，若是與她成了夫妻，不定會被她怎樣坑騙呢！」魏盈芷再度否決。

「這也不要緊，第三位嘛……」太子眼中笑意更盛，不緊不慢地再一次說出了新的人選，可無一例外地均被魏盈芷以這樣、那樣的理由否決掉。

他覺得甚是有意思，不禁起了壞心眼，隨意挑了幾位名門千金出來，故意安成了「貴妃娘娘替蘊福選中的人」，結果毫不意外地，再度被魏盈芷否決了。

「不要緊，還有一位……」他險些快要掩飾不住臉上的笑容了，連忙攏嘴佯咳一聲，擋去越來越上揚的嘴角。

「還有？」魏盈芷狐疑地望了他一眼。

貴妃娘娘到底選了多少姑娘啊？這一個又一個的，沒完沒了。

「這最後一位嘛，妳必是再挑不出半點毛病來。」太子一臉肯定。

魏盈芷從鼻子裡輕哼了一聲。「你且說來聽聽！」

「這最後一位嘛，乃是靖安伯唯一嫡女……」

啊？魏盈芷的一雙眼睛瞪得更大了。慧表姊？不會吧？

見她瞪大一雙水靈靈的眼睛老半天，卻是一句反駁的話也說不出來，太子終於忍不住哈哈大笑，忽地往她額上輕彈了一記，笑道：「怎樣？壞丫頭這回可挑不出毛病了吧？」

魏盈芷囁嚅半晌，才心不甘、情不願地道：「我家慧表姊是天底下最最好的姑娘……不過……」

「不過什麼？不過妳還是不怎麼願意她嫁給蘊福便是？」太子笑著說出了她心中所想。

魏盈芷支支吾吾，好半晌不知應該說些什麼？

慧表姊和蘊福都是很好的人，可為什麼他們湊到一起她也會不高興呢？

「我瞧妳這丫頭分明是故意挑刺！」太子笑著下了結論。

「才不是！」她下意識地反駁。

太子只是笑看著她，並沒有再說什麼話。

「那、那個，貴妃娘娘真的選中了慧表姊嗎？」她不放心地追問。

太子再忍不住，哈哈大笑。
魏盈芷被他笑得又氣又急，一跺腳。「你、你倒是說啊！」
「好了好了，不逗妳了。妳放心，母親並沒有想要撮合妳慧表姊和蘊福的意思。」
事實上，靖安伯府還達不到母親的要求，他家的女兒自然也不在名單上。
魏盈芷終於鬆了口氣，對著他這張俊美的臉龐再度放出了光。
太子哥哥真的不管什麼時候都那般好看！
太子又逗著她又聊了會兒話，兩人笑語不斷的一幕，很快便落到了瑞貴妃身邊最可信的女官身上。
她遠遠地看著那一高一矮兩道身影，片刻，腳步一拐便進了正殿。
麗妃不知何時已經離開了，殿內只剩下瑞貴妃一人。
她上前行了禮，這才不安地將太子與魏盈芷那一幕道來。「……太子殿下與盈姑娘畢竟都長大了，若是生了男女之情……」
瑞貴妃微微一笑。「本宮豈是那等糊塗之人？太子已經向本宮明言，他只視盈兒如同親妹妹；至於盈兒那丫頭，就更不可能有這樣的心思了。」
她還不至於糊塗到分不清一個小姑娘真心的愛慕與單純欣賞的區別。
「不過妳擔心的也有道理，既然雙方無意，總也得避忌些，也免得誤傳什麼風聲出來，誤了盈兒的親事。本宮明日便請陛下下旨賜婚，將太子妃正式訂下來。」

「娘娘對盈姑娘可真是好！」那女官感嘆道。

「盈兒那丫頭性子率真、心思通透，不似旁人那般七彎八拐，最是簡單不過，這樣的孩子相處起來最是輕鬆。」瑞貴妃臉上柔和了幾分。

「娘娘這般喜歡盈姑娘，為何不將盈姑娘賜婚給侯爺？」

瑞貴妃怔了怔，隨即嘆道：「盈兒這種簡單率真雖好，可也注定了她無法圓滑地處事。蘊福若是次子或幼子，或者不是兄長唯一的血脈，本宮自然願意……父兄一脈如今的境況，蘊福的妻子必將要手段周全、玲瓏剔透，盈兒到底欠缺了些。」

魏盈芷也算是她看著長大的，對這個心思簡單的孩子，她向來很是喜歡。宮裡的爭鬥太多，多到她輕易不敢喘口氣，也就與魏盈芷一處時，她才敢放鬆。

若是她還有第二個年紀相仿的兒子，必會替兒子聘她為妻，讓她當一個無所憂慮的皇子妃，繼續保持這樣的簡單。

太子送魏盈芷回正殿，卻沒有想到會聽見母妃這樣的話。看到魏盈芷的臉色微微發了白，他無奈地暗嘆一聲，這可真真是世事難料了。

他方才那些戲言，已經讓小丫頭慢慢開竅了，可母妃這一番話，必會讓小丫頭縮回去。

只可憐他那個表弟蘊福，只怕要爭取之事還多著呢！

第二十五章

魏盈芷也不知道自己是怎樣回到府裡的，她心不在焉地到大長公主處請了安，又到了沈昕顏屋裡哄祥哥兒叫姊姊，聽著小傢伙終於奶聲奶氣地喚了聲姊姊，雖然喚得不大準確，可也足以讓她高興得跳起來了。

「祥哥兒真厲害，會叫姊姊了！」她抱著軟乎乎、肉嘟嘟的弟弟用力親了一口，一雙明亮清澈的眼眸笑成了兩輪彎彎的新月。

她的祥哥兒真是天底下最最可愛的孩子了！

沈昕顏含笑看著樂作一團的姊弟倆，好片刻才摟過小兒子，一邊替他擦擦那張越發像魏雋航的小臉，一邊問女兒。「在宮裡遇到了什麼事，讓妳回來也是一臉的悶悶不樂？」

「哪有？哪有悶悶不樂。」魏盈芷下意識地反駁。

沈昕顏深深地望了她一眼，卻沒有再追問。女兒長大了，也該有些心事了……

魏盈芷生怕她再問，胡亂扯了個理由，也不等她發話便溜走了。

沈昕顏無奈地搖頭。

魏盈芷一口氣跑回了自己屋裡，卻見侍女湘兒歡天喜地地道：「姑娘快看，侯爺讓人送來的琉璃八寶盒，真真是精緻，就跟話本裡龍王爺的水晶宮一般！」

魏盈芷正想要接過來細瞧，不知為何卻又生出幾分彆扭來。「收起來吧！」見她不似平常收到蘊福送來的東西時那般興高采烈，而是看也不看便讓收起來，湘兒有些奇怪，不過也不好多問。

魏盈芷坐在書案前發呆，腦子裡亂得很，可蘊福的臉卻固執地出現在她的腦海裡，任她怎麼抹也抹不去。

「噢……」她呻吟一聲，也不知自己是怎麼了。

再看看屋子裡，案上的「花中四君子」筆架是蘊福去年送她的，玉兔紙鎮是蘊福今年年初送她的，那方據聞無數讀書人求之若寶的硯是蘊福上個月送她的。

還有多寶格上的一對玉瓶、花梨木圓桌上的彩瓷茶盞，就連她的妝匣子裡，也放著好些蘊福送給她的珠寶首飾。

不知不覺間，那個人給她的東西已經快要遍佈屋子了嗎？

若是以前她並不覺得有什麼，打小她給蘊福的東西也不少啊，況且她與蘊福一直如親姊弟一般相處著。

她還記得蘊福小時候那個瘦瘦弱弱、很容易被人欺負的模樣，她要是不保護他，不定還有多少人欺負他呢！

「不行，都已經長大了，不能再像小時候那般！」她暗暗下了決定。

很快地，蘊福便發現魏盈芷開始對他避而不見了。

他百思不得其解，想著是不是自己又不小心惹惱了她？可思前想後仍一頭霧水。

魏盈芷有些無聊地絞著手上的帕子，身邊圍著好幾名正賣力地討好她的姑娘。

當中一名姓萬的姑娘，她也記不清對方是哪家的女兒，只知道她那張嘴當真厲害，奉承話張口就來，還不帶重複的。

她想，難道這便是貴妃娘娘說的圓滑嗎？應該不是吧？

視線很快便落到了不遠處一個孤伶伶的纖柔身影處，只掃了對方一眼便移開了。

那是越哥兒口中把全京城的姑娘都比下去了的周莞寧。

在場的全是官家姑娘，其中不乏名門世家的嫡姑娘，自然沒有人願意給她充當映襯的角色，故而周莞寧身邊除了偶爾有幾位出身較低的姑娘上前搭話外，再無其他。

魏盈芷想，或許這叫美得高處不勝寒？

雖然不願意承認，可這個周莞寧確實相當美，至少比在場許多姑娘要美。

「盈芷！」忽聽有人喚自己，她轉身一望，便見董汀如盈盈立在身後不遠，正衝著她笑。

「汀如姊姊！」她笑著上前招呼。

那圍在她身邊的姑娘見本是一直不鹹不淡的她突然露出笑容，均好奇地望向董汀如，想知道是哪家的姑娘，竟然能讓這個高傲的魏盈芷這般熱情？

「是董家姑娘，據聞她的生母與英國公夫人是舊識。」有人認出，低聲解釋。

「原來如此，我就說嘛，若是尋常的人家，哪能得魏四姑娘一個笑臉。」

「別亂說話。」

……

身後的議論魏盈芷並沒有聽到，倒是剛好經過的周莞寧微不可見地皺了皺眉，似是不悅這些人當面與背後的不同嘴臉。

「妳真是走到哪兒都是如眾星拱月一般。」董汀如打趣道。

「什麼眾星拱月，不過是些阿諛奉承之輩罷了，真當我是那等沒腦子的呢！」魏盈芷撇撇嘴。真心與假意她還是能分得出來的，否則這些年也是白替母親管家了。

董汀如笑著在她嘴角上捏了一把。「妳裝出來的那副目無下塵的模樣，初時可真把我給嚇住了。」

魏盈芷嘻嘻一笑。

董汀如數年前便跟著父母外任，直到幾個月前才回京。

兩人說說笑笑一陣子，董汀如便被人叫走了，魏盈芷不欲再去當那被拱的月，乾脆便挑著些人少的清幽小路走著。

「她也不過是好命，若不是出身好，憑她那性子，會有人願意搭理她才怪呢！」

「所以這才是好命啊！」

「我瞧她還不如周莞寧呢，周莞寧好歹還有張臉，她除了家世還有什麼？沒瞧見貴妃娘娘都不挑她當太子妃嗎？」

「家世好也是一種優勢啊！」有人不贊同。

「家世再好，可她長得那般刻薄，一瞧也不會有什麼好姻緣！」

聽到這裡，魏盈芷終於認出那個在背後不遺餘力地抹黑自己的，正是方才那萬姑娘。

又聽那萬姑娘不屑地道：「估計太子妃之位落了空，她便想著忠義侯夫人之位了，也不瞧瞧自己——」

「我便不瞧又當如何？」她緩緩地從樹後轉出來。

正圍在一起的三名女子臉色一變，尤其是那位萬姑娘，整張臉白得半點血色都沒了。

魏盈芷走到她跟前，猛地一巴掌往她臉上搧過去，瞬間便在對方臉上落了一個掌印。

「我便再不堪，也不像妳這般當面做人、背後當鬼！」

那萬姑娘本不過是想在地位不如自己的「姊妹」跟前抖抖威風，順帶著發洩一下被魏盈芷漠視的不滿，哪想到會被她抓個正著，一時間搗著臉，半句話也不敢爭辯。

其他兩名女子白著臉，卻是一句話也不敢說，只恨不得將自己縮成一團，以免禍及自身。

魏盈芷只冷冷地掃了她們一眼，並沒有再說什麼，衝著那萬姑娘冷哼一聲，轉過身正打算離開，便對上周莞寧滿眼的不贊同。

「妳這樣做不好。」周莞寧的聲音軟綿綿、甜糯糯的，甚是好聽。像是為了讓魏盈芷更重視她的勸說一般，她又緊接著加了一句。「妳哥哥若是在，也不會贊同妳這般做的。」

魏盈芷皺起了眉。雖然有些不悅對方的多管閒事，可她還是能感覺到對方並沒有惡意，不過在聽到她後面居然拿她的哥哥來壓制自己，頓時就更加不悅了。

「多謝妳的好意，不過我既敢做，便不怕任何後果。況且，家兄如何，相信我這個親妹子比妳這個外人更加瞭解，就不勞周小姐費心了。」她的語氣雖然平靜，但那客氣而疏遠的意味卻是相當明顯。「還有，周小姐好歹也是個未出閣的姑娘，將一個外男掛在嘴邊怕是不好吧？若是讓人起了誤會，誤了周小姐日後的大好姻緣，倒是家兄的不是了。」

周莞寧輕咬著唇瓣，臉上微微有幾分不自在，一雙明亮的翦水眼眸隱隱透著幾分若有似無的委屈。她也不過是一番好意，不想看到魏大哥的妹妹因此被人非議，沒想到這個魏四姑娘言辭竟是這般鋒利。

魏盈芷突然就覺得有些厭煩，尤其是一時又分不清周莞寧與自己的兄長到底有什麼關係？聽她話裡之意，好像與兄長挺熟悉的，可自己卻記得兩府之間唯一有聯繫的也不過是大伯母的妹妹，如今的周五夫人而已。

她不願與她再多說，敷衍地行了個禮，轉身便離開了。

回到各府閨秀聚集的揖翠閣，迎面便看到孫首輔的嫡孫女孫雅妍上著白底繡梅半臂，下穿淡紫百褶裙，腰間繫著長長的宮絛，步履輕盈，正如眾星拱月般款款而來。

她下意識便止步回頭，望向身後不遠的周莞寧，皆因她發現，孫雅妍居然與周莞寧穿著相差無幾的衣裙。

孫雅妍也是個難得的美人胚子，加上又素有才女之名，如此清雅的打扮將她襯得飄飄似仙。可偏偏周莞寧卻更勝她一籌，那天生的柔美氣質，比之孫雅妍要少了些清高，亦更容易吸引人的目光。再加上她讓人嫉妒的好底子，膚白瑩玉，眉不畫而黛，唇不點而紅，一雙水汪汪的美目含著好奇，如同懵懂不知事的孩童般清澈，又像是誤入人間的山中精靈。

此時的眾女也發現了這個意外，視線下意識地在孫雅妍與周莞寧兩人身上來回打量。

這兩人，一個是現今首輔的孫女，一個是前首輔的孫女，本就極容易被湊到一起相提並論，如今偏偏這兩人又作了甚是相近的打扮，更將這種比較赤裸裸地擺到了明面上。

孫雅妍的臉色在看到對面的周莞寧時便變了，心中暗惱，尤其是周圍隱隱傳入耳中的對周莞寧的驚豔之語，更讓她羞惱得險些當場要拂袖而去。

便是周莞寧也有些不知所措起來。

魏盈芷突然想到越哥兒那句「周姑娘把全京城的姑娘都給比下去了」，再看看自動送上門來與周莞寧作比較的孫雅妍，眸中不由得添了幾分同情。

「那周姑娘當真是美，只怕滿京城也挑不出幾個這樣的美人來，盈芷姑娘說是嗎？」

她勉強按捺著性子又坐了一會兒，正想要告辭回府，孫雅妍不知什麼時候走到了她的身邊，別有深意地道。

「孫姑娘不是已經以身試過了嗎？」魏盈芷斜睨了她一眼。

孫雅妍臉上一僵，很快便掩飾了過去，若無其事地又道：「方才盈芷姑娘與周姑娘一起過來，不承想妳倆竟是相識。」

「我與她並不相熟，孫姑娘若是想做什麼儘管做去，與我不相干，我也沒那個閒心多管閒事。」魏盈芷有些不耐煩。

孫雅妍的笑容有些僵硬。「盈芷妹妹這話是什麼意思？我有些不明白。」

「那我便說得明白些。妳來尋我說這些含沙射影之話，不過是想拿我作槍使罷了。敢情妳以為這世上就妳一個聰明人，其他的全是蠢才不成？不就是被人家給比下去了嘛，那便乾脆些承認自己不如人家，能有多難？再不就使點手段，讓對方出出醜、吃吃暗虧，小小報復一下，只記得要自己做去，別想著慫恿別人替妳出頭，尤其別想著打我的主意。我魏盈芷不怕麻煩，可也不是那種自尋麻煩的，日後在我跟前，說話便直白些，心眼也少耍些，我沒那個閒工夫聽妳們這些人兜圈子。」說完，魏盈芷也不去看她已經相當難看了的臉色，拂了拂衣袖，頭也不回地離開了。

「魏盈芷、魏盈芷，等等我……」

正準備上車回府，忽聽身後有人喚自己，魏盈芷回頭一看，見鎮國將軍府的慕容文琪正小跑著追了過來。

「我也打算回府，乾脆妳便送我一程吧！」慕容文琪不客氣地道。

「我們不同路。」魏盈芷並不怎麼樂意。

「多大點事？好歹相識一場，送我一程算什麼？也不用這般小氣吧？走走走……」慕容文琪乾脆便拉著她，硬是上了英國公府的馬車。

魏盈芷無奈，也只有遂了她的意。

「妳方才跟孫雅妍說的話我都聽到了，果然不愧是魏四姑娘，說話就是直爽！」車內，慕容文琪誇道。

魏盈芷可有可無地「喔」了一聲。

慕容文琪又問：「妳真的與那周莞寧不熟？」

「我騙妳做什麼！」

「那就好。我方才沒忍住，嘲諷了她幾句。」

「好好的妳嘲諷她做什麼？」魏盈芷奇怪地望向她。

「若不是怕我哥生氣，我還想甩她一個耳刮子呢！偏我哥把她當作心中的神女，在他心裡，我這親妹妹的地位還不如她呢！我哥就是個瞎眼的，打小便愛圍著那周莞寧轉……」

慕容文琪還說了些什麼，魏盈芷也沒有認真聽，只是突然想到方才周莞寧口中提到自己的兄長，秀眉不知不覺間便蹙了起來。

「……去年還為了救那周莞寧，險些把自己的命給丟了，我要告訴爹娘，他還敢威脅我！妳說那周莞寧也真是的，出門便出門，老老實實帶著下人不行嗎？偏要到處亂跑——」

「英雄救美？」魏盈芷忽地插話。

慕容文琪被她給噎了一下，隨即啐道：「什麼英雄救美？我瞧著她就是不安分！怎的出門的夫人、小姐那般多，偏那些壞人就瞧上她了？」頓了頓，她突然壓低聲音道：「魏盈芷，不如妳給我當嫂嫂吧？雖然妳也不是個多好的，但總比那周莞寧要強。」

「去去去，一邊待著去！再胡說我就一腳把妳踢下馬車！」魏盈芷威脅道。

慕容文琪到底還是有些怕她，不敢再說。不過也就那麼一會兒的工夫，她又道：「妳真不考慮一下？我哥雖然一時被那周莞寧給迷住了，但只要他娶了親，清醒過來，還是相當不錯的。況且，妳方才打了那姓萬的女子一巴掌，她不定四處壞妳名聲，將來誰還敢娶妳？」

「妳是不是以為我真不敢踢妳下去？」

「妳敢妳敢，妳魏四姑娘有什麼不敢的？」慕容文琪嘀咕，終於徹底老實了。

沒過幾日，沈昕顏也終於知道了女兒做的好事，教訓道：「我瞧妳不吃上一回虧，都不知道『謹言慎行』這四個字是怎樣寫！妳若是惱她，用什麼法子出氣不行，偏要在旁人跟前直巴拉地打人家？傳出去，妳這名聲還要不要？」

魏盈芷老老實實地聽著她教訓，一直到沈昕顏訓得累了，這才乖巧地倒了盞茶送到她手上。「娘說的我都懂，只是，人活一世，為什麼要過得那般憋屈？至於那些什麼名聲，喜歡妳的、欣賞妳的，自然會想方設法瞭解真相，公正評論；不喜歡妳的，便是妳完美得不似凡人，依然能捏造出莫須有之事栽到妳頭上。況且，我有祖母、有爹娘、有兄長愛護著，是國公府堂堂正正的姑娘，身分本就高上那姓萬的許多，難不成她得罪了我，我倒還要顧忌著給她教訓？」

沈昕顏難得地被她用話給堵住了，好一會兒才道：「焉知小鬼難纏……」

「做人若是瞻前顧後，那一輩子得有多累啊！」

沈昕顏深深地凝望著她，見她一臉的不以為然，良久，無奈地嘆了口氣。

「虧得妳出身於國公府，若是生於家世稍低的，以妳這樣的性子，不定要吃多少苦頭！」最後，她只能沒好氣地在她額上戳了戳。

「娘擔心這些做什麼？富貴有富貴的活法，貧困也有貧困的活法，我若是沒這樣的出身，自然也養不出這樣的脾氣。」魏盈芷搖頭晃腦地道。

沈昕顏被她逗笑了，用力捏了捏她的嘴角。「如此說來，妳這樣的壞脾氣倒是爹娘養出來的？」

「這是自然，若沒有你們給我的底氣，我哪來這般大的膽！」魏盈芷笑嘻嘻地靠著她的肩，撒嬌道。

「只是，爹娘終有一日會先妳而去，兄長與妳又各有自己的家，哪能護妳一輩子呢？」

沈昕顏輕撫著她的長髮，嘆息著道。

「母親想得多了些，若是嫁人之後還得讓自己過得憋憋屈屈的，我做什麼要嫁？乾脆包袱跟許姨母過算了，跟著她大江南北四處去，得多痛快啊！」魏盈芷不以為然。

沈昕顏頭疼地揉了揉額角。看來這輩子受許素敏影響的不只她自己，還有她這個女兒。

「改日我必讓妳許姨母好生教訓教訓妳！」她氣不過，又在她臉上掐了一把。

方碧蓉上門拜訪時，沈昕顏還是有些意外的。

這幾年方碧蓉到國公府來並不算勤，但與國公府的關係維繫得倒是頗好，至少大長公主每回都願意見她，並和她說上一會兒話。

但方碧蓉並未曾特意到福寧院來見她，似今日這般倒是頭一回。

「今日難得夫人得空，碧蓉便來叨擾一杯清茶，夫人不會嫌棄吧？」方碧蓉笑著道。

「周五夫人肯賞臉，是我的榮幸。春柳，倒茶。」沈昕顏同樣笑容滿面。

兩人互相客氣了幾句，彼此又拉了會兒家常，方碧蓉才緩緩地道：「這一眨眼的工夫，霖哥兒也到了娶親的年紀，不知夫人心中可有了人選？」

「聽周五夫人的語氣，難不成有好姑娘介紹？」沈昕顏笑著問。

「霖哥兒這般出色的孩子，滿京城盯著的人家可多著呢！可惜我那秀丫頭生得晚了些。」方碧蓉同樣笑道。

她口中的秀丫頭指的自然是她的女兒周莞秀。

「待日後秀丫頭長成，只怕妳這個當娘的還有得操心呢！」

「可不是，這兒女啊，都是父母的債！」

兩人又扯了一通兒女經，方碧蓉才終於進入了正題。

「前些日子，我府上大伯一家子回京，不過沒幾年不曾見我那莞寧姪女，不承想竟出落得似仙女一般，生生將滿府的丫頭都比下去了。」

「周姑娘確是天姿國色。」沈昕顏猜測著她的來意，斟酌著回答。

「原來夫人也曾見過她。」方碧蓉故作詫異，隨即一拍腦門。「瞧我這腦子，國公爺與我家大伯同朝為官，夫人認得莞寧姪女也不奇怪，怪道霖哥兒也不時前去拜訪我那大伯呢！」不等沈昕顏說話，她又笑盈盈地道：「霖哥兒是難得的才俊，莞寧姪女又是少見的佳人……」

沈昕顏心思一動。這是替周莞寧作媒來的？不過細細一打量，沒有錯過方碧蓉在提及周懋一房人時臉上一閃而過的厭惡，她又打消了這個念頭。

看來作媒是假，試探才是真。

「一家有女百家求，令姪女如此容貌，只怕媒人都要踩破門檻了。」她端過茶盞呷了口茶，不動聲色地回答。

方碧蓉一直緊盯著她，不放過她臉上每一分表情，只見她神情淡淡的，一時倒也瞧不出喜惡，心裡有些打不定主意。這是對周莞寧有意呢，還是無意呢？

「這倒也是，如此佳人，自是引得各家公子爭相來求。這些年隨父在任上，身邊也一直有鎮國將軍府的公子在護著……」說到這裡，她又打量了一下沈昕顏的臉色，見她仍是神色淡淡的，半點異樣也瞧不出。「如今大伯這差事也有了，日後便留在京城，這莞寧姪女的親事想必也會再上一個臺階。據聞太子妃的人選已經定下來了，只這太子側妃嘛……」

沈昕顏微驚，方碧蓉敏感地抓住了。

原來並無意啊！這就好。心裡有了主意，方碧蓉略一定神，意有所指地道：「如今三年孝期已過，陛下卻始終沒有起復的旨意，這人嘛，自然是急了些，莞寧姪女又是這般天姿國色，想來必有一番機緣。」

沈昕顏不是蠢人，自然聽得出她口中提及的「急了些」之人，必是曾經的周首輔。

看來那前首輔大人並不甘心就此沈寂下去啊！而周莞寧又是那樣的容貌，他會想著藉她的親事攀上太子並不是什麼意外之事。

他如此打算，想來是已經放棄了宮中的周皇后，打算投向瑞貴妃了。只不過，以周懋夫婦愛護女兒之心，必不可能會同意，只怕周府父子間又因此生出了不少嫌隙。

都說到了這分上，可沈昕顏除了有點吃驚之外，再沒有半點反應，方碧蓉終於放心了。

這樣就好，既然國公府無意，她便可以放開膽子行事了。至於那老頭子打的主意……她暗地冷笑一聲。

大房若是借周莞寧攀上太子，從此周府還會有他們五房的位置嗎？便是宮裡的皇后也不可能會同意。

沒想到當年那個溫文爾雅的首輔大人，沒了權勢之後，與普通的糟老頭子並無不同，當年她果然是年少無知。

有了答案，此行便不算虛，方碧蓉自然無意久留，轉過話題又說了會兒京中的閒談，便告辭了。

沈昕顏命春柳送了她出二門。

知道了周府的打算，沈昕顏自然不會瞞魏雋航，一五一十地將方碧蓉透出來之話對他道來。

魏雋航聽罷皺起了眉頭。「周老大人果然還是不肯死心，只到如今卻也沒有看清形勢。周府中已經有了周懋，陛下又怎可能會再用他？周府嫡庶兩系在陛下心裡，已經是此消彼長的了。」

沈昕顏不懂朝堂之事，只略有幾分憂慮地道：「這等事不怕一萬，就怕萬一，有心算無心最易成事，到底不可放鬆了。」

「夫人放心，此事我會斟酌著辦的。」

得了他的話，沈昕顏總算是稍稍放下幾分心來，可不自覺地又想到女兒那番話，略有些抱怨地道：「盈兒那丫頭，真真是讓人半點法子都沒有了。」

魏雋航聽罷倒是哈哈大笑。「這丫頭倒也沒有說錯，身為國公之女，有些傲氣算得了什麼！」

「你還好意思誇她？」沈昕顏無奈極了。

「我知道夫人在擔心什麼，是擔心她日後親事。可夫人著實多慮了，只憑她的出身，哪怕是個無鹽女，只怕也有大把人家上門求娶。」

「十個『大把人家』，也不及一個『好人家』呀！」沈昕顏瞪他。

魏雋航又是一陣大笑，在收到夫人的嗔視後連忙掩下笑聲，清清嗓子，一本正經地道：「夫人不必擔心，從來大戶人家出身的女子哪個沒幾分脾氣？更何況咱們的盈兒又不是沒腦子只莽撞的。相反地，她的雷霆手段是許多養在深閨的女子所缺乏的，自然會有人欣賞。」

沈昕顏搖搖頭，隨即又嘆了口氣，不想再與他爭辯女兒之事了。反正這輩子她得擦亮了眼睛挑女婿，免得將來後悔莫及。

隔得半月有餘，沈昕顏與魏盈芷在對著帳。這幾年不但府裡的雜事，便連她名下的嫁妝鋪子，她也讓女兒分擔了一部分。

小丫頭初時總是抱怨，只時間漸久，一切上手了，便也品出些滋味來。

「夫人。」正在此時，春柳臉色難看地走了進來，一見魏盈芷也在，便將話給嚥了回去。

「今日便先對到這兒吧，妳先到妳祖母處去，看看擬的菜單子她可有意見？」沈昕顏合上帳冊，對女兒道。

「想支開人家便直說唄，偏要扯個理由！」魏盈芷嘀咕一句，在娘親的瞪視下一溜煙便跑掉了。

「說吧，有什麼不好的事要稟？」

「前頭平硯使人來回，世子救下了落水的周府三姑娘。」

沈昕顏皺眉。「可有人瞧見？不管怎樣，先將此事給我瞞得死死的，不許有半點風聲洩漏出去！」雖是事非得已，但也算是有了肌膚之親，若是傳出去，這個兒媳婦她便是再不想要，也不得不認下了。

「夫人放心，我已經吩咐過了。」春柳也知道事態嚴重。跟在沈昕顏身邊這般久，她瞧得出沈昕顏並不樂意與那個周府扯上什麼關係，自然也不會樂意世子娶這個周三姑娘。

「我記得今日霖哥兒是與太子殿下出去的，怎與那周三姑娘——」話音戛然而止，沈昕顏想起了那日方碧蓉所說之事。

難道今日此事謀算的是太子，而她的兒子不過是又充當了一回「英雄」？

隔得數日，事情急轉直下，京中竟然突然傳出了鎮國將軍府的四公子英雄救美的「佳話」，而這個「美」，雖然沒有明言，但卻暗戳戳地指向了周府的三姑娘，那個美得如同九天玄女下凡塵的女子。

流言愈演愈烈，待沈昕顏聽到時，流言已經傳到了兩府即將替「英雄慕容四公子」與「美人周府三姑娘」訂下親事的地步了。

「咦？好生奇怪，明明那日是世子救下的周三姑娘，怎的變成了慕容滔公子了？」春柳自然也聽到了這樣的話，百思不得其解。

沈昕顏初時也是想不明白，不過轉念一想到上輩子慕容滔對周莞寧的執著，暗暗思忖著，莫非這一切都是慕容滔先發制人放出來的？

上輩子周莞寧便是嫁了人，慕容滔仍是癡心不改，暗地裡沒少給她的兒子下絆子，後來更是不惜暗中與誠王世子勾結，裡應外合，假作「逆賊」將周莞寧給擄了去。

當然，他能順利將人給擄去，也有上輩子她的「功勞」便是了。

如今看來，這周府裡的爭鬥已經逐漸開始白熱化了，這輩子多了一個方碧蓉，怕那溫氏未必是對手，否則也不至於險些將周莞寧給搭進去了。

這鎮國將軍府的公子與周府也稱得上是門當戶對，若是兩家就此訂下親事，倒也真的是成全了這段佳話。

只是……會嗎？她並不敢肯定。

「請世子過來，我有話要與他說。」終究還是有些放心不下，她吩咐道。

「世子方才便出府了，如今並不在府中。」很快地，便有下人來稟。

出府了？沈昕顏不知為何，心裡總有幾分擔憂。
「可有說到何處去？平硯可跟著侍候？」
「這倒不曾說過，平硯並未跟著。」
「讓人留意著，若是世子回來了，請他馬上來見我。」她唯有無奈地吩咐。
魏承霖一直到了點燈時分才回來，一聽母親尋自己便急急到了福寧院。
「你……今日可是到了周府？」沈昕顏稍稍遲疑，終還是將心裡的話直接問了出來。
魏承霖沒有料到她尋自己問的竟是這樣的問題，雖是意外，但也沒有瞞她，老老實實地回答。「是，今日孩兒確是到了周大人府上。」
「是為了外頭傳得沸沸揚揚的『英雄救美』？」
魏承霖點頭。「確是為了此事。」
「你要插手周府與慕容府的親事？」沈昕顏的雙眉皺了起來。
「周大人並無意與慕容府結親，外頭那些話不過是有心人算計而已，是流言。事實上，當日救下了周姑娘之人是孩兒，並非那慕容滔。那慕容滔心懷不軌，竟想借由此事逼迫兩府成就親事，如此奸滑之徒，周大人又豈會將掌上明珠許配於他？」魏承霖解釋道。
沈昕顏平靜地道：「其一，外頭流言只提到慕容公子英雄救美，至於救美的時間與地點，可曾明言？你又如何得知他指的便是上回周莞寧落水一事？其二，據我所知，慕容滔與周莞寧兄妹自幼相識，與周懋周大人一家關係親近，若他真是心懷不軌，以周大人的精明，怎會還容他隔三差五的上門？最後，我只想問你一句，你插手此事，是打算如何解決？是自己挺身而出，承認自己才是救了美的英雄？」

魏承霖啞然，對上沈昕顏那平靜得瞧不出半點異樣的表情，他居然什麼話也說不出來。

「母親知道你是個有擔當之人，一心認定了那些話指的便是自己上回救了周姑娘之事，心中有愧，又不齒慕容公子如此手段，故而便打算自己站出來，母親說的可對？」沈昕顏沒有再逼他，不緊不慢地又道。

魏承霖薄唇微抿，遲疑須臾，微微頷首。「孩兒確是有此打算。」

「那你可曾想過，英雄救美本是一段佳話，可若是出了兩名英雄，會給外人增添多少談資，又會陷被救之人於何種境地？」沈昕顏耐著性子問。

「母親所說的，孩兒也曾考慮過，故而一直無法下定決心。」

這也是慕容滔可惡之處，那些流言放出去，他站出來澄清也不是，不站出來也不是，完全陷入了兩難之地。

「其實，此事最好的解決方法，便是鎮國將軍府與周府就此訂下兒女親事。周大人雖然如今對慕容公子生惱，可若慕容公子有心求娶，負荊請罪，坦誠對周姑娘的傾慕之心，周大人與周大夫人未必不會應下。事實上，從慕容公子放出那些話的那一刻開始，你便已是完完全全的事外之人，再牽扯進去，豈不是惹人笑話？」

魏承霖的臉色有幾分難看，沈昕顏的每一句話都像一記重錘敲在他的心上，帶來一陣悶悶的鈍痛。

「再說，周大人一家至今沒有任何表示，未嘗不是在等慕容公子一個態度？而你的態度，在你今日上門時便已經表明了，周大人再怎樣也不會怪罪於你。故而，此事你莫要再插手，我也不允許你再插手！」說到最後，沈昕顏的表情相當嚴厲。

魏承霖張張嘴想要說些什麼話，卻發現喉嚨像是被堵住了一般，竟是一句話也說不出來。

只有他自己才知道，他今日所作所為其實是有私心的。

私心上，他並不願意看到那慕容滔將周莞寧娶回去。

「霖哥兒，自幼你祖父便對你寄予了厚望，盼著你光耀門楣，你的祖母、父親，包括母親亦然。母親只盼著你日後行事，不管何時總要將府裡的親人放在心上，莫要辜負了這多年來他們對你的期望，更不要辜負了你祖父對你多年的悉心栽培。你在外頭忙了這般久也累了，回去歇息吧。」

魏承霖神情恍惚地從福寧院離開，也不知是不是他的錯覺，總覺得母親對他所說的每一句話都像是飽含了深意，尤其是最後那一番話，許是他過度敏感，竟然從中感覺到了幾絲若有似無的失望。

他讓母親失望了嗎？

然而，讓沈昕顏大感意外的是，那慕容滔居然一直沒有到周府負荊請罪！

她苦思不得解。

怎會如此？以慕容滔的癡情，眼看著只差一步便能抱得美人歸，怎會在這最關鍵的時候放棄了？這豈不是白白浪費了他前面所做的一切？

最後，還是魏盈芷帶來的消息替她解了疑惑。

「我也是聽慕容文琪說的，原來她的那個『英雄』兄長被慕容夫人關起來了。」魏盈芷隨口說著聽來的事。

沈昕顏恍然大悟。

原來如此，怪道呢，只差這臨門一腳了，偏偏被自己的母親出手扯了回去，以致至今邁不出去。

只是這樣一來，周莞寧的處境可就尷尬了。

她已經可以想像在等待慕容滔上門的周懋夫婦這段日子會有多難過了。

不過主角是周莞寧的話，她相信她肯定可以安然度過的。

果然不出沈昕顏所料，隔得數日，太子殿下身邊的一名侍衛，突然娶了周莞寧的貼身侍女。原本侍衛娶侍女是沒什麼好引人注意的，可偏偏近段時間京中不少人的眼睛都盯緊了周府，只看著什麼時候鎮國將軍府的官媒才會上門？哪想到等來等去，只等來了這麼一場婚事。

再有有門路之人打聽，方知原來那日不是鎮國將軍府的公子救了周府的姑娘，而是太子身邊的侍衛救了周姑娘的侍女。

一時間，不少人均大感失望。瞅了這般久的熱鬧，居然只是鬧了一場烏龍？

當然，這當中也有人不相信，可牽涉到太子身邊的人，便是有再多的疑問也不敢多說就是了。

沈昕顏對這個結果毫不意外，只是奇怪周懋竟然有能力請得動太子殿下出面替女兒挽回名聲。

此時的東宮處，魏承霖感激地向太子行了個大禮。「多謝殿下！」

「你此番倒是謝得古怪，我助的是周懋，如何是你來謝？」太子含笑問。

「此事畢竟因承霖而起，又豈能眼睜睜地看著周姑娘陷於流言當中？況且，殿下及時施恩解周府之困，以周大人愛女之心，必對太子殿下感恩戴德，殿下自此在朝堂上便也多了一個得力幫手。」

太子笑了笑。「你說的倒也有理。那周懋確是名能臣，能拉攏自是更好。只是，那周姑娘也是位難得的佳人，你若是喜歡，這門親事還是可以想一想的。」太子意味深長地又接著道。

魏承霖勉強扯了扯嘴角，並沒有接他這話，只是心裡卻有幾分苦澀。

他不是蠢人，自然可以從母親的態度中感覺得出來，她並不喜歡周姑娘，必然也不會願意魏、周兩府成為姻親。

出宮的時候，他突然感覺背脊一冷，轉頭一看，便看到慕容滔憤恨的臉。

慕容滔衝著他冷笑一聲，一言不發地翻身上了馬，很快便消失在他的眼前。

宮中，瑞貴妃慈愛地拉著蘊福的手道：「若是你不喜歡孫家姑娘也不要緊，鎮國將軍府的慕容姑娘——」

「姑母，姪兒心裡已經有了心悅的姑娘，孫家的姑娘也好，慕容家的姑娘也罷，都不是姪兒想要的。」蘊福打斷她的話，坦白地道。

瑞貴妃訝然。「你有了心悅的姑娘？是哪家的姑娘？為何不早些告訴我？」

蘊福有些不好意思地撓撓耳根，小小聲地道：「姑母也是認得她的……」

瑞貴妃更驚訝了，還想要追問，忽地靈光一閃，呼吸微頓，試探著問：「難道、難道是盈兒？」

蘊福紅著一張俊臉，卻沒有否認，略有些扭捏地「嗯」了一聲。

瑞貴妃沈默片刻。她早就應該想到才是……

久不見她反應，蘊福有些不安地輕喚：「姑母？」

「你心悅盈兒，那她呢？她心中可有你？」瑞貴妃柔聲問。

蘊福的一張臉頓時便垮了下來，好不洩氣地道：「她總把我當弟弟一般，最近也不知是怎麼回事，每回我去都尋不到她。」

瑞貴妃暗暗鬆了口氣，面上卻是半點也不顯。

雖說這幾年姑姪關係越來越親近，可她也清楚，在姪兒的心中一直是有英國公府那些人的位置的，尤其是英國公魏雋航一房。

故而姪兒心悅魏盈芷一事，她還是得好好想想。

辭別許素敏正準備回府的沈昕顏，被許久不曾見過的梁氏攔下了。

好歹也是前大嫂，又有沈峰、沈慧然兄妹的面子在，沈昕顏並沒有拒絕梁氏的邀約，兩人就近到了一家頗有名氣的茶樓坐下。

「沒想到咱們居然還有這般心平氣和地坐在一起說說話的時候。」梁氏感嘆道。

沈昕顏微微笑著點了點頭，並沒有多說什麼。

「我此次尋妳，是為了慧兒的親事。」梁氏開門見山道明來意。

「慧兒的親事？難道夫人有了好人選？」沈昕顏總算來了興致。

畢竟如今沈慧然的親事也是她頭疼的諸事當中的一樁，如果梁氏真有好的人選，那便算是了了她的一樁心事。

「我確是有了好人選，這個人便是英國公世子魏承霖。」梁氏望入她的眼中，一字一頓地道。

沈昕顏有些意外，但一時也不知道可以說什麼？

見她沈默不言，梁氏急了，一把抓住她的手問：「難道妳嫌棄慧兒，覺得她配不上妳兒子？」

沈昕顏搖搖頭。「我親手帶大的孩子，我又怎可能會嫌棄？」

梁氏鬆了口氣。「既如此，妳為何不同意？親上加親豈不是更好？慧兒又是妳帶大的，將來必然會好生孝順妳。」

沈昕顏嘆息。若是此門親事真的能成，她又怎可能不同意？只是這箇中緣由不便對梁氏說而已。

「慧兒是個難得的好孩子，若能得她為媳，我自是感激不盡。只是霖哥兒的親事，卻非我一人所能作主的。」到最後，她只能這般含糊地回答。

梁氏想想也覺得有點道理。到底是國公府的世子爺，他的親事想來要得大長公主和國公爺同意。

國公爺那裡倒也好辦，只是大長公主……以她的眼界，只怕未必會瞧得上如今的靖安伯府，更何況，慧兒還有她這麼一個和離了的母親。

「說到底，終究還是我連累了他們兄妹！」她長長地嘆了口氣。兒女親事的艱難，想來根源還是在她的身上。尤其是女兒，若不是因為有她這樣的母親，憑她伯府嫡女的身分，再加上沈昕顏的關係，只怕早就定好了好人家，又哪會拖到現在？

「妳也莫要這般想，這些年妳所做的一切，峰哥兒兄妹幾個都瞧在眼裡，心裡早就不會怪妳了。至於峰哥兒，不過是一時拉不下臉罷了。」沈昕顏勸道。

這幾年梁氏像是為了贖當年的罪一般，又是收養孤兒，又是布棚施粥，又是捐錢替佛像重塑金身，且每一件事都是低調地進行著，若非沈昕顏意外遇上一回，也不會知道她竟做了這般多的事。

梁氏搖搖頭。自己孩子的性情她還是知道的，並不願再在此事上糾結，只憂心忡忡地繼續道：「我如今只想著他們兄妹兩人的親事，其他的也顧不了許多了。」

沈昕顏明白她的心思，如今的她不也是一樣嗎？將兒女的親事放在了頭等大事上。

兩人離開後不久，慕容滔才緩緩地從隔壁的房間走出，望著樓下已經上了回府馬車的沈昕顏，神情莫測。

他想到日前妹妹慕容文琪對他說的那番話——

人家周莞寧早就已經攀上英國公府的魏承霖了，她的父母也一心想要與國公府聯姻，又哪會瞧得上你？偏你還一個勁兒地往前湊！你若不死心，那便好生等著這兩府聯姻的消息傳來吧！

聯姻？這輩子就別想了。他的人，是不會這般輕易便讓出去的！

卻說蘊福自向瑞貴妃表明了對魏盈芷的心意後，瑞貴妃便漸漸將替他擇媳之事緩了下來，讓一直在等著結果的孫家與慕容家失望不已。

尤其是慕容文嫣，越發的坐立不安，忽地想到妹妹慕容文琪像是與魏盈芷有幾分交情，想著若是藉由魏盈芷提前在忠義侯跟前落下好印象，或許這親事便更有把握幾分。

「……魏盈芷那人不是什麼容易親近的，她那性子可厲害著呢，我與她可不敢提什麼交情，不過偶爾能說兩句話而已，這也還是因為我們都不大喜歡周莞寧之故。」慕容文琪一聽姊姊問起她與魏盈芷的交情，頓時又是搖頭、又是擺手。

正要邁進來的慕容滔若有所思地止住了腳步，不過片刻間腦子裡便有了主意，轉身離開。

好不容易逮住了魏盈芷的蘊福緊緊抓住她的手腕，魏盈芷掙脫幾下而不得，噘著嘴道：「你又要做什麼？我還要替哥哥準備去圍場帶的東西呢！」

「我也要去圍場，不如妳也幫我準備準備吧！」蘊福眼睛一亮，頓時便有了藉口。

「你府裡那麼多人，哪裡輪得到我來？快快放手，又不是小孩子了，讓人瞧見不好。」

「我不放，一放妳就又跑了。妳最近在忙什麼，怎的老是尋不到人？」
「我爹不在家，我總得要多陪陪娘啊！」
事實上，魏雋航日前便到了外地調查一宗命案，如今確是不在府中。
「盈兒！」沈慧然過來的時候，認出擋住了魏盈芷去路的是蘊福，彼此見過，便對魏盈芷道：「姑姑在找妳呢，怎的還不過去？」
魏盈芷應了一聲，跟著她便走了。
「妳與侯爺都長大了，可不能再似以前那般。我聽說貴妃娘娘已經替侯爺選定了夫人人選，妳……」沈慧然低聲勸道。
魏盈芷垂著眼簾應了一聲，也不知在想什麼？
數日後，蘊福來向魏盈芷辭行，高高興興地道：「盈兒妳等著我，我給妳獵一大堆獵物，咱們再像以前那般烤著吃。」
她揚了個笑臉，脆聲應下。「好，我等著便是！」
瞬間便見蘊福臉上露出了一個燦爛的笑容。
另一邊的沈昕顏也不放心地一再叮囑魏承霖，便連魏承祥也學著娘親的話。
「切莫貪功，記得一切以安全為上。」

「為上！」

「……圍場上弓箭無眼，你得多加小心。」沈昕顏語氣微頓，接著又道。

「小心！」無意外地，魏承祥再度學舌。

沈昕顏有些說不下去了，哭笑不得地低頭望向正把玩著她裙上墜著的玉珮的小兒子。

便連一旁的魏承霖等人也是忍俊不禁，好笑地望著某個渾然不覺的小傢伙。

祥哥兒不見娘親再說話，好奇地抬頭，臉蛋隨即被一隻柔軟的手捏了一把。

他撲閃撲閃眼睫，圓溜溜的烏黑眼眸裡盡是疑惑，越發引得眾人一陣大笑。

笑聲中，沈昕顏送走了長子與蘊福，看著兩人策馬離開的身影，她有幾分失神。

第二十六章

沈昕顏並沒有想到，半個月後，魏承霖竟是負傷而回！

看著兒子肩膀上包紮好的傷口處滲出的血跡，她的臉一下子就白了。

「母親不必擔心，不過是小傷，太醫診治過了，並沒有什麼大礙。」魏承霖安慰道。

將他送回來的蘊福也忙道：「夫人莫擔心，陛下賜了最好的傷藥，又請了最好的太醫診治，說只是皮外傷，休養一陣子便好。」

沈昕顏雖有心責備兒子幾句，可見他臉色蒼白，那些話怎麼也說不出口了。

安頓好受傷的兒子後，她喚來魏承霖身邊的平硯，詳細問他關於兒子受傷之事。

「以世子爺的身手，怎會輕易被畜牲所傷？若不是早前與慕容小將軍交過手受過傷，又急著去救周家姑娘，這才一時不著——」

「他與慕容滔交過手？因何交手？」沈昕顏打斷他的話。

「這個平硯不知，只知在圍場上，慕容小將軍處處針對世子爺，後來也不知怎的便打了起來。再後來便聽聞周姑娘走失了，周大人正命人尋找，兩人這才停下來，各自幫著找。後來還是世子尋到了崴了腳被困於山坡下的周姑娘，兩人歸來的路上遇到了熊瞎子……」

沈昕顏不由得打了個寒顫，她已經可以想像得到受了傷、還帶著一個累贅的兒子，艱難地與熊瞎子搏鬥的驚險情形了。

而另一邊的魏盈芷也從蘊福口中逼問出了事情的真相。

「又是她！怎的每回都是她出事？真是個麻煩精！既然要跟著去，安安分分的不好嗎？盡出么蛾子，還帶累了旁人！」魏盈芷氣結。

「只是個意外，周姑娘其實一直安安分分的，並不曾亂走，不過是……」

「你還敢替她說話？」魏盈芷瞪他。

蘊福當即噤聲。

「哥哥也真是倒楣，怎的每回都遇上她出事？救也不是，不救也不是！」

蘊福覺得自己還是有必要替魏承霖說句話的。「承霖哥哥不是那等見死不救之人，況且周姑娘又是個無辜的弱質女子，總不能看到人家出事了還當不知道吧？」

「就知道你們這些男的，一見到稍有幾分姿色的女子便忍不住想充英雄！」魏盈芷氣鼓鼓地又瞪她。

「我倒是想當妳的英雄，可妳也得給我個機會呀！」蘊福嘀咕。

魏盈芷耳尖地聽到他這話，俏臉不由自主地泛起了桃花，整個人也有些不自在。

蘊福被她這難得的羞澀模樣吸引住了，一時沒忍住，衝口而出。「要不咱們成親吧？」

嚇！魏盈芷愕然，一雙美目瞪得老大。「你胡說些什麼？」她反應過來，羞惱地跺了跺腳，一轉身就要跑掉。

蘊福初時也被自己這般直白的話給嚇了一跳，待見她要走，下意識地伸手抓住她，忙道：「妳、妳別惱，別惱……」

「你再說這些不著調的話，我便再不理你了！」魏盈芷被他拉著也走不掉，唯有板著臉道。

「我沒有胡說，這些也不是不著調的話。」蘊福嘀咕，可見她板起了臉，那些話頓時便不敢再說了。

兩人就這樣乾巴巴地站著，偶爾抬眸偷偷望對方一眼，不經意間對上對方的視線又慌忙移開，只不過須臾的工夫便又偷偷望過去。

「這些話日後不許再說了，貴妃娘娘……貴妃娘娘不是已經替你選好了人嗎？你日後娶了親，便要對夫人一心一意，莫要像我三叔那般，左一個姨娘、右一個通房地抬——」魏盈芷也不知自己在說些什麼，只是覺得心裡一陣慌亂，迫切想要緩解當下的尷尬。

「姑母是選了人，可我拒絕了。」蘊福打斷她的話，認認真真地回答。「我不會娶自己不喜歡的姑娘，這樣對她不公平。」

魏盈芷只覺得心跳得更厲害了，「撲通撲通」的，彷彿下一刻便會從裡面跳出來。可是，心底深處卻滲著一絲說不清、道不明的竊喜。

蘊福本來是打算一鼓作氣到沈昕顏跟前表明迎娶魏盈芷的心意，可如今魏承霖受傷，魏雋航又不在府中，這些兒女之事他倒不好再提了。

因為魏承霖的受傷，國公府內一陣兵荒馬亂，大長公主顫巍巍地拄著枴杖過來，一見長孫這般模樣便抹起了眼淚，沈昕顏與魏承霖等人自又是好一番勸慰，好不容易才將大長公主給勸了回去。

「二嫂，我方才聽說霖哥兒在圍場上救了周家的那個姑娘？」楊氏拉著沈昕顏的手，壓低聲音問。

「也不算是救吧，只是恰好遇上……」沈昕顏含含糊糊地回答。

「二嫂，不是我說，咱們霖哥兒那樣的人品，多少人家盯著他呢，那周府不會借此機會死攀上來吧？」楊氏的臉有幾分古怪。

「三弟妹多心了。」沈昕顏不知應該說些什麼好，唯有打個馬虎眼。

「不是我多心，而是如今『大恩無以為報，唯有以身相許』的戲碼著實太多了，前不久那位周姑娘的侍女不是也因此嫁給了太子殿下的侍衛嗎？有什麼下人便有什麼主子……二嫂，論理霖哥兒的親事也輪不到我這個做嬸嬸的多言，只是……二嫂，娶哪家的姑娘都行，只千萬莫要娶那周家的！前兩回遇到的那事，至今想起來我都覺得污眼睛！有這樣的父母，誰知道他們會把女兒教成什麼樣子？若是個狐媚的，娶進來不是亂家嗎？」楊氏憂心忡忡。

沈昕顏無言。「……妳說得極對。」

見她也認同自己的話，楊氏總算是鬆了口氣。

送走了陸陸續續前來探望的長房和三房後，沈昕顏終於得了空，回到屋裡，見魏承霖早已經沈沈睡了過去，睡夢中，眉頭仍是緊緊地擰著。

她定定地注視著他的睡顏良久，而後發出一陣低低的嘆息。

接下來的好些日，府裡迎來了一批又一批問候的人，沈昕顏初時還會親自招呼一二，到後來乾脆便拋給了女兒及楊氏，除非與國公府關係親近的人家，否則一律由魏盈芷和楊氏出面招呼。

如此一來，倒是讓不少人家對舉止得體、落落大方的魏盈芷有了相當好的印象。有心之人再一打聽，得知這位魏四姑娘居然在幾年前便開始跟著國公夫人掌家，如今已經可以獨當一面了，頓時便起了心思。

得知周府派了人帶著厚禮到來時，沈昕顏放下手上的藥碗，替魏承霖拭去嘴角的藥漬，淡淡地吩咐。「去請三夫人便是，不必回我了。」

魏承霖嘴唇動了動，似是想要說什麼，可最終還是沒有說出來。

「好了，服了藥便睡一會兒，有什麼事讓釗哥兒出面便是了。」沈昕顏也只當沒有瞧見，低聲囑咐著。

「好。」魏承霖微微頷首應下，順從地重又躺好，緩緩地合上了眼眸。

直到房門被推開又闔上的聲音響了起來，他才張開雙眸，靜靜地望著帳頂良久，終於，侍從執墨出現在他的面前。

「來的是何人？」

「是周府的大管家和雁兒姑娘。」執墨低聲回稟，隨即將藏在身上巴掌大的錦盒遞過去。「這是雁兒姑娘讓屬下轉交給世子的。」

魏承霖接過，卻並沒有打開，問：「可曾讓平硯看到？」

「世子放心，並不曾讓平硯發現。」

「知道了，你下去吧。」

執墨離開後，他怔怔地看著手上那只精緻的錦盒，半晌，眼瞼微垂，終是緩緩地打開，一塊精緻的玉墜便露了出來。

沈昕顏一直沒有問魏承霖關於那日受傷之事，倒是大長公主喚了她過去細細問起，她自然不會瞞大長公主，將從平硯處得來的內情詳詳細細對大長公主說來。

大長公主聽罷，皺起了眉。「這個周家姑娘，便是上回落水被霖哥兒救下的那位？」

「正是她。」

「聽聞她容貌極其出眾，比之貴妃娘娘當年亦不遜色？」

「這位周姑娘確是位少見的佳人。」沈昕顏如實回答。

大長公主的雙眉皺得更緊了。「如果我沒有記錯，周家那位老大娶的夫人同是庶出？」

「周大夫人確是庶出。」

大長公主不作聲了，也不知在想什麼？

魏承霖到底年輕力壯底子好，只休養了月餘便又回去當差了。

而沈昕顏忙於女兒的親事，一時半刻倒也無暇顧及他。

最近陸陸續續有官媒上門來提親，打的均是魏盈芷的主意，這也讓沈昕顏終於體會到了一家有女百家求的優越感。

因魏雋航不在府中，她尋不到可以商量之人，乾脆便求到大長公主處。婆媳二人整日裡便研究著這些提親的人家當中，哪家的公子品行最佳、哪家的家風最為清正等等，這婆媳關係倒是比以往任何時候要融洽。

「母親，大喜大喜！方才趙府那邊遣人來報，敏丫頭有身孕了！」方氏喜不自勝地走了進來。

大長公主怔忡了下，隨即便笑道：「如此可真真是大喜了！老天保佑，只盼著敏丫頭一舉得男！」

「恭喜大嫂！這可真是天大的喜事了！」沈昕顏也有些意外。

魏敏芷當初嫁入趙府後不久便生了一個女兒，之後再無所出，不承想如今竟又懷上了，也難怪大長公主與方氏這般高興。

婦人沒有兒子傍身，終究有些底氣不足。

「承母親貴言！」方氏容光滿面，眼角眉梢的褶子都顯露了出來。

屋內屋外的侍女隨即上前恭賀，越發讓方氏眉開眼笑起來。

「夫人，又有官媒上門來了。」春柳進來稟道。

「妳快去瞧瞧，不管是哪家遣來的，都好生招呼著，莫要怠慢了。」大長公主叮囑。

沈昕顏應了下來，帶著春柳便離開了。

約莫兩刻鐘之後，大長公主便見沈昕顏一臉古怪地走了進來。

「怎麼，是哪家的？」她忙不迭地追問。

「是忠義侯府的。」沈昕顏無奈地道。

「忠義侯府？蘊福？」大長公主難得地呆住了。

正替她按捏著肩膀的方氏動作一頓，有些不敢相信地望向沈昕顏。

沈昕顏的語氣卻是更加無奈了。「確是蘊福遣來的。」

「這個……」大長公主驚訝地微張著嘴。「蘊福與盈兒？」她還是覺得有些不可思議。

這兩人打小便一起，如同姊弟般相處，後來蘊福認祖歸宗，回歸趙姓，可在大長公主眼裡，他與自己的孫兒並沒有太大的差別，更何況早前瑞貴妃便已經在相看人家了。「是他自己的意思，還是貴妃娘娘的意思？」不等沈昕顏回答，她便又道：「這樣的手筆，想來不會是貴妃娘娘的意思。」

若是瑞貴妃有這個意思，必會提前向她們露露口風，不至於似如今這般打了她們一個措手不及。

而此時的魏盈芷也得知蘊福居然請了官媒上門向自己提親，對著沈慧然了然的眼神，她的一張臉頓時便脹得通紅。

沈慧然輕笑著在她臉上捏了一把。「早前倒是我多慮了，沒想到蘊福的動作竟是這般迅速。」

「表姊……」魏盈芷羞得不敢看她，只撒嬌地拉著她的袖口搖了搖。

沈慧然笑著摟過她，讓她靠著自己，這才柔聲問：「蘊福既然請了官媒上門，可見他對妳的心意是真的。那麼盈兒，妳對他呢？可也有意？」

魏盈芷將臉蛋埋在她肩窩處，好片刻才甕聲甕氣地道：「我不知道……」

「怎會不知道？」

「人家打小便當他是弟弟一般……」魏盈芷的聲音聽起來有些悶悶的。

不管蘊福如今的身分如何，在她眼裡，他始終是當年那個瘦瘦弱弱、容易被人欺負的小不點，若是沒有她護著，便是府裡的下人都敢欺負他。

沈慧然失笑。原來如此，由「弟弟」變「夫君」，確是一時半刻接受不來。

對與忠義侯府的親事，沈昕顏倒是不知該如何處理才好？便是大長公主，心裡也沒有底。

若蘊福僅僅只是一個侯爺，她們自然會相當樂意結這門親，可蘊福卻關係著宮裡的瑞貴妃。瑞貴妃當初物色人選時沒有提到魏盈芷，可見她並無意與國公府結親。

可是如今蘊福卻大剌剌地請了官媒上門……

「母親您看，此事應該怎樣做才好？」沈昕顏遲疑地問。

大長公主皺眉片刻。「方才妳沒有給她一個肯定的答案吧？」

「母親放心，沒與您和國公爺商量過，我如何敢輕易將盈兒的親事訂下。」

「既如此，那便暫且拖一拖，只看看宮裡的意思。」

沈昕顏想了想，也覺得如今只有這般做了。

「還有盈兒那邊，妳也細細問問她，蘊福此前可曾與她說過什麼？」大長公主又吩咐。

沈昕顏應下。哪怕大長公主沒有吩咐，她也是打算找女兒問個究竟的，畢竟早前這兩人並沒有什麼徵兆。

魏盈芷也料到了娘親必然會來尋自己問蘊福與她的事，故而沈昕顏才剛開口，她便一五一十地老實交代了。

「如此說來，蘊福也是在妳哥哥受傷那日提了一回，之後便再沒有說過？」
魏盈芷點點頭，小小聲地又道：「他初時說這話，我還被嚇了一跳呢！」
沈昕顏思忖少頃，有些頭疼地揉揉額角。
看來是蘊福先對這丫頭生了情意，他會這般突然地請了官媒上來，或許是受了近來越來越多人家上門求娶女兒的刺激，就是不知道他是否將他的心意向貴妃娘娘坦白了？
「好了，娘都知道了，近日妳便暫且不要見他。」她叮囑道。
魏盈芷乖巧地點頭應下。「好，我知道了。」
見她應得毫不遲疑，沈昕顏又有些憂心。難道這丫頭至今還不開竅？
這念頭剛起，她又有些好笑。女兒開了竅，她擔心女兒會被不知哪家的小子哄騙了去；女兒沒開竅，她又擔心女兒會輕忽了未來夫君的心意。
從魏盈芷處離開後，她便打算到魏承霖處去，讓他尋個機會問問蘊福的打算。
到了魏承霖居住的院落，守著門外的下人見是她，連忙上前行禮。
「世子在屋裡與何人說話？」聽到裡面傳出說話聲，她止了腳步，問道。
「回夫人的話，是執墨和侍書他們。」
聽到是跟隨魏承霖在外行走的這兩人，她便不好進去了。本想離開，這才走出幾步，她突然又停了下來，回過頭去望著緊閉著的房門，心中生起幾分奇怪的憂慮。
回到福寧院正房，她使人喚來平硯，忙問道：「世子爺近來公事是否不大順利？」

平硯略有幾分遲疑，到底也不敢瞞她。「回夫人的話，世子爺最近的差事確是辦得不大順利，好幾回都險些把自己給陷進去了，所幸最後的結果還是好的。」

「把自己陷進去是什麼意思？」沈昕顏不解。

「就是、就是過程有些凶險，險些傷著了自己。」

沈昕顏心口一緊，起身追問：「那到底傷沒傷著？」

「夫人放心，都是些皮外傷，不過幾日便好了。世子爺怕夫人與殿下擔心，故而才瞞著。」平硯見她急了，連忙回答。

沈昕顏欲邁出去的腳步收了回來，眼瞼微垂，也不知在想什麼？

片刻，她重又落了坐，再度問：「最近世子爺可曾與周府那邊有來往？」

「只在宮裡遇到幾回周大人，彼此打了招呼便再無他話，周府卻是不曾去過了。」

雖然得到了還算是比較滿意的答案，可她的心卻依然平靜不下來，總覺得有什麼不大對勁，只一時又想不出來。

「你下去吧，好生侍候著世子爺。」將平硯屏退後，她揉揉額角，靠在長榻上。

平硯是她很多年前便安排在魏承霖身邊的，為的只是將來萬一魏承霖又再度與周莞寧生出了情意，她也不至於一無所知。

她並不是沒有想過要些手段將這兩人的情絲徹底斬斷，可不知為何每每生出這樣的念頭時，腦子裡便一次又一次地迴響著上輩子她死後靈魂飄蕩時聽到的那些難聽的話。

她想，要不還是再看看吧？這輩子到底有許多地方不同了，便是將來長子再度娶了周莞寧，好像也不是什麼多可怕的事。

她有夫君、有女兒，還有祥哥兒和豐厚的家底，便是將來離了長子也不至於如同上輩子那樣，落了個一無所有的下場。

事實上，魏承霖最近的日子確是不那麼輕鬆，那慕容滔像是與他死磕上了，可著勁地與他作對，初時還只是給他下點小絆子之類的，越到後面便越過分。

尤其是被他意外撞見自己與周莞寧一起後，他的手段便越發的狠了，毫不留情，招招致命。有幾回，自己險些便中了他的算計，把小命都交代了。

慕容滔的不管不顧同樣激起了自己的怒氣，當下同樣不再客氣，以其人之道還治其人之身，打算徹底將他打壓下去，再不敢覬覦不屬於他的人。

魏承霖源源不斷的鬥志，均來自那一名絕美纖柔的女子，而對方父母對自己的認可，同樣讓自己鬥志昂揚，行事便越發雷厲風行。

慕容滔到底不及他的手段，損兵折將幾個回合後，便暫且老實了下來。

而魏承霖也是顧及鎮國將軍府與英國公府的關係，自然不會窮追猛打。而且，於他而言，唯今最重要之事便是獲得家中長輩的首肯，以求盡快將他與周莞寧的親事訂下來。

這日他回府，驚聞蘊福請了媒人上門向妹妹求親，一時之間有些反應不過來，待回神過後，又覺得此事本應如此。

蘊福與妹妹乃是青梅竹馬的情分，性情互補，彼此又是門當戶對，若能結為夫婦，自是最適合不過了。

故而，當蘊福親自上門求娶，誠心誠意地跪在大長公主與沈昕顏跟前，許下會一輩子對魏盈芷好的諾言，卻看到大長公主與沈昕顏臉上的遲疑時，他也忍不住替蘊福說上了幾句話。

沈昕顏嘆息著親自將蘊福扶了起來，望了望大長公主，見她朝自己緩緩地點了點頭，心中一定，道：「親事自來便是由長輩作主，哪有本人親自來辦的？」

蘊福不是蠢人，一聽她這話便明白了，當即大喜，無比響亮地回道：「多謝夫人、多謝殿下！我這便進宮請姑母作主！」

看著蘊福歡天喜地而去，沈昕顏微微一笑，忽又聽大長公主道——

「如今盈兒的親事有了著落，霖哥兒你身為兄長，自然不能落在妹妹的後面，後兒一早你便隨我到靈雲寺去一趟。」

沈昕顏吃了一驚。她當然不會以為大長公主真的只是讓長子陪她到靈雲寺，想必真正的用意還是打算帶他去見什麼人。

魏承霖自然也想得到，祖母這是相中了合心意的姑娘，打算帶他去相看相看了。

他垂著眼瞼，片刻，一拂袍角跪了下來，迎著大長公主的視線，一字一頓地道：「孫兒已經有了心悅的姑娘，請祖母替孫兒作主！」

沈昕顏呼吸一窒。這一天終於又來了嗎？

大長公主似是毫不意外，不動聲色地問：「喔？霖哥兒竟然也有了心悅的姑娘？不知是哪家的姑娘？想必定是一位德容言功樣樣俱佳，持家理事一把手的能幹姑娘。」

一聽她這番與上輩子並無二樣的話，沈昕顏的心頓時便定了下來。

魏承霖臉上有幾分遲疑，但仍是如實回答。「她是新任鴻臚寺卿周大人之女。」

「原來是周大人之女。」大長公主點點頭。「既然霖哥兒喜歡，那便納她為妾吧！她雖是庶子之女，可到底也是官家女兒，一個貴妾的名分還是擔得起的。」

沈昕顏驚訝地抬眸望了過去。貴妾?!

「祖母！孫兒……」魏承霖臉色一變。

「怎麼，嫌貴妾之名玷辱了她，想聘娶她為元配正妻？」大長公主冷笑。

「祖母……」事已至此，魏承霖自然是感覺到了大長公主對周莞寧的不喜，勉強壓下內心的焦躁。「祖母，周大人雖為庶子出身，官位亦不算高，可他一向深得陛下器重，他唯一的嫡女，怎可予人為妾？只怕到時便不是結親，而是結仇了。」

「霖哥兒，祖母便與你直說了吧。這周家之女，可為美妾，不可為正妻，更不堪為宗婦！今日你若瞧上的是別家的姑娘，哪怕對方門戶再低，祖母也不會如此不留情面，唯獨這周家女，卻是萬萬不可！」大長公主盯著他，無比堅決地道。

一個三番四次遇險被外男所救、遇事除了哭泣便什麼也不會的草包美女，如何擔得起正室之責！

容貌過人不是什麼錯，可若明知自己長得招人卻仍不安分，接二連三出事仍無半點危機意識，這樣的女子，又如何擔得起「內助」之名！

魏承霖整個人僵住了。他知道這門親事或許不會那麼順利，卻萬萬沒有料到祖母對周家的姑娘評價竟是這般低。

可為美妾，不可為正妻，更不堪為宗婦！這豈不是明言指周家女兒只能予人為妾？這對於女子來說，可謂最嚴厲的批判了！

「祖母，阿莞她性情溫柔可親，心思澄澈與世無爭，並非那等——」

大長公主打斷他的話。「你不必多言，祖母既敢如此評判她，必不會毫無根據、空穴來風。此女容貌雖出眾，奈何性情太過於柔弱，難擔主母之責，更難獨當一面，便如那院中藤蔓，半點也離不得被她所攀附之人。若是嫁入普通百姓之家，內院之責會輕上許多，倒也無妨；只她這般打眼的容貌卻極易招惹不必要的麻煩，尋常百姓之家如何能護得住她？若是嫁入功勛之家，卻無半點人情往來、掌家理事之能，又如何能擔得起一府主母、一族宗婦之責？你若著實愛她，便以貴妾之禮抬進府來，只也必須在正室進門三個月之後，同時在正室誕下嫡長子之前不准有孕。霖哥兒，你別怪祖母心狠，自古以來有得必有失，你既生養於勛貴之家，享受了世家嫡長子最好的待遇，便要事事以家族利益為先，個人喜好為後。」

早在長孫接連兩回「救」了那周姑娘後，她便已經著人仔細打聽那姑娘的為人了。本就想著若真是個好的，那便乾脆聘娶回府，也免得將來長孫會被人牽扯出什麼「英雄救美」此類「佳話」。可事實上，這周家女卻讓她大失所望。

到底是庶女所生，舉止作派哪有半分官家嫡女氣度？便連身為女子最基本的持家理事，竟然半分也沒有學會！

魏承霖的臉色已經相當難看了，求救的眼神投向始終靜靜地坐著沒有說話的沈昕顏，只盼著母親能替他說一句。

沈昕顏平靜地對上他的視線，終於，緩緩地開口。「你祖母的意思，同樣是母親的意思。這周家姑娘便有千萬樣好，只一樣不適合，母親也不會同意你娶她進門。」

魏承霖臉上的血色褪去幾分。這一回連母親都不肯幫他，那他又應該如何說服祖母？

「霖哥兒，聽你祖母和母親的沒錯，這周家的姑娘不能娶！那樣人家的父母，能教養出什麼好女兒？你到底年紀輕，這些年又是心無旁騖地替陛下辦差，不知道那些狐媚子功夫可厲害著呢，你也不過是一時被人給迷惑了。聽三嬸的，日後還是離那家人遠些吧！」楊氏不知什麼時候也走了進來，苦口婆心地勸說著。

魏承霖的臉色又難看了幾分。為何竟連三嬸也……只不過，若說祖母與母親只是從阿莞的柔弱性情方面反對這門親事，三嬸此話卻已經是刻意針對周大人一家了。

「三嬸還請慎言，周大人乃朝廷重臣……」

「你以為三嬸是故意說這些話來誣衊他們的？三嬸這都是為了你好，為了咱們府好！若是娶了那樣人家的女兒，我這輩子是不敢見人了，只怕你母親也不好意思現於人前了。」楊氏攤攤手。

「楊氏，妳到底想說什麼？」大長公主皺著眉，臉上有幾分不悅。

「母親，我可都是一番好意啊！說句不好聽的，我這一個隔房的嬸嬸，霖哥兒娶哪家的姑娘與我有什麼相干？只是為了咱們府著想，那周家的兩口子……哎喲喂，著實乃我平生所見最不知廉恥的夫妻啊！」

「三嬸！」

「楊氏！」

異口同聲的兩道聲音同時響了起來，均帶著濃濃的不悅。

大長公主雖是不喜歡周莞寧，可也不會刻意詆毀周懋夫婦，畢竟周懋總也是朝廷命官，沒有必要輕易結怨。

魏承霖素來敬重周懋為人，自然不會樂意看到自己的三嬸以言語污辱對方。

楊氏見他們均是眼帶惱怒地瞪著自己，頓時急了，快步走到沈昕顏處，一把拉著她的手道：「二嫂，妳來說句公道話，我方才所說的可有半句謊言？咱倆可是親眼所見，那對夫妻公然在外頭……難不成不是不知廉恥？」

沈昕顏渾身不自在，尤其是大長公主與魏承霖的視線齊唰唰地落到了她的身上，她頓時尷尬得恨不得將自己縮到角落去。

若是只有大長公主和楊氏在倒也罷了，可對著自己的兒子，讓她承認自己曾經遇上那樣的夫妻房中事，到底難以啟齒。

最後，她也只是含含糊糊地道：「三弟妹說的……嗯……雖然……嗯……可能不大好聽，不過，基本屬實，嗯，基本屬實……」

大長公主到底活了大半輩子，稍一想便明白了，一時怒極。「荒唐！」

倒是魏承霖仍舊不解，還想問個究竟，大長公主的臉便徹底沈了下來。

「霖哥兒，除非我死了，否則這輩子你就別想娶那周家女！」說完，大長公主拄著楞杖，沈著一張臉，進了次間。

沈昕顏眼眸微閃。

這輩子大長公主在反對與周府親事上的態度可是比上輩子強硬多了，尤其是那句「除非我死了」，已是硬生生地斬斷了兩府聯姻的可能。

她望望臉色發白的魏承霖，看著楊氏走過去拍了拍他的肩膀，語重心長地勸他。

「霖哥兒，都聽祖母的，你到底年輕，聽長輩們的總不會錯。你要知道，這世間上最能看穿女子內在本質的，唯有女子！」說完，楊氏拂了拂衣袖，放心地離開了。

「……母親。」魏承霖白著臉，彷彿沒有聽到楊氏的話，只眼帶哀求地望著她。

沈昕顏伸手將他拉了起來，看著這個已經比她高出大半個頭的兒子，眼中滿是失望。

魏承霖被她眼眸中毫不掩飾的失望刺傷，身子顫了顫。

打小他便是家中長輩最引以為傲的孩子、弟妹們學習的模樣，何曾在母親眼中看過這樣的失望眼神？他只不過是想將他平生頭一回動心的女子娶回來而已……

「周姑娘溫柔可親，心思澄澈與世無爭，這些母親都相信。但是，霖哥兒，她不適合你，而母親也不會同意你娶她。」

周莞寧確實不是一個會主動惹事之人，性情也的確溫柔，可那又如何？這輩子自己都不可能做得到真心接納她進門。

大長公主也好，沈昕顏也罷，兩人很快就沒時間把心思放在魏承霖的這番請求上，因為蘊福終於求得了瑞貴妃的同意，只等魏雋航辦完差事回京後，忠義侯府與英國公府的親事便正式訂下來。

消息傳出去，有適齡子女的人家均大失所望，好好的媳婦及女婿人選就這樣沒了。

看著難得羞答答的女兒，沈昕顏又是欣慰、又是心酸。

她疼愛地輕撫著女兒的長髮，不知不覺間，眼眶微濕。上輩子她最大的遺憾，這輩子總算是有機會彌補了，她替女兒選好了夫君，可以看著女兒身穿大紅嫁衣，與良人攜手走過餘生。

「日後不可再與蘊福鬥氣，要多關心他、體諒他，不能任性妄為。」她柔聲教導。

魏盈芷有些不依地搖了搖她的手。「我哪有和他鬥氣，哪有任性妄為？」

「妳的脾氣娘還不知道嗎？蘊福的性子是再好不過的，可那樣好性子的人，闔府也只有妳能氣得他跳腳！」沈昕顏沒好氣地道。

魏盈芷笑嘻嘻地摟住她。「可打小有人欺負他了，哪回不是我替他出頭？」

想到當年她像是盛怒中的小老虎一般護著蘊福的那一幕，沈昕顏又有些好笑。

「妳這性子，也就蘊福受得了了。」

「娘，哥哥是不是想娶周莞寧？」母女倆依偎著坐了一會兒後，魏盈芷忽地問。

「妳問這個做什麼？」沈昕顏低頭望向她。

「周莞寧不好，娘您不要同意哥哥娶她，我一點也不喜歡她當我的嫂嫂。」魏盈芷嘟囔。

沈昕顏心口一緊。周莞寧這輩子會不會進門，其實她一點兒把握也沒有，儘管這輩子大長公主的態度強硬了許多，可那又如何？上輩子大長公主照樣反對，可結果呢？

「日後妳與蘊福好好過日子便好了，其他事不必理會。妳哥哥他長大了，有自己的主意，妳便是他的嫡親妹妹，也不能干涉他的決定。人活一世未必能事事如意，與妳相伴一生的是蘊福，不是爹娘，也不是妳哥哥，更不會是妳未來的嫂嫂，妳明白嗎？」

「我明白，只是一想到周莞寧……好吧好吧，聽娘的，哥哥愛怎樣便怎樣。」魏盈芷本想抱怨幾句，可見娘親滿眼的不贊同，也只好投降了。

「妳記住我的話，妳若不喜歡周莞寧，不要與她接觸便是，萬不可故意針對她。」沈昕顏不放心。

「好好好，我日後只當她不存在總行了吧？」魏盈芷不明白娘親為何會一本正經地這般囑咐自己，但也聽話地應了下來，只是心裡對周莞寧更加不喜了。

時值盛夏，豔陽高照，國公府各大主子屋裡都放上了冰塊，可那絲絲的涼氣仍舊難以驅趕盛夏的炎熱。

「母親不如一起去吧？這天著實太熱，不如隨駕去避避暑。」沈昕顏勸著大長公主。

大長公主搖搖頭。「讓他們幾個小的去吧，我這一把老骨頭便懶得跑這一趟了。」

沈昕顏又勸了好一會兒，見她仍舊不肯，遂放棄了。

日前元佑帝決定擺駕往皇家避暑山莊，伴駕的嬪妃只有瑞貴妃一人，朝臣有十數人，而太子則留在京城代為處理政事。

魏承霖這回也在伴駕的名單上，魏盈芷作為瑞貴妃未來的姪媳婦，自然被點名要去。見二房兄妹都能去，楊氏便也涎著臉求到沈昕顏處，希望自己的一雙兒子也能去見見世面。

大長公主便乾脆拍板，讓除了年紀尚小的魏承祥外的小輩們全都去，而魏盈芷又拉上了沈慧然。

啟程那日，魏承霖兄妹二人來辭別沈昕顏，看著自被拒親事後越發沈默寡言的長子，沈昕顏無聲地嘆了口氣，照舊囑咐了幾句後，牽著小兒子的手，將他們兄妹送出了門。

「國公爺不在，世子爺與四姑娘也不在，倒是有些不習慣，總覺得府裡都空落了不少。」正收拾著屋子裡的春柳忽地道。

沈昕顏替小兒子輕搖著扇子，小傢伙只穿著一件大紅肚兜，小胳膊、小腿白嫩嫩、肉嘟嘟的，跟藕節一般，正呼呼地睡著。

聽到春柳的話，她的動作頓了頓，想到大半年未歸的魏雋航，到底心中有些掛念。

「他有一個多月未有書信回來了。」她喃喃地道。

「夫人莫要擔心，說不定這信還在路上呢！」春柳笑著安慰。

沈昕顏笑笑。「他若再不回來，祥哥兒怕都要忘記爹爹了。等他再回，不定又怎抱怨這小傢伙不親爹爹呢！」

魏雋航最喜歡逗弄這個極肖自己的小兒子了，偏小傢伙是個愛笑的，一逗就逸出一連串歡快的笑聲，讓人聽了心都要化掉。

「上回蘊福著人送來的那些果子可還有？」她問。

蘊福這次自然也在伴駕行列當中，日前便送了好些在避暑山莊摘的鮮果過來，請國公府諸位長輩嚐嚐鮮。

「還有些。」

「妳挑些好的送過去給秋棠家的虎子。」沈昕顏吩咐。

春柳應下，便出去準備了。

到了夜裡，沈昕顏照舊摟著小兒子與自己一起睡。

魏雋航離開的那一晚，躺在寬大的床上，她總是覺得有些不習慣，乾脆便將小兒子抱了過來，摟著那軟軟肉肉的小身子，總算是覺得心沒有那般空了。

月光透過窗櫺投進屋子裡，鋪灑上一層薄薄的銀光。遠處敲更的梆子響了一下又一下，耳邊響著祥哥兒均勻的呼吸聲，不知不覺間，她便漸漸墜入了夢鄉……

「我、我不是有意的，真的不是有意的！她突然撲過來，我、我就順手推了她一把，沒想到會、會……我真的不是故意的！她凶巴巴地跑過來指著我罵，罵得、罵得那般難聽，我氣、氣不過……你們相信我，我真的不是故意的，我沒有想到她會撞到頭……」

「畜生，你這個畜生！你還我女兒性命，還我女兒性命！」

沈昕顏喘著粗氣從睡夢中醒來。

她拍拍急促起伏著的胸口，半晌，才緩緩拭去額角的汗漬。

又是這個夢……夢中那種撕心裂肺的痛苦與絕望是那樣的真切，哪怕是隔著兩輩子，每一回想起來，她都像是又被凌遲一回那般。

她知道這並不是夢，而是上輩子真真切切發生過的。

只是，這幾年她已經不再想著上輩子那些不愉快的事了，便連這樣的夢也鮮少再作，為何今日好好的竟會再度出現這種夢境？

她的盈兒這輩子活得好好的，很快便會與深深喜歡著她的蘊福訂下親事。她雖然仍舊有些嬌蠻，但是已經不再像上輩子那般衝動易怒。

甚至，這輩子的她已經成長到足以承擔起一府主母的職責。她的出色，連宮中的瑞貴妃也不得不承認。

小腹處突然被人踢了一記，她吃痛地微微皺了皺眉，也回過神來。

側過身去，見小兒子睡成一個大字，一邊腳正搭在她的小腹處。

她無奈地伸出手去，將不知什麼時候滾到了最裡邊的小傢伙抱了出來，借著月光，望著睡得香甜的小臉，忍不住低下頭去親了親。

這個上輩子沒有的孩子，已經徹底撫平那些傷痛，他的出生，便代表著她已經完完全全地活在了當下。

想明白這一層，她輕吁口氣，緩緩地合上眼眸，放任自己再度睡過去。

「太夫人，您放開手吧，四姑娘她已經去了……」

「滾！滾！你們統統給我滾！我的盈兒還好好的，不准你們咒她！滾！」

「太夫人您別這樣，四姑娘若是還在，必不會忍心看到您這般模樣的……」

第二晚照舊從噩夢中驚醒時，沈昕顏心中便隱隱生出一絲不安來。

明明都許久不曾再夢到前世的事了，為何最近卻連續兩天夜裡夢到同一件事？

這實在是……

心裡七上八下的，這晚她便一直無法再度入睡。

「是我的錯，全是我的錯！盈兒表妹若不是為了替我出氣，如何會被那畜生害了性命……」

「太夫人，慧姑娘她……懸樑自盡了！」

沈昕顏陡然從夢中坐了起來，睜著一雙眼睛急促地喘著粗氣。

聽到異響的春柳連忙走了進來。「夫人？」

「春柳，天一亮便讓人備車，我要到避暑山莊去！」她一把抓住春柳的袖口，啞著嗓子吩咐。

「夫人這是怎麼了，好好的怎想到要去避暑山莊？」春柳大惑不解。

「不走這一趟，我是絕對無法放心的，照我的吩咐去做便是。」沈昕顏也不知該如何向她解釋。

「好，天一亮我便去吩咐人準備。這會兒離天亮還有幾個時辰，夫人不如再躺會兒？從京城到避暑山莊也有大半日的行程，總不能不歇息好吧？」春柳柔聲勸道。

沈昕顏點點頭，在她的侍候下再度躺了回去，可這一回，卻是睜著眼一直到天亮。

天邊才剛剛泛起魚肚白她便起來了，動作索利地洗漱梳妝，連早膳也來不及用，只吩咐著奶嬤嬤待祥哥兒醒後便將他抱到大長公主處去，而她則帶著春柳急急地出了門，吩咐著早就準備好的車夫一路往皇家避暑山莊而去。

正與太子妃說著話的瑞貴妃聽聞英國公夫人求見，愕然道：「英國公夫人怎會到此？」雖是疑惑不解，但她還是吩咐宮人快快有請。

沈昕顏在來的路上便已經想好了說辭應付瑞貴妃的疑問，故而瑞貴妃雖然奇怪她的到來，但也沒有太在意，只與她聊了會兒蘊福與魏盈芷的事，便吩咐宮女領著她到魏盈芷與沈慧然的住處。

「兩位姑娘都不在，像是到園子裡賞景去了。」不承想到了之後卻發現魏盈芷與沈慧然都不在，一問侍候的婢女，方知道表姊妹倆已經出去好一陣子了。

「夫人不如在此等候，奴婢去找兩位姑娘？」領著她前來的宮女建議。

「多謝姑娘，我也是頭一回來，不如也趁此機會一同賞賞這皇家莊園的美景。」沈昕顏心裡有些不安，自然也定不下心來等候。

那宮女自然不會逆她的意，細細地問過了魏盈芷與沈慧然可能會去的地方，便領著沈昕顏去尋了。

兩人尋了好幾個地方，不管是魏盈芷還是沈慧然的身影都沒有見著。

見那宮女累得滿額的汗水，沈昕顏有些過意不去，見前方不遠處有座涼亭，遂建議先到那處暫且歇息片刻。

宮女自然不會不肯。

往那座亭子的方向走出好一段距離後，忽聽身後一陣凌亂卻又沈重的腳步聲，隨即「啪」的一下，像是有重物落地。

兩人同時一驚，下意識地順著聲音響起之處望過去，透過層層疊疊的花叢，竟然看見有個身影倒在了樹下。

沈昕顏定睛一看，臉色頓時大變，提著裙裾急步朝那人飛跑而去，完全不理會身後的宮女。

「霖哥兒！霖哥兒……」跑到那人身前，她蹲下身子，吃力地欲將對方扶起。

「魏世子?!」緊追而來的宮女一見那人的模樣便吃了一驚。

只見魏承霖滿臉通紅，額上冒著豆大的汗珠，牙關緊緊地咬著，神情痛苦。

「別、別……別碰我！」察覺身邊有人，他暴喝一聲，伸手就想要甩開扶著他的手，卻在認出眼前之人的面容時止了動作。

「母、母親？」

「夫人稍等，我馬上去請太醫！」那宮女一看便知道他必是中了藥，不敢耽擱，扔下話後便匆匆離開了。

「到底發生了什麼事？你、你怎麼……」

「快，快去救表妹，就在、就在前面……前面的屋子裡！」魏承霖死死抵擋著體內那一陣強似一陣的藥效，從牙關裡擠出一句。

「慧兒?!」沈昕顏大驚。

「快去！我、我不要緊！」

看著脹紅著一張俊臉、豆大的汗珠不停滾落的兒子，沈昕顏又如何放心得下？可她同樣也擔心情況不明的姪女。

「表妹她、她中、中藥昏、昏迷在……在那、那屋裡，母親若是、若是去晚了，只……只怕不、不可收拾……」魏承霖看出她的為難，艱難地道。

沈昕顏大驚失色。如何又會牽扯了慧兒？

「……母親快去！」汗水不停地湧出來，魏承霖的視線已經有些模糊了。

沈昕顏一咬牙關。「你再忍耐一下，太醫很快便會到，母親去去便回！」說完，她再不敢耽擱，朝他所指的方向飛奔而去。

不過片刻的工夫，她終於看到了魏承霖所指的那間屋子。她提著裙裾加快腳步，一把推開房門，見屋內臨窗處擺放著一張圓桌，桌子兩邊各是以竹編織而成的椅子。

她無心欣賞屋內的擺設，往西邊次間走去，掀開簾子便見裡頭的長榻上躺著一名女子，長榻旁則站著一位身穿月白色襦裙的姑娘，正舉著帕子似是想去替長榻上的那位擦臉。

突然的腳步聲將那姑娘嚇了一跳，手上的動作同時停了下來，沈昕顏快步上前推開她，目光便落到了長榻上的沈慧然身上。

見沈慧然昏迷不醒，除了臉色有些蒼白、鬢髮有些亂之外，身上的衣裳卻是穿得好好的。沈昕顏不放心地探探她的脈搏，又細細地檢查身上，見一切並無異樣，總算是鬆了口氣。

側頭望向呆呆地站在一旁、被她嚇得俏臉泛白，正不知所措的周莞寧，沈昕顏的眉便皺了起來。「發生什麼事了？妳怎會在此？」

「我、我也不知道怎麼回事。我是來找我二哥的，在路上遇到同樣來找人的魏四姑娘，她走得快，我跟不上，等我來到此處時，只見魏姑娘氣沖沖地跑了出去。我進了屋，便看到昏迷過去的沈姑娘。」周莞寧有些怕她，身子不由得縮了縮，結結巴巴地回答。

沈昕顏心口一緊，抓著她的手問：「妳是說，妳是來找妳二哥的？難不成他也在此處？」

「我不知道，我來的時候沒看到他，只看見魏四姑娘從這屋裡跑出去。」周莞寧的手腕被她抓得有點疼，大大的眼睛氤氳著水氣，可憐巴巴地回答。

盈兒氣沖沖地跑了出去？慧兒就在這屋裡，她為什麼還要跑出去？難道……

「國公夫人，沈姑娘、沈姑娘她……」周莞寧見她臉色難看至極，又看看長榻上秀眉蹙著的沈慧然，小小聲地提醒。

對對對，只有慧兒才知道盈兒為什麼跑出去，又跑出去做什麼？沈昕顏慌亂地取過周莞寧遞過來的濕帕子，顫著手替沈慧然抹臉冰冰涼涼的帕子覆在臉上，也讓腦子暈暈沈沈的沈慧然再度緩緩睜開了眼睛。

「慧兒？慧兒！」沈昕顏察覺她微微顫著的眼皮，啞著嗓子喚。

「姑、姑姑？」沈慧於睜開了眼睛，看到眼前的沈昕顏時，整個人還有幾分迷糊。

「慧兒，盈兒呢？她是不是來找妳了？她人呢？」沈昕顏的心緊緊地揪著，迫不及待地問她女兒的下落。

「盈兒？」沈慧然很是茫然，少頃，瞳孔陡然瞪大，一把抓住她的手。「姑姑，快去找盈兒，她去找周卓替我出氣了！」

什麼?!周卓便是那周懋的次子，周莞寧的二哥！沈昕顏只覺得渾身的血液瞬間便凝固了，恐懼迅速傳遍她的四肢八骸。

糾纏了她兩輩子的噩夢又要重現了嗎？

「魏四姑娘去找我二哥了？」周莞寧不解。

「她、她往哪個方向去了？」沈昕顏哪還有心思理會周莞寧，顫著聲音只問沈慧然。

「這……」沈慧然語塞，搖搖頭。「我不知道。」她對魏盈芷說完那句話後便又暈了過去，著實不清楚魏盈芷往哪個方向去了。

「魏四姑娘的話，我來的時候看見她往東邊方向去了。」倒是周莞寧清楚。

話音剛落，周莞寧只感覺眼前一花，定睛再看時，方才還在她跟前的沈昕顏已經不見了身影。

「姑姑，等等我……」沈慧然想要跟上，可雙腳剛一沾地，整個人便軟軟地倒了下去。

周莞寧連忙扶住她，可她自來身子便弱，哪有什麼力氣？不但沒將人給扶住，便連自己也被帶倒在地。

而另一邊的沈昕顏則順著周莞寧指的方向一路飛奔。

她的腦子一片空白，只知道讓自己跑得再快些、再快些。

若是上輩子那場悲劇再度發生，她不知道自己這一回能不能熬得過去？

一時又恨自己太過於大意，早在第一日夢到上輩子之事時，她便應該過來的。若是這輩子她的盈兒再出事，此生此世，她都無法原諒自己！

盈兒，聽娘的話，快停下來，不要再去了！娘求求妳快停下來……

她一遍又一遍地在心裡喊著，只盼著她的女兒不要被怒火掩蓋了理智，再度釀成悲劇。

第二十七章

卻說魏盈芷本來是與沈慧然一起的，平生頭一回到這皇家莊園，兩人都興趣盎然，沈迷在滿園獨特的景致當中，不知不覺，連彼此走散了都不知道。

待她終於回過神來時，才發現身邊早就沒有了沈慧然的身影。

憑著記憶，四下尋了好半晌都沒有尋著沈慧然，魏盈芷便有些急了，一時又悔自己不該貪看景色，以致與表姊走散了。

突然，從假山石後轉出一個宮女打扮的女子，她頓時一喜，連忙上前叫住對方，向她打聽沈慧然。

「沈姑娘嗎？奴婢方才瞧見她往前方九曲橋旁的水榭對面那木屋去了，想來是走累了進去歇息吧！」那宮女回答。

魏盈芷謝過了她，順著她指引的方向前去。走過園內那座九曲橋，果然見水榭對面有一座精緻的木屋，她心中一喜，加快腳步正要往那處去，忽地從路的另一邊走出一個身著月白襦裙的女子，認出那人正是周莞寧。

周莞寧在看到她時明顯怔了怔，略微遲疑，仍是上前福了福。「魏四姑娘。」

「周姑娘。」魏盈芷雖然不是很喜歡她，但表面應有的禮節還是記得的，給她回了一個福禮，而後便不再看她，朝著那座木屋走去。

周莞寧心思自來敏感，自然也察覺得到她的冷淡，雖然發現她與自己要去的方向一致，但腳步卻下意識地停下，轉過身去假裝觀賞湖邊景色，打算等她走出好一段距離後才繼續前行。

魏盈芷沒有在意她，加快腳步往那木屋方向而去。

那木屋臨水而建，乍一看似是一間木屋，走得近了才發現，這其實是一座以上等木材搭建而成的兩層小樓。

突然，從那屋子裡衝出一個慌慌張張的身影，那身影走得太快，她也只能認得出是一個男子，容貌卻瞧不分明。

她陡然大驚，來不及多想，朝著那木屋飛跑而去。

「慧表姊！」她一把推開門，不見裡面有人，卻聽見有女子的聲音從西次間裡傳出來。

「慧表姊、慧表姊……」她立即衝了進去，果然便見沈慧然正掙扎著欲從長榻上坐起來。

「慧表姊！慧表姊，妳怎麼了？是誰？是誰欺負妳？」發現沈慧然臉色發白、髮髻凌亂，身上的衣裳也有些縐巴巴的，她心口一震，從牙關擠出一句。

沈慧然只覺得整個人昏昏沈沈的，眼皮更如千斤重，聽得她這般問，腦子裡只有方才掙扎著醒來時看到的那張臉龐。「周、周卓……」

「畜生！我饒不了他！」魏盈芷大怒，料定方才從屋裡跑出去的那身影必是那周卓，見牆上掛著一把木劍，「噔噔噔」幾步上前將那木劍扯了下來，隨即就往外衝出去。

她跑得太快，沈慧然根本叫她不住，而腦袋更是一陣痛，隨即眼前一黑，整個人再度倒在了長榻上。

「魏姑娘……」剛好走到木屋這邊的周莞寧只看到魏盈芷氣沖沖地跑出去的身影。

魏盈芷怒火沖天，握著木劍的手越來越用力，足下步子也越來越快。

畜生，姓周的畜生！他竟敢、他竟敢……畜生，她一定不會放過他的！

沿著方才那身影逃跑的方向追了不知多久，始終沒有發現周卓的身影，而她心裡的憤怒卻不知不覺地平息了不少，腳步也漸漸慢了下來。

好像有些不對勁……

清風迎面拂來，帶來一陣沁人的涼意，她停了下來，彎彎的柳葉眉一點一點地蹙了起來。

不對勁、不對勁……

九曲橋、水榭、木屋……水榭與木屋隔湖相對，以表姊的性子，怎會棄水榭而擇木屋？

她越想越覺得不對勁，同時也更擔心仍舊留在木屋的沈慧然。她當下再不猶豫，當機立斷轉了方向，朝著來時之路疾步而去。

她走得太快，以致沒有留意迎面同樣有一個步伐匆匆的人影正朝自己這邊而來，直到兩人「砰」的一下撞到了一起。

「盈兒?!」滿腦子都是上輩子女兒慘死那一幕的沈昕顏，只恨不得肋下生出雙翼，讓她再快些將前去找周卓算帳的女兒截下來，沒想到走得太急，不小心撞到了人，待她認清對面之人時，立即又驚又喜。

「娘？」魏盈芷愕然地瞪大了眼睛。「娘，您怎麼會在這——」她的話還未問完，沈昕顏便撲過來一把抱住了她。

沈昕顏驚魂未定地喃喃道：「妳要嚇死娘了、妳要嚇死娘了……」

魏盈芷不解她這般強烈的反應，可是卻能感覺得到摟著她的人不停顫抖著的身子，那種彷彿經歷過極大恐懼的感覺透了過來，讓她的心也不由得揪緊了。

「娘，我沒事，我沒事，您別怕……」雖然不清楚發生了什麼事，可她還是輕輕拍著沈昕顏的背脊，就如小時候娘親哄自己一樣安慰著她。

良久，沈昕顏才從那種絕望的恐懼中回轉過來，一遍又一遍地輕撫著女兒的臉，確信她好好地在自己跟前，這才徹底放下心來。緊繃著的弦一放鬆，她便覺雙腿發軟，險些站立不穩，還是發現她異樣的魏盈芷及時扶住了她。

「娘！」

「我不要緊、不要緊，咱們先回去、先回去……」

「好，咱們先去找慧表姊，然後再一起回去。」魏盈芷撿起方才掉到了地上的木劍，另一隻手則扶著她道。

「還有妳哥哥！」恐慌過後，沈昕顏的理智也終於徹底回籠，不等魏盈芷問便吩咐道：「盈兒，妳先把妳慧表姊帶回去，我去尋妳哥哥。具體情況娘也沒時間和妳多說，妳且記住，把慧兒帶回去之後，親自替她梳洗更衣。」

魏盈芷明白她當中意思，點點頭。「我明白。」

安排好之後，母女二人走出一段距離，迎面便見蘊福急匆匆地過來。

「夫人、盈兒，可算是找著妳們了！」

「可是有什麼事？」今日接二連三之事已經讓沈昕顏有些草木皆兵了，一見到他這般模樣，一顆心頓時便揪了起來。

「是承霖哥出了點事，不過現在已經沒事了。只是他吩咐我來尋妳們，讓我一切聽夫人吩咐。」蘊福也是有些不解魏承霖的安排，不過也沒時間細細問就是了。

沈昕顏一聽便明白了，長子這是不欲將事情鬧大，從而損了姪女的閨譽，故而只是拜託了蘊福過來幫一把手，先將這邊的事妥善處理好。

「那咱們便到慧兒那邊去。」她吩咐道。

趕往木屋路上，她簡單地問蘊福關於魏承霖之事，得知魏承霖已經被太醫診治過無恙，又懇請瑞貴妃封鎖了消息，她才鬆了口氣。

今日此番事還有太多未明之處，不管怎樣，還是想方設法先掩下來，以免事情傳揚出去，給別人增添談資，甚至會累及姪女的名聲。

回到湖邊那座木屋，見周莞寧還在裡面，正進進出出地打濕帕子替時而昏迷、時而清醒的沈慧然擦著臉。

「國公夫人、侯爺、魏四姑娘。」見他們三人進來，她連忙放下濕帕子，迎上前見禮。

儘管並不樂意看到她，可這一刻，沈昕顏也對一直留下來照顧著姪女的她充滿了感激，遂誠心誠意地道謝。「多謝周姑娘！」

周莞寧有些不自在，微微垂著頭道：「舉手之勞而已，不敢當夫人的謝。」

魏盈芷的感覺卻有些複雜。雖然感激她陪著表姊，但在未弄清楚沈慧然此番遭遇是不是周卓所為之前，她對姓周的依然懷有極大的戒心。故而，她逕自上前察看長榻上的沈慧然，見她仍是半昏迷、半清醒的，但身上已經比之前她初進來時所見整齊了許多。

蘊福倒是有些吃驚，但也無暇多問，連忙上前，與魏盈芷一起將沈慧然扶了起來。

周莞寧見他們離開，自然也不會久留，況且她還要去尋二哥問問到底發生了什麼事，為何那沈姑娘會說魏四姑娘是去尋他替她出氣？今日此事是不是與他有關？

待三人成功地帶著沈慧然回到了她與魏盈芷的落腳處，又請了太醫細細診治，得知沈慧然只是吸進了少許迷藥，才導致這般又是昏迷、又是清醒，除此之外身上並無其他不妥，眾人才徹底放下心來。

而隔得半晌，得到消息的魏承霖也趕過來了，見他臉色已然大好，舉止也瞧不出有什麼異樣，沈昕顏這才稍放心。

吩咐侍女好生照顧昏睡中的沈慧然，四人到了外間，沈昕顏才詳問他今日之事。

「是孩兒大意了，沒想到會著了小人之道，以致險些釀成大禍。」魏承霖眼中閃過一絲殺氣，恨恨地道。

「那照此看來，對付慧然與對付你的許是同一個人，而且目的嘛……」蘊福輕咳了咳，意味深長地道。

在場的都不是傻子，一聽就明白了。

沈昕顏沈下了臉。「這樣看來，幕後之人初時是將你與慧兒一起困在那木屋裡，再引著盈兒與周姑娘前去，只是他沒有料到你竟然可以抵擋住藥效，硬撐著離開。然後便是不知何故出現的周二公子周卓，他闖進木屋發現了裡面的慧兒，剛好慧兒稍稍清醒時也看到了他，因此他驚慌之下逃離。緊接著是盈兒趕來，一問之下以為是周卓所為，當即便打算去尋那周卓。盈兒衝出去後，周姑娘也在此時到來，只看到了屋裡的慧兒。」

她理了理事情的大概，臉色卻甚是難看。這一切的目的，不過是打算成就一場「捉姦」的好戲，戲中的「主角」便是她的兒子與姪女，「觀眾」則是她的女兒與周莞寧，或者那周卓也能算上一個。

魏盈芷也想明白了，氣得俏臉脹紅，怒罵一聲。「卑鄙！」

魏承霖則鐵青著臉。

他不敢想像今日自己若不能及時離開，那會造成什麼樣的後果？

引著妹妹和阿莞，甚至還包括周卓前來「捉姦」，幕後之人用意昭然若揭。

他勉強壓著心裡的怒火，壓低聲音道：「母親放心，此事我必會給慧表妹一個交代。」

「霖哥兒，我不管你打算如何處置此事，只一點，慧兒是個清清白白的姑娘，我不希望她無辜牽扯進你那些理不清之事去。」沈昕顏眼神複雜，還是表明了態度。

「母親放心。」魏承霖又如何不知今日此事沈慧然確是無辜受累，心中頗為歉疚。

「還有貴妃娘娘那……」

「夫人放心，姑母那兒我會去說的。」蘊福接了話。

「既如此，你們便先回去吧！」沈昕顏揉揉額角，吩咐道。

魏承霖低低地應了聲，看著已經轉身進了裡間的母親，神情有幾分苦澀。

「哥哥，還有那周卓，你也要想辦法讓他閉嘴，若是外頭有一絲半點慧表姊的閒言閒語，我必不會放過他！」魏盈芷放著狠話。

「哥哥會處理好的，妳放心。」

魏盈芷對兄長的能力還是相當信任的，得了他的許諾，這便鬆了口氣。

沈昕顏屏退屋內的侍女，親自照顧著沈慧然，看著沈沈睡去的姪女，想到今日發生的一連串事，再聯繫上一輩子女兒的結局，她的手不知不覺地死死攥緊。

儘管時間對不上，可這一切卻又完全說得通，為何上一輩子她的女兒會去尋周卓，並與之發生爭執，最終導致了自己的死亡。

她的身子不可抑制地顫抖了起來。上輩子發生此事時，周莞寧早已進了門；這輩子此事雖然提前了許多，可手段依然是那樣的手段，目的想來也依然是同一個目的。

「娘，不要擔心，表姊她不會有事的。」進來便見娘親的身子抖得如同秋風中的落葉，魏盈芷以為她擔心沈慧然，環著她的肩柔聲安慰。

沈昕顏拉著她在身邊坐下，輕聲問：「妳去尋那周卓，為何途中又回轉？」

魏盈芷習慣性地抱住她的胳膊，枕在她的肩處。「因為我發現事情有些不對勁。水榭那兒風景更好，八面來風，又佈置有歇息的一切，慧表姊最喜歡憑欄而坐，欣賞湖中景色，為何這一回卻放著水榭不去，反倒要進那密密實實的木屋？」

沈昕顏沒有料到會是這個理由，一時有些欣慰，卻又有些酸澀。

「娘的盈兒終於長大了……」再不是那個只會衝動地維護她親近之人的魯莽丫頭。

「不是娘教的嗎？生氣的時候便多跑兩圈，待不那麼生氣了，再好好想想。」魏盈芷在她肩窩處蹭了蹭。

沈昕顏輕撫著她的長髮，此時此刻，她才真真正正地感覺到，上輩子那場噩夢真的徹底遠去了。

不管是女兒，還是她的姪女，這輩子一定會擁有一個截然不同的人生。

「娘，難道您不懷疑那周莞寧嗎？會不會人是她與周卓兄妹倆……」話說到一半，魏盈芷又打消了這個念頭，畢竟她的哥哥也是著了道的。

沈昕顏倒是被她這話觸中了內心。

是啊，當時那般情況，她竟然就那樣將周莞寧留了下來，不曾想過她會不會乘機對慧兒不利。

她若有似無地嘆了口氣。

大概是上輩子與周莞寧相處過那麼多年，不管內心怎樣不喜她，可對她的柔善，她其實還是肯定的。

故而在今日這種情況之下，她絲毫不曾猶豫，便將毫無反抗之力的姪女留給了還在木屋裡的周莞寧。

儘管這皇家莊園景致極美，可發生這樣的事，不管是魏盈芷還是沈慧然，都無心再留下。所幸她二人本就不過是瑞貴妃給的恩典才能跟來的，在蘊福真真假假的話下，瑞貴妃也沒有多過問，只是囑咐了她們幾句，便讓她們跟著沈昕顏回府了。

至於後續之事，自是全然交給了魏承霖。

回府的路上，沈慧然緊緊地挨著沈昕顏，滿臉的後怕。

得知那周家二公子是誤闖了木屋，而她也沒有被任何人侵犯，她總算是鬆了口氣。

若是真的失了清白，她寧願一死了之。

沈昕顏輕拍著她的手背，無聲地安慰著。

整件事當中，姪女才是最無辜的，她什麼也沒有做過，甚至連對長子也沒有起過如同上輩子那樣的心思，可因為這個「表妹」的身分，她最終還是被牽扯了進來。

「姑姑，我想回家，回伯府。」沈慧然輕聲道。

沈昕顏垂眸，環著她的肩膀，低低地應下。「好，姑姑送慧兒回家。」

她知道，姪女心裡也或多或少猜測到了自己這番遭遇的原因。人在經歷過一番危險之後，只會想要回到一個安全的地方，這世上最安全的不過是自己的家。

國公府再好，終究也不是她的家。

吩咐車夫調轉方向往靖安伯府去，車內的三人緊緊地挨坐在一起，再無話。

回到國公府，魏盈芷嘆了口氣道：「娘，慧表姊怕是有好一段時間不會來咱們家了。」

沈昕顏拍拍她的肩膀。「好了，先去換身衣裳吧！」

大長公主不是愚蠢之人，而沈昕顏自問也沒有那麼大的本事可以瞞過她，故而便一五一十地將在避暑山莊發生之事向她回稟。

大長公主聽罷，雙眉皺得死緊，沈默良久，道：「妳娘家那個姪女，我瞧著倒是不錯，親上加親未嘗不可。」

沈昕顏意外她竟會想到這一樁。若是以前，她或許會順水推舟應下，可如今卻沒了這樣的想法。

「母親瞧得上慧兒，是慧兒的福氣，也是對兒媳的肯定。只是如今……」她輕嘆一聲。

「還是暫緩緩吧！」

大長公主也明白，經過這麼一遭事，人家姑娘心裡必定有了些想法，故而也沒有勉強，長嘆一聲，只覺得怎麼這長孫的婚事就這般不順利呢！

再過得大半個月，避暑山莊那邊便傳來了太子妃懷有身孕的大好消息，又過得幾日，御駕便啟程回京了。

「世子爺身有差事，怕是一時半會兒回不來。」御駕回了京，卻不想魏承霖並沒有跟著回來，沈昕顏正疑惑著，魏承霖派回來報信的侍衛便前來稟報道。

又有差事？沈昕顏蹙眉。「可知道是什麼差事？大概什麼時候會回來？」

「這個不知。」那人低著頭。

沈昕顏也無意為難他，讓他離開了。

「不但世子爺身邊的執墨沒有回來，方才連侍書、平硯也帶著人走了。夫人，我瞧著世子爺這回的差事好像有些難辦。」春柳輕聲稟道。

沈昕顏眉間帶著憂色，又如何會不清楚這一層？

「娘，爹爹有信回來了！」正憂慮間，魏盈芷歡天喜地地舉著信走了進來。

沈昕顏笑著接過，大略看了一遍後，將信摺好，便見女兒眸光閃閃，臉上帶著狡黠的笑意。

「娘，爹爹在信裡說些什麼？」
「是件挺重要之事。」
「什麼事？」魏盈芷好奇地追問。
「妳爹說，他會盡快回府準備妳與蘊福的親事。」
魏盈芷一下子就鬧了個大紅臉。
沈昕顏摟著她直笑。「這下蘊福可總算是放心了，也不必隔三差五的使人打聽國公爺什麼時候回京？」
魏盈芷羞得頭都不敢抬起來，蚊蚋般道：「偏是他盡做這些傻事……」
沈昕顏摟著她笑了一會兒。

魏雋航既然來信說了會盡快回京，那她便得先將訂親一應之事準備好。趁著這日得空，她便親自到庫房去，開始整理給女兒的嫁妝。
這麼多年積累下來，她與魏雋航給魏盈芷準備的嫁妝已經相當可觀了，再加上大長公主給的那部分，說是十里紅妝也不為過。
「夫人您瞧！這鳳凰玉珮怎的有味道？」春柳突然驚叫出聲，拿著一只錦盒快步朝她那邊走去，將那錦盒打開遞到她的面前。
沈昕顏接過一看，認出這正是當年她交給長寧郡主的訂親信物，當年長寧郡主曾託魏承霖交還給了自己，她覺得看著有些難受，便放到了庫房鎖起來。

她取出那塊玉珮，仔細嗅了嗅，發現果然有一陣若有似無的香味，那香味像是桂花，可仔細一聞，又覺得像蘭花，再一聞，卻又像是別的什麼花的味道。

「好生奇怪，在庫房放了這般久，這好端端的，玉珮怎會生出這樣的香味來？」春柳疑惑不解。

沈昕顏沈默片刻，將玉珮放回錦盒內。「找個大夫仔細瞧瞧，看這香味可有不妥？」

春柳接了過來，很快便去請大夫瞧了。

「我找了好幾位大夫，都瞧不出什麼所以然來。」

是這樣嗎？沈昕顏盯著方桌上的鳳凰玉珮，不知為何總是覺得心裡有些不安。

「前不久我聽說長寧郡主回京了，可有此事？」她忽地問。

「確有此事。郡主是在上個月底回來的，據說身子已然大好了，王妃思女心切，也不再放心將她一個人留在山上，便把她接了回來。」春柳回答。

「郡主是當年離京時託霖哥兒歸還的這玉珮，這幾年在山上調養，如今身子已然大好。而當年她歸還的玉珮，這些年一直放在庫房裡，從不曾有人動過……」沈昕顏輕撫著手上的玉珮，若有所思。

「夫人的意思……難道是懷疑郡主當年那場病與這玉珮有關？」春柳大驚。

「我只是覺得心裡有些不安，隱隱生出這麼一個猜測，若果然是這玉珮的問題……」沈昕顏有些不敢想下去。

若果然是這玉珮的問題，當年那場好好的親事便是遭了算計！卻不知是自己府裡出的差錯，還是寧王府出的差錯？

只是不管怎樣，長寧郡主都是白白受了這麼一遭罪。

「可是我記得清清楚楚，這玉珮當年交出去時，是沒有這樣奇怪的味道的。若是有，我怎會沒發現？畢竟它可是一直由我保管著的。」春柳輕咬著唇瓣，努力回想。

沈昕顏嘆了口氣。「先收起來吧，改日再請太醫瞧瞧。」

吩咐了春柳將錦盒收好，看看時辰差不多了，她便往大長公主處請安。

繞過落地屏風，剛好見大長公主身邊的徐嬤嬤走了出來。

「晚膳母親用得可好？」她含笑問。

「收到了國公爺的信函，殿下心情大好，比以往多用了小半碗粥，這會兒正在裡頭與四公子說話呢！夫人快快請進！」徐嬤嬤笑著回。

沈昕顏從她身邊走過，才剛邁出幾步，忽覺手腕處被徐嬤嬤一把抓住。

「夫人且慢！」

「嬤嬤？」沈昕顏訝然，不解她為何這般魯莽地拉住自己？卻發現對方臉色似是有些不妥。

「夫人身上的香味似乎有些不一樣，卻是不知從何處沾染的？」

沈昕顏驚訝地望著她，心思一動，忽地想起曾經聽大長公主閒聊中提起過，徐嬤嬤原是製香好手。

「是從一塊久置不用的玉珮上沾來的。」她試探著回答。

「夫人可否讓我瞧瞧那玉珮？」徐嬤嬤追問。

「自然可以。春柳，妳速去將那玉珮取來。」沈昕顏哪有不允之理，連忙吩咐身後的春柳。

進了屋，果然見魏承騏端坐在下首，正認真地聽著大長公主說話。

「……你母親的意見雖然重要，但更重要的還是你自己的想法，你若是想，去國子監繼續唸書也可以，便是不用科舉考試，書讀多一些總是好的，就連貴為侯爺的蘊福，這會兒也不曾落下在國子監的功課。」大長公主語重心長地道。

「祖母的話孫兒都明白了，只是、只是……孫兒還是想找份差事。」魏承騏臉上帶著遲疑，仍是堅持道。

大長公主眸中有幾分失望。明明根本不喜歡當官，只想一心做學問，可因為母親不同意，故而連堅持一下都不敢了嗎？

罷了罷了，兒孫自有兒孫福，她再也管不了那般多了。

「既然你堅持，那祖母便遂了你的願吧！」

祖孫二人此時也看到了走進來的沈昕顏，一番見禮後，魏承騏便告辭了。

「可有霖哥兒的消息？」大長公主一見到她便問起至今未有半點消息傳回來的長孫。

「暫且未曾收到消息。」沈昕顏搖搖頭。

大長公主長嘆一聲，憂心忡忡地道：「我也是昨日才知曉，霖哥兒將他祖父留給他的那些人都帶走了，妳說他到底辦的什麼差事，竟像是要傾力而為？」

沈昕顏心中一突，連臉色都變了。「要不明日我請蘊福打探打探？」

「我都已經問過了，蘊福那邊也是不清楚。」大長公主憂色更深。

婆媳二人一時相對無言。

待沈昕顏離開後，一直候在外面的徐嬤嬤才走進來，手上捧著的正是裝著當年給寧王府信物的錦盒。

「殿下，我有一事要稟，只怕當年長寧郡主那場病是人為！」

福寧院。

「玉珮徐嬤嬤帶走了？」回到屋裡，沈昕顏才從春柳口中得知此事。

「夫人若是覺著不適合，我再去要回來？」

「不必了，帶走便帶走吧，徐嬤嬤能把它帶走，想來是有了眉目，此事到最後，怕還是得由母親作主，如此更好，倒讓我省事了。」沈昕顏搖搖頭，阻止意欲出去的她。

魏承霖是在半個月後回來的，與他一同回來的，還有侍衛平硯的骨灰。至於那些活著歸來的執墨、侍書等侍衛，身上也帶著大大小小的傷。

魏承霖自然也不會例外。

看著長孫腹部那道長長的刀傷，大長公主一口氣提不上來，立即便暈厥了過去。

頓時，屋裡亂作一團。

待一切重歸於平靜後，醒來的大長公主拉著魏承霖的手淚流滿面。「老天無眼，老天無眼啊！」

沈昕顏緊緊揪著手上的帕子，至今仍無法從方才太醫的話裡回過神來——

「……世子此傷……怕是日後於子嗣上會有些艱難。」

太醫話音剛落，才醒過來沒多久的大長公主再度暈厥過去。

便連沈昕顏也雙腿一軟，險些摔倒在地上。子嗣艱難？

頭髮花白的老太醫滿臉的同情。這般出色的男子，若是不能有後代，那真真是可惜了。

「祖母……」魏承霖苦澀地勾了勾嘴角。「命該如此，孫兒不敢怨，所幸還有祥哥兒。只是到底辜負了祖父多年的悉心教導……」

大長公主抹著眼淚，只拉著他直嚷「老天不公」。上一輩最出色的長子沒了，小一輩中最大的希望又落得這樣的……

門外的方氏將一切聽得分明，激動得身子都微微顫了起來。子嗣艱難？那真真是老天開眼才是！坐了不屬於他的位置，怎會有好下場？沒有子嗣，他還憑什麼坐在這世子之位上？二房沒了魏承霖，難道還要靠那個奶娃娃魏承祥？可見老天爺還是眷顧著她的！

「母親莫要如此。王太醫治不好，咱們多請幾位太醫診治便是，再不行，便遍請名醫，總會有辦法治好的。」她斂下嘴角的笑意，換上一副擔憂的表情，走到大長公主跟前，柔聲勸道。

「妳是巴不得傳揚得滿京城都知道是不？往日我只當妳是個好的，不承想妳是包藏禍心！陷害霖哥兒剋妻不成，這會兒又想讓他得一個無子的名聲，如此才算是遂了妳的心意是不？」哪想到大長公主猛地發作，指著方氏的鼻子一通怒罵。

方氏被她罵得險些連呼吸都停了，「撲通」一聲跪倒在地，哭喊著道：「冤枉啊！兒媳是天大的冤枉啊！」

沈昕顏吃了一驚，隨即朝著春柳使了個眼色。

春柳心領神會，悄無聲息地退了出去，又吩咐了不准任何人靠近，這才遠遠地守在院門外。

「呸！妳以為我是那老糊塗了？當年妳暗地裡做了什麼？長寧郡主為何無緣無故便病重不起？那謝家姑娘好好的又怎會生出膽子與人私奔？這一樁又一樁，妳是不是要我將證據直接扔到騏哥兒臉上去，讓他好生瞧瞧，他的母親到底是個怎樣心腸歹毒之人！」大長公主雙目噴火，一口往方氏臉上啐去，毫不留情地罵。這些日子以來查到的一樁又一樁事，已經給了她一記重重的打擊，如今最器重的嫡長孫又出事，便如壓死駱駝的最後一根稻草，她徹底崩潰了。「家門不幸！有此毒婦，也是我當年有眼無珠，才造成今日這般局面！」大長公主老淚縱橫，萬分悲憤。

沈昕顏不敢相信地瞪著方氏，看著她臉上的血色一點一點褪下去，但仍舊強撐著死命喊冤。

「母親冤枉，母親冤枉！這所有的一切都與兒媳無關啊！」

「所以，當年郡主險些性命不保是妳害的？」魏承霖臉色鐵青，努力壓抑住心中的怒火，拳頭死死地攥緊，彷彿下一刻便會衝出去，朝著那張偽善的臉重重地砸下去。

長寧郡主是他第一個未婚妻，若不是她突然得了重病，如今的他只怕早就將她娶了進門了。

他或許並不曾對長寧郡主動過心，但是那個深得祖母、母親，甚至妹妹誇讚，又與他失之交臂的女子，總是在他心裡留下了一絲痕跡，無關男女之情，卻是不可抹滅的。

可是，那個女子險些命喪，卻是他一向敬重的大伯母所為！

方氏拚命搖頭。她不能承認，不能承認！她不能讓騏哥兒知道，不能讓騏哥兒知道……

可是，當她看到白著一張臉站在門口處的魏承騏時，整個人便如墜入冰窟。

「祖母、祖母說的那些話都是真的，對嗎？母親，您、您當年真的險些害了郡主，又使了手段讓謝家姑娘私奔？」魏承騏一張臉慘白慘白，身體不停地顫抖著，可仍朝著方氏一步一步地走過去，緊緊盯著她的眼睛。

方氏便是有千般狡辯，對著兒子溢滿了痛苦的雙眸，卻是一句也說不出來了，只摀著嘴不停地搖頭。

追著過來欲阻止魏承騏的春柳見狀，慌不迭地又退了出去，這回親自找了兩名身強力壯的婆子一起守在院門處，堅決不再放任何一個人進來。

屋裡那些話若是傳了出去，只怕接下來有好長的日子，府裡別想有片刻安寧了。

「不是我，騏哥兒，不是我……」除了來來回回地說著這一句外，方氏再說不出其他。

她怕了，真的怕了，她從來沒有像這一刻這般害怕，害怕看到兒子臉上的失望，那是對她這個母親的失望。她的兒子一向是乖巧孝順的，從來沒有逆過她的意，她也從來沒有想過，有朝一日會在他的臉上看到對自己的失望。

「祖母，我想看看那些證據，可以嗎？」魏承騏沒有再理她，朝著大長公主走去。

大長公主也沒有料到他會突然出現，而且出現的時機還是那般恰恰好，一時心情相當複雜。

對這個長子留下來的唯一血脈，她也一直是疼愛有加的。雖然性子懦弱了些，但心腸柔軟，心思澄澈。

方才那番「將證據直接扔到騏哥兒臉上去」，不過是氣言，她從來不曾想過要將那些污淖之物擺到他的跟前，打破他心裡對生母、對親情的美好。

她張張嘴正要拒絕，方氏已經撲了過來，跪在地上大聲哭求。

「母親，我錯了、我錯了！我真的知錯了……」那雙淚目中，充滿了祈求，求她替自己保留為人之母的最後一分體面。

因為方氏很清楚，大長公主若是出手，查到的絕對不止這兩樁事，必還有其他她做下的種種事。

魏承騏的身子晃了晃，唇瓣微顫，張張嘴想要說些什麼，可喉嚨卻像是被東西堵住了一般，半句話再說不出來。

「從今往後，妳便在靜德堂安心養病，除了侍候的兩名侍女之外，不准任何人隨意進出！」良久，大長公主深深地吸了口氣，盯著哭得再無半點體面的方氏，一字一頓地道。

方氏伏倒在地，除了哭，什麼話也說不出來。養病？她哪有什麼病可養？母親她這是徹底厭棄自己了！說不定再過一段時間，她便會無聲無息地病逝。

魏承騏「撲通」一聲跪倒在大長公主跟前，啞聲道：「祖母，孫兒不孝，孫兒斗膽請祖母主持，讓長房與二房分家。」

方氏哭聲頓止，瞪大眼睛望著兒子，不敢相信這樣的話居然是從她那個一向乖巧孝順的兒子口中說出。

「騏哥兒你胡說什麼？長輩在，哪裡由得你一個小輩提分家！」沈昕顏喝止。

便是魏承霖也不贊同地望著他。「四弟，此話休得再說。」

倒是大長公主眼睛眨也不眨地看著他。「你執意如此？」

「孫兒不孝！」魏承騏低著頭，語氣卻是無比堅定。

「你瘋了！你是想被人戳脊梁骨是不是？」方氏氣急地撲過去欲捣他的嘴，不讓他再說這樣大逆不道之話。

若是分了家，長房便徹徹底底與爵位無緣了，那她做了那樣多的事又是為了什麼？明明如今魏承霖不能有子嗣，魏承祥年紀又小，爵位已經離長房又近了一步啊！

「請祖母成全！」魏承騏避開她，聲音又響亮了幾分。

「好，你既然執意如此，那我便成全你。所有產業我都給你們分得清清楚楚，只是人卻仍要住一處，只待哪一日我眼睛一閉，雙腿一蹬，你們愛搬走便搬走吧！」大長公主無力地揮著手，整個人似瞬間蒼老了不少。

沈昕顏連忙上前扶住她。

大長公主輕輕推開她的手。「妳回去將帳冊與鑰匙都拿來吧，趁著我還有一口氣，先把這家給分了！」

「母親！」

「祖母！」

眾人頓時跪了滿地。

大長公主決定的事，誰也沒有辦法再勸。最終，各房還是在她的主持下分了家。

這家分得突然，但也分得相當順利。長房的方氏犯了錯，已經再沒有她說話的分；二房魏雋航未歸，沈昕顏本又是個家底豐厚的，並不會在意分得多與少；三房是庶出，本就低一頭，見嫡出的另兩房沒有意見，自然也不敢多言。

只是，不管是嫡出的長房、二房，還是庶出的三房，無一例外都並不樂意分家。

方氏自不必說了；而對三房的魏雋賢與楊氏夫妻倆來說，大樹底下好乘涼，這家一日未分，他們便還是國公府的三老爺、三夫人，可這家一分，將來搬出府去，這國公府的榮耀可就與他們沒什麼關係了。

沈昕顏久勸不下，眼睜睜地看著大長公主把這偌大一個家給分了，心裡頓時百味雜陳。

各房人站了滿堂，默默地看著大長公主推開魏承霖的攙扶，拄著枴杖，顫巍巍地離開了。

此時的她，再不是那個不可一世的靜和大長公主，而是一個被她最信任的晚輩傷透了心的尋常老婦人。

沈昕顏嘆了口氣，望望垂著腦袋、緊攥著雙手不停顫抖的魏承騏，魏承釗與魏承越兄弟倆則一左一右地站在他的身邊，為他擋去魏雋賢與楊氏夫妻倆責備的視線。

不管是方氏私底下所做之事，還是國公府分家，到底不是什麼光彩之事，沈昕顏自然不會讓人傳揚出去，好歹掌了府中事這麼多年，這一點她還是能做到的。

對於魏承霖的傷，她自然更加不會放棄。子嗣艱難？上輩子兒子成婚後沒多久，周莞寧便有了身孕，她不相信這輩子她的兒子會遭遇這樣的事。

大長公主雖然受了一番打擊，但她到底活了大半輩子，經歷過的風雨無數，不過數日便已經平復了下來，全副身心都投入了為嫡長孫療傷一事上。

只可惜宮中醫術高明的太醫她們都請了來，可結果無一不是令她們失望的。

「我瞧著咱們府裡近來好像頗有些不順，不如辦場喜事熱鬧熱鬧，好歹也將這些晦氣沖一沖。」楊氏建議道。

「喜事？如今還有什麼喜事？」大長公主嘆息著。

「不瞞母親，釗哥兒年紀漸長，我想替他訂門親事，這姑娘也不是哪個，是我那娘家姪女，年初便已及笄了。」楊氏涎著臉，道明了她的目的。

沈昕顏便明白了。小一輩男丁中以魏承霖為長，可他卻一直沒能將親事訂下，魏承釗、魏承越等年幼的自然也不好越過他去。可楊氏相中的兒媳婦年初便已及笄，這親事卻是不能再拖的了。

大長公主揉揉額角，也明白她的意思。

看來嫡長孫的親事確是不能再拖了，他一日未娶妻，後面的釗哥兒、越哥兒和騏哥兒的親事也得受阻，如此一來倒成了什麼事了。

「妳既有了人選，那這親事便先訂下來吧！」

楊氏欣然應下。先將人訂下來，婚期便儘量選得後一些，留足時間給二房的魏承霖。以他的條件，估計也不會尋不著合心意的姑娘。

她這般想著，渾然不知太醫對魏承霖的診斷結果。

沈昕顏到來的時候，魏承霖正吩咐著執墨將一包銀兩交給平硯的家人，見她進來便要起身行禮，沈昕顏制止住他。

「平硯跟在我身邊多年，如今他這麼一去，他的家人必定不好受。我聽聞他還有個弟弟，想著將他提拔到外院，跟著魏管家學著些，不知母親意下如何？」待沈昕顏落了坐後，魏承霖才將他的打算道來。

「這是應該的，你抓主意便是。」沈昕顏自然不會在這些小事上駁他的面子。

而且對於平硯的死，她心裡也是惋惜得很。

「我聽聞鎮國將軍府的慕容滔也身受重傷，受傷的時間與你這回倒是相差無幾，難不成上回他是與你一同辦差？」簡單地問了問他傷口癒合的情況後，沈昕顏突然問。

魏承霖的眼皮顫了顫，隨即若無其事地道：「孩兒上回是受了皇命去追堵當年失蹤的誠王世子，至於慕容小將軍辦的是什麼差事，又因何受了傷，孩兒便不清楚了。」

這樣嗎？沈昕顏的視線難掩懷疑。

「那上回在避暑山莊又是何人算計了你？」沈昕顏又問。

「是慕容滔。」

沈昕顏並不意外。「那你呢？查到了是慕容小將軍下的黑手，可曾想過如何報復他？」

魏承霖早已有了準備，面對她的問話絲毫不亂，坦然地道：「孩兒正想著設好局打算給他一個教訓，不承想陛下的旨意便到了，孩兒不得已暫且將計劃擱置，打算待辦完差事之後再作打算。」

見沈昕顏只道了句「原來如此」，他也猜不透她是相信了自己還是不相信？只不過他很肯定，母親便是不信，也找不到什麼證據就是了。

「還有你的親事，你心裡是怎樣打算的？」沈昕顏呷了口茶，還是無奈地問起了這個。

這幾日楊氏得了空便往她那裡跑，或明或暗地問起魏承霖的親事。對此，沈昕顏也有些頭疼。

自上回魏承霖提出娶周莞寧而遭到了大長公主斷言拒絕後，他的親事便陷入了僵局。大長公主不鬆口，而他也以沈默來表明他不願娶其他女子的意思，祖孫二人彼此都不肯讓步，倒讓沈昕顏這個親生母親不知如何是好？

平心而論，她是站在大長公主這邊的，不管周莞寧性情如何，這輩子她都不可能會接受她當自己的兒媳。可是，長子又是一副非卿不娶的架勢。

「孩兒如今這般殘軀，還是莫要耽誤了人家姑娘。雖說長幼有序，可也不是不能變通的，總不能因孩兒一人而耽擱了幾位弟弟的終身大事。」魏承霖嘆息著道。

「你此話是什麼意思？難不成是打算終身不娶？」沈昕顏心中一突，皺眉問。

魏承霖沈默。

「且不說日後能否治好，但是太醫初時診斷，也不過說是子嗣艱難，又不曾說一定沒有，你……」見他果然有這樣的意思，沈昕顏急了。

魏承霖還是不說話。

沈昕顏苦口婆心地勸，話說了一籮筐，仍不見他有絲毫鬆動的意思，頓時氣結。

看著她拂袖而去的背影，魏承霖垂下眼簾，掩飾眸中複雜。

而此時的魏雋航歸心似箭，一大早便命人收拾行李啟程回京，馬車走到了城外，不經意間掀開車簾往窗外瞅，忽見路邊一名形容憔悴的老者。老者懷中抱著一只以藍布包著的罈子，步履蹣跚地前行。

「停車！」魏雋航大聲吩咐著，待馬車停下，他縱身跳下了車，快步走到那老者身前。

「忠叔！」

那老者停下腳步，渾濁的雙眸緩緩地望向他，遲疑著問：「你是……」

「忠叔，我是魏雋航啊！你可還記得？」得遇故人，魏雋航驚喜莫名。

老者瞇著雙眸上上下下地打量著他，良久，恍然大悟。「你是老國公……草民見過國公爺！」他慌忙行禮。

魏雋航連忙扶住他。「忠叔無須多禮，當年一別已過數十載，倒不承想今日竟在他鄉重遇故人！」

「不敢不敢！」

魏雋航幼時總是被老國公拎到兵營裡受訓，可他生性跳脫，隔三差五便會被罰禁足，這忠叔便是當時負責看著他的兵士，後來他解甲歸田，魏雋航便一直沒有再見過他。

「難得今日再見，不如咱們到前邊鎮上喝上一盅！忠叔，來……」他一邊說著，一邊想幫老者抱過那只罈子。

「不不不，不用不用！」老者連忙避開他的手，片刻，恭敬而疏離地道：「不敢煩勞國公爺，草民家中老妻仍在等候草民與不肖之孫歸去，不敢久留，這便告辭了！」說完，朝他行了禮便要離開。

「既如此，不如讓我送忠叔與令——」魏雋航心口一跳，下意識地望向他懷裡那只罈子。

「這是我那不肖孫，卒於上個月初八，草民如今方從令公子手下人手中將他帶回來。」

老者面無表情地舉著懷中那罈子。

什麼?!魏雋航大驚。

想到英年早逝的孫兒，老者再忍不住，老淚縱橫。

「他若死在戰場上，若是為了國家大義、為了百姓蒼生而死，也算是死得其所，我這輩子也以他為傲。可如今卻是……」老者一口氣提不上來，大聲咳嗽。

魏雋航連忙扶著他，替他順順氣，待見他臉上有所好轉，這才真誠地道：「忠叔，我著實不知令孫竟在犬子身邊做事，更不知……」

老者抹了一把眼淚，推開他的手。「罷了罷了，這都是命！」說完，再不看他，抱著那罈子轉身便走了。

魏雋航想要追，最終還是止了步，回身吩咐身邊的護衛。「你派人護送著他歸家，再看看他家裡可有需要幫忙之處？若有，不遺餘力幫上一把。再有，馬上著人徹查我不在京城這段日子，世子到底做了什麼事？尤其是上個月。」

護衛領命而去。

郊外的清風徐徐拂來，吹動他的衣袂飄飄，他皺著一雙濃眉，臉色凝重。

霖哥兒到底做了什麼……

心中有了疑惑，他便不急著回京，行程亦跟著放緩，只等著下屬探的消息報來。

一個月之後，魏雋航才拿到了下屬加急報來的信函。

他打開信函一看，濃眉下意識皺得更緊，越往下看，臉色便越是難看，到最後，他重重地將那封信函拍在案上。「荒唐！來人，準備車馬，立即回京！」他大聲吩咐。

第二十八章

國公府中，在楊氏一而再、再而三的明示暗示之下，大長公主也不得不重新開始替魏承霖議親。接連挑了好幾家的姑娘，魏承霖都是嘆息著搖頭，而後一臉苦澀地表示不願拖累了人家姑娘，急得大長公主拉著他直罵。

「你這孩子胡說些什麼呢！什麼拖累不拖累？太醫說的話也不能作準，更何況又不是到了那等無可挽回的地步！聽祖母的話，莫要再說這樣的話！」

魏承霖沈默半晌，最終緩緩地點了點頭。「孫兒聽祖母的。」

見他終於鬆了口，大長公主這才歡喜。

便是沈昕顏也鬆了口氣，只是，也不知為什麼，她總覺得心裡還是有幾分不安。

難道是因為覺得自己再難有子嗣，所以不願拖累了最喜歡的周莞寧，故而不管娶什麼人都沒有關係？這樣的念頭才剛冒出來，她便又努力壓了下去。

得了孫兒的首肯，大長公主連忙將話遞給她早就相好的那家人，彼此有了默契，便準備請官媒上門正式提親。

沈昕顏心裡七上八下的，卻又極力忽視，開始準備提親事宜。

這回，大長公主相中的姑娘是太子妃的表妹，沈昕顏曾見過一面，對那姑娘倒也有幾分好感。

哪裡想到，請去提親的官媒回來時，卻道那家人語焉不詳，似有推諉之意。

沈昕顏下意識地望向大長公主。

大長公主萬分驚訝。「這是什麼道理？」

請媒人上門不過是全了禮節，走走過場罷了，私底下兩家人早就已經有了默契，認可了這門親事，如何事到臨頭竟起了反悔之意？

「這一家有女百家求，也許他們只是想看看咱們府上求娶的誠意？」沈昕顏斟酌著道。

「夫人此話也有道理，殿下也知道，有些人家縱是有意，為了提一提自家姑娘的身價，也為了看看男方的誠意，都會先婉拒那麼一、兩回。」那媒人也想到了這樁。

大長公主心裡到底有些不痛快，但勉強也能體會女方家長這種心理，故而便道：「既如此，那煩妳多跑一回吧！」

當第二次照樣被拒絕後，大長公主的臉便徹底黑了。「豈有此理！難不成這陳家覺得有太子妃撐腰，便能如此折辱本宮了？」

沈昕顏心裡那股不安更濃了。

她想，或許那陳家果真是打算反悔了。若真論起來，這門親事對陳家來說是極為有利的，陳家雖與太子妃有親，但到底太子妃不姓陳。

而魏承霖不但是大長公主嫡親的長孫、未來的國公爺，更是太子最信任、最得力之人；也因為此，在得知大長公主有意替長孫聘娶他們家的姑娘時，那陳老夫人婆媳才會應得那般快。

如何到了最關鍵的時候才反悔？難不成她們不怕會因此得罪了國公府、得罪了大長公主，甚至會引得太子不悅嗎？

直到次日，陳老夫人親自到國公府來求見大長公主，沈昕顏方知道這當中緣故。

原來陳老夫人也不知從何處得知英國公世子「子嗣艱難」，她膝下只得這麼一個孫女，自幼便愛若珍寶，又如何捨得看著她一生無子？縱是日後貴為國公夫人那又如何？婦人沒有子嗣傍身，將來又如何立得起來？也因為此，她即便拚著會得罪國公府，也還是堅持要推了這門親事。

沈昕顏沈默良久，看著根本不相信大長公主解釋的陳老夫人，長長地嘆了口氣，知道這門親事是談不成了。

陳老夫人離開後，大長公主無力地靠坐在長榻上。

強扭的瓜不甜，人家都不肯嫁了，難不成還能強娶嗎？誰家的孩子誰家爹娘不心疼啊？她雖是惱陳家出爾反爾，可又沒有那個底氣怪人家。

這樣的情況又持續了一回，同樣是在訂親的關鍵時候，對方反悔了。

再接著的第三家，倒是順利地應下了上門提親的官媒，不承想在兩府打算正式訂下的時候，對方府裡竟然爆發了一件驚天醜聞。

這一下，換成國公府反悔了。

接二連三的不順利，讓大長公主也不禁有幾分洩氣了。

「祖母，罷了吧，何苦再費那個心思？孫兒這般情況，真正疼愛女兒的人家不會同意將女兒嫁進來；同意嫁的，只怕也是衝著國公府的權勢而來，實非好人家。」魏承霖苦澀地勸道。

大長公主默然不語，片刻，冷笑道：「我倒不相信了！必是那些女子沒有這個福氣，故而這親事才訂不下來！」

翌日，她便帶著沈昕顏到了靈雲寺，請惠明大師替長孫算一算姻緣。

「世子自有天定姻緣，殿下與夫人不必憂心。」

「那他的命定之人到底在何處？」大長公主聽罷鬆了口氣，緊接著又問。

「殿下可否將世子的生辰八字告知貧僧？」

大長公主連忙將寫著魏承霖生辰八字的紅紙遞給他。

「咦？這生辰八字與貧僧日前所見那位女施主甚為般配。」哪知惠明大師接過後掐指一算，滿臉吃驚。

「果真？難不成真是踏遍鐵鞋無覓處？」大長公主大喜，忙追問對方是哪家的姑娘。

沈昕顏的腦子裡立即便浮現了一張絕美的容顏，不自覺地揪緊了帕子。難道是她？

「貧僧只記得是位周夫人拿來請貧僧算的……」

沈昕顏呼吸一窒，待再聽惠明大師提到那女子的生辰八字時，她便已經肯定了正是周莞寧。果然那兩人才是天定姻緣嗎？她嘆了口氣。

「姓周，年方十五，生於十一月初八……」回府的路上，大長公主口中喃喃不止。

沈昕顏知道她唸著的正是周莞寧的生辰八字。她合著眼眸，細細地回想自長子歸來後發生的一連串事，再到今日惠明大師的話，忽地心思一動。

這一切會不會太巧合了？還是說，霖哥兒與那周莞寧是命中注定的姻緣，是絕對無法拆散的，故而不管霖哥兒與什麼人訂親，必會發生這樣那樣的阻礙，以使得親事結不成？

但是，若一切不是「命運安排」呢？那便只能是有心人算計，引著事態一步一步地走到如今。

而這個人……若是這個人，那相信過不了多久，大長公主必然會發現，原來早前她那般強硬拒絕的周懋之女，正是她要尋找之人。

她輕咬著唇瓣，很想讓自己相信，這一切真的不過是上天安排。畢竟，連她死過一回都能從頭來過了，可見天道不可言。
但若不是什麼「上天安排」呢？她是不是要阻止？可是，若一切真的是霖哥兒布的局，為的不過是順利讓家人同意他與周府的親事，可見他對周莞寧的情意已經到了相當深厚的地步，她還有必要阻止嗎？
她只覺得心亂如麻，舉棋不定，最終，還是決定靜觀其變。

一切正如沈昕顏所猜測的那般，大長公主最終還是查到了惠明大師口中的那名女子，正是鴻臚寺卿周懋之女。
得知這個答案後，她的臉色著實算不上好看。若非那番話是德高望重的惠明大師所言，她都要懷疑是不是長孫安排好的？
「沈氏，妳說，難道那周氏女果真是霖哥兒命中注定之人？」
沈昕顏垂眸。應該是吧？上輩子都有那麼多奇奇怪怪的人支持她與長子，想來這兩人確是天生的一對。
「應該……是吧。」她輕聲回答。
說出這句話的時候，她覺得心裡一鬆，像是陡然放下了一個揹了許久的沈重包袱。
見她也是這般說，大長公主心裡最後一絲不確定終於被打散了。
魏承霖到來的時候，看到的便是同樣滿臉凝重的祖母與母親。

聽著大長公主緩緩地對他說，打算替他求娶鴻臚寺卿周大人之女時，他心裡頓時一鬆，面上卻是一片苦澀，搖搖頭道：「孫兒不願意。」

「我意已決，不管你同不同意，這門親事我都認下了！」大長公主根本不容他反對。

「祖母，我不同意……」

「早前你不是心悅於她，怎如今祖母同意了你又不肯了？難道你想終身不娶？」大長公主生氣地瞪他。

「我……」

房門忽地被人推開，緊接著屬於男子的沈穩嗓音響了起來——

「那便讓他終身不娶！」

沈昕顏驚喜回頭一看，便見魏雋航邁著大步走了進來。

「你、你回來了?!」她激動得迎了上去。

「是，夫人，我回來了！」魏雋航原本沈著的臉，在看到她時便緩和了下來。

「父、父親？」魏承霖心裡「咯噔」一下，突然生出一股不妙的感覺，結結巴巴地喚了聲。

魏雋航冷冷地掃了他一眼，逕自從他身邊走過，大步行至大長公主跟前，一撩袍角跪了下來。「孩兒回來了，讓母親掛念多時，是孩兒不孝！」

大長公主激動地抖著手，連連道了幾聲「好」，眼眶微濕，親自將他扶了起來。

「回來了就好、回來了就好！」看著明顯消瘦了不少，也顯得壯實了不少的兒子，她既覺得心酸，又感到欣慰。

魏雋航扶著她重又落了坐，又輕拍拍身邊沈昕顏的手背，朝她露出一個安慰性的笑容，這才緩緩轉過身子，在對上忐忑不安的魏承霖那一瞬間，他的臉便沈了下來。

「既然你也有那般覺悟，那這輩子便不用娶了，也免得誤了人家姑娘終身！」

「父親……」魏承霖勉強壓抑住內心的慌亂，不明白他這話只是一時之氣，還是真的這般認為？

「雋航，莫要說慪氣話。」大長公主不贊同地道。

沈昕顏拉了拉他的袖口，輕輕搖了搖頭，示意他不可說這樣的話。

「孩兒從不說慪氣話！」魏雋航正色道，隨即望向魏承霖，厲聲道：「你明為辦差，實行報復之事，欺君罔上，是為不忠；為達目的，欺瞞至親，更不顧先祖多年教導，是為不孝；因一己之私，私調金令，使我府中忠士枉送性命，是為不仁；你使有功之士老而喪子，未生之子而喪父，是為不義。像你這種不忠不孝不仁不義之徒，又有何面目擔負一無辜女子終身，有何德何能撐我魏氏門庭！」

「父親……」魏承霖臉色慘白，身體搖搖欲墜，「撲通」一下跪倒在地。

「雋航！」大長公主大驚失色，從來不知道一向性情溫和的兒子竟也有這般疾言厲色的時候，更不曾想過，他會如此毫不留情面地訓斥長孫。可再一聽他怒罵的那番話，她不敢相信地睜大了眼睛望向跪在地上、面無血色的魏承霖。「什麼欺君罔上?什麼欺瞞至親?霖哥兒,你到底瞞著我們做了什麼事?」

沈昕顏雙唇微微顫抖著,此時此刻,心裡曾經的那些疑惑全部得到了答案。

「你祖父生前對你悉心教導,親授武藝,不顧年老體弱,親上長嶽山替你尋來當世大儒,臨終之前更將府中金令交於你手,冀盼著你能光耀我魏氏一族門楣,可你呢?你是如何做的?爭風吃醋,不顧魏氏與慕容氏的同袍之義,借追堵誠王世子之機,設局對慕容滔暗下殺手,致使府中四名忠心侍衛無辜喪命!為達目的,不惜行苦肉之計,使年邁祖母終日為你之事殫精竭慮,親生母親惶惶不可終日!你的心計,不但用在了對手身上,還分毫不差地用在了最疼愛你的至親身上,所作所為,著實令人心寒,當真令人不齒!」

魏承霖如墜冰窟,沒有想到自己所做之事竟然被父親挖了個徹底,那每一句指責,便如在他身上狠狠地抽一鞭子,又如毫不留情地、重重地在他臉上搧一記耳光,直打得他無地自容。

尤其是看到祖母與母親那一雙雙充滿了震驚與失望的眼眸,他只覺得渾身的血液都要被抽乾了。

「你就為了那個周家女,竟然、竟然……果真是紅顏禍水,禍家之源!」大長公主指著他不停地顫抖,不敢相信自己最疼愛、最信任的長孫會這般對待自己,讓她覺得自己這段時間為他的親事四處奔波、坐立不安是多麼的可笑!

「母親此言差矣！迷惑人心的從來不是美色，而是人本身的無能與責任的缺失。所謂紅顏禍水，不過是無能之徒推託責任的藉口。紅顏非禍水，無端招來自以為是之輩的追逐，才是紅顏之禍！此連番事端歸根到底，不在周家姑娘，而在你魏承霖與慕容滔！你倆私慾過重，毫無家族大局之觀，表面看來極重於情，實則極度無情。我國公府可以有一個碌碌無為的當家人，卻不能讓一個絲毫不顧大局之人當家。金令護衛，數代追隨魏氏先祖征戰沙場，只為大義而死，不能亡於陰謀詭計。你既不能明白，亦不能體會這當中的堅持，明日我便奏明陛下，將你調往西延城，此後無詔不得回京！」

「父親！」

「國公爺！」

魏承霖與沈昕顏同時驚叫出聲。

西延城是什麼地方？那是大楚最邊緣之地啊！民間有話——「寧為關中鬼，不為西延人」，足以見得西延城是個什麼所在。

如今聽聞魏雋航要將兒子送往西延城，沈昕顏簡直不敢相信。這不是等於流放嗎？好歹是自己的親生骨肉，她如何能眼睜睜地看著他淪落到那種地方去！

倒是大長公主顫著雙唇，到底一句話也沒有再說。

「我意已決！來人，請世子回屋！沒有我的命令，不准任何人進出！」魏雋航冷著臉，驀地喝道。

話音剛落，兩名身形高壯、作護衛打扮的男子便走了進來，陡然出手向正想要起身的魏承霖襲去，幾個回合便將他制住，強行將他帶了出去。

「你這是做什麼?!他便是有天大的錯，好生教導便是，你怎能將他遣去那等地方？這不是要他的命嗎！」沈昕顏急得眼睛都紅了。

她可是記得清清楚楚，上輩子西延城曾經爆發過一次匪亂，死傷無數，她縱使再怨長子對自己耍心計，也不可能眼睜睜地看著他去送死！

「父親生前對他費盡心思，他仍是這般德行，若不經些磨難，日後如何能立得起來？夫人不必擔心，我心中都有數。」魏雋航淡淡地道。

「你……」沈昕顏滿腹的話在聽到他這般說時，一時半刻也不知該從何說起。

她求救般望向大長公主，卻在看到大長公主無力地靠著椅背、雙眸無神的模樣時，呼吸一窒，終是再說不出話來。

論起對魏承霖的感情，大長公主比這輩子的她更要深數倍。

因為她曾經經歷過上一輩子的傷害，所以這輩子對長子她始終有所保留，又怎得及上大長公主全身心的愛護？今日長子的所作所為，最為痛心的不是她，而是大長公主。

若是方氏的所作所為給了大長公主沈重的一擊，那魏承霖不亞於凌遲她的心。

「母親……」她緩步至大長公主身邊，啞聲喚。

大長公主勉強衝她笑了笑，嗓音沙啞。「這回便聽雋航的吧！玉不琢哪能成器，不經歷磨難，如何真正成長？霖哥兒他……就是太過於一帆風順了。」

「……好，聽他的，都聽他的。」淚水輕輕滑落，沈昕顏連忙拭去，努力擠出一個笑容，扶著她道：「我送母親回去吧？」

「……好。」

看著婆媳二人相互攙扶著漸漸遠去，魏雋航抿著雙唇，久久無話。

當晚，沈昕顏一直陪著大長公主，親自侍奉著她沐浴更衣，看著她躺在床上，緩緩地合上了那雙已見渾濁的眼眸，良久，垂下眼簾，掩飾眼中的淚意，悄無聲息地退了出去。

出了門，便看到背著手、立於院內的魏雋航。

魏雋航聽到她的腳步聲，回身望了過來，月光映在他的身上，將那張讓她有幾分陌生的堅毅臉龐照得分明。

「夫人，我來接妳回去。」魏雋航朝她伸出手。

她遲疑一會兒，將手搭了上去，瞬間，便被那寬厚的大掌緊緊包住。

魏雋航牽著她，踏著月色，緩緩往福寧院的方向走去。

一路上，夏蟲鳴叫，夜風輕送來花草的芬芳，這般平靜的夜晚，似是掩蓋住了白日的驚濤駭浪。

「白日裡你說的那些話都是真的嗎？」也不知過了多久，沈昕顏才輕聲問。

魏雋航「嗯」了一聲，大掌卻下意識地將她的手握得更緊。

到底與他夫妻多年，沈昕顏豈會不知他平靜的表情之下，掩蓋著多大的失望與痛心。

她記得從前他多麼得意有這麼一個出色的兒子，每回看到兒子時，眼角眉梢都洋溢著歡喜。曾經多少回，他驕傲地表示有子如此，夫復何求？

「霖哥兒會在西延城好好的吧？」她低低地又問。

良久，久到她以為他不會回答自己，才聽到他的話。

「……妳還有我，有祥哥兒。」

她終於潸然淚下。

魏雋航止步，摟過她，輕輕地拍著她的背脊，無聲地安慰，只是，眼中卻有水光閃過。

翌日，魏雋航便進宮求見元佑帝。

元佑帝有些意外他的到來。明明昨日才回過差事，今日怎的又進宮了？

當魏雋航將他的打算緩緩道來時，元佑帝吃驚得差點打翻了御案上的茶盞。

「你是說，要將承霖調往西延？」

「是，請陛下成全！」

元佑帝皺眉。「你這又是何苦？承霖這孩子朕瞧著甚好，打算好好培養著留給太子將來用。西延那地，朕是打算好好治一治，可卻沒有必要讓承霖去。這萬一他有個什麼閃失，你捨得？」

「請陛下成全！」魏雋航跪在地上，只重複著這麼一句話。

「你……」見他堅持，元佑帝有幾分氣結。「你總得給朕一個理由，不能說風就是雨的呀，便是日後貴妃與太子問起來，朕也好回答他們啊！」元佑帝無奈地揉了揉額角。

「犬子歷練不夠，難擔大任。況，魏氏以武出身，犬子生於太平之世，所學均為紙上談兵，不能勘破先祖教導之心意。臣以為，將他調往西延，一來可以替陛下分憂；二來也可以讓他得以磨難一番。」

元佑帝哼了聲。「……這理由倒是挺冠冕堂皇的。」

魏雋航將頭垂得更低。

「罷了罷了，你既執意如此，朕也只能遂你的願。你這個當父親的都不會心疼兒子，朕又何必白操那份心！」元佑帝揮揮手。

「多謝陛下！」

卻說魏承霖自被魏雋航強行送回自己屋裡之後，便發現院子不再在他的掌控之中，驚慌之下才猛然發覺，原來這麼多年，他竟是小瞧了自己那個溫和寬厚的父親！

他原以為有府中金令在手，他便算是魏氏一族實際的掌控者，結果原來並不是，只要他的父親想，輕易便能折斷他的羽翼，讓他似如今這般，空有渾身武藝，卻無法施展分毫。

父親到底從何處尋來這樣的高手？又是什麼時候對自己起了疑心？竟然無聲無息地將他所做之事查了個分明，而他卻是半分也沒有察覺。

西延……父親真的要將自己送往西延嗎？無詔不得回京……那怎麼可以！他若是這般走了，豈不是給了那慕容滔可乘之機？阿莞或許也會誤會自己放棄了她。

他越想越是放心不下，此時此刻，往日的沈穩冷靜早就被魏雋航的連番舉動徹底打散了。

不行不行，他得想個法子。得想個法子，他不能就這樣被送走，他還有許多事沒有做……

他努力讓自己冷靜下來思考對策，到最後卻發現，以他如今的局面，除非有人助他，否則根本無計可施。

可是又有什麼人能助他？執墨、侍書他們根本進不來，而他的消息也傳遞不出去。門外明明只有兩個人在守著，可卻像是四面八方都有人圍著一般，若沒有父親的命令，別說人，只怕連隻蒼蠅也飛不進來！

父親到底隱藏了多少勢力？

他白著一張俊臉，整個人已是六神無主。

「吱呀」的一下開門聲，他陡然抬頭，便見一個高大的身影緩步而入。

「父親……」他的眼裡多了幾絲自己也沒有察覺的畏懼。

魏雋航沈默地注視著他。這個他最引以為傲的兒子，終究還是讓他失望了。這樣的兒子，教他如何將家族的勢力悉數交給他？教他如何將自己最珍視之人託付於他？

「西延城的局勢，路上我自會讓人詳細地告訴你；你身邊的執墨、侍書二人便留在府上，我自有安排。來祿與來壽二人會隨你往西延去，此二人武藝高強，對西延亦有所瞭解，必能護你周全。」

「父親，孩兒……孩兒並不願意到西延去。」魏承霖知道這是他最後一個機會，勉強壓抑住凌亂的思緒，垂著頭道。

「陛下已經同意了，你的差事，也另有人會接手。」

「父親，孩兒不願去……」

「路上要帶的一應之物，我也已經讓人準備好了，馬車就在外頭等著。」

「父親！」魏承霖失聲叫著，卻見對方絲毫沒有軟化的跡象，一咬牙，趁著他轉身之機，猛地凌空一躍，打算從緊閉著的窗戶撞出去。哪想到人還在半空中，忽地後頸一痛，身體隨即一軟。

他的眼中閃過絕望，不過瞬間便失去了知覺。

「國公爺！」來祿半扶半抱著失去了知覺的魏承霖。

「去吧，若是中途他醒來，只將此封任命書交給他，不必阻止。」魏雋航交代這麼一句。

車。

來祿與來壽對望一眼，應了聲「是」，便架著魏承霖出了府門，坐上早就準備好的馬車。

馬車一路出了京城，而後駛往了西延方向。

魏承霖醒來的時候，紅日已經漸漸西沈，感覺身下晃動著的車廂，他大驚失色，一個鯉魚打挺便坐了起來，同時雙手猛地襲向抱臂、坐在靠近車簾處的來祿。

來祿生生接下他這一招，兩人各不相讓地在車內對打了起來。

滿腹的委屈、驚慌、絕望、不甘齊齊湧上心頭，也讓魏承霖的招數越發凌厲。最後，來壽不得不將馬車停下來，看著那兩人從車內打到了路邊，直打得塵土飛揚，樹上鳥兒「撲刺刺」地拍著翅膀飛走。

魏承霖雖然武藝高強，可到底年輕，又如何及得上對敵經驗豐富，且招法詭異，每一招好像都能克制他的來祿？他終於慢慢落了下風。

最後，來祿虛晃一招，見他上當，一掌擊在他左肩上，將他擊倒在地。

魏承霖體內的殺氣頓時被激起，正要奮起將他擊殺，不承想對方突然將一封信函扔到他的身上。

來祿語氣平靜而冷漠地道：「國公爺有話，世子看了之後是去是留，全憑心意，屬下絕不會阻止。」

魏承霖怔住了，拿起那信函打開一看，臉上頓時一片複雜。

那是一張蓋有吏部大印、任命他為西延城守備的任命書。

那鮮紅的印鑒同時也讓他瞬間明白，父親這回是鐵了心要送他走。不過半日的工夫，連吏部的任命書都弄到手了，這決心還不夠明顯嗎？

是去是留全憑心意？哈，哈哈……

父親，孩兒竟讓你失望至此嗎？吏部正式的任命書都下來了，孩兒縱是有千般不願，也不可能會抗旨不遵，從而陷國公府於不義。

明明無法選擇的題目，您卻讓孩兒選擇，是因為您根本不相信孩兒還會顧及家族吧？

從未有過的絕望席捲而來，那日父親的一句句指責又迴響在耳畔，他慘然一笑。

片刻，他將那任命書摺好收入懷中，隨手抹了一把臉，面無表情地道：「啟程吧！只有不到兩個月的時間趕路了。」

來祿暗地鬆了口氣，看著他一言不發地回了馬車，感覺身上被他擊中的地方隱隱作痛，不由得暗道：果然不愧是老國公爺親自教導的，雖然年紀尚輕，可一身武藝已是相當不凡，假以時日……

書房中的魏雋航很快便得知長子作出的決定，眼眸幽深，發出一陣微不可聞的嘆息。

還好，父親多年的教導也不算是白費了。只是他心裡到底還是感覺一陣鈍鈍的痛。

到底是自己疼愛多年、寄予了厚望的孩子，自己又怎麼可能忍心將他送往那等地方？只是若不狠下心，他又如何明白保家衛國的將士心中的堅持？

只有他親自經歷一番，才會更加明白那些忠義之士追隨魏氏祖輩的真正心意。

更何況，長子自幼在長輩的愛護之下長大，因是府中最年長，也是最出色的孩子，多是被讚譽之聲所圍繞，不知不覺間已經養成了許多壞毛病。

他的連番作為，與其說是為了周家那姑娘，倒不如說是嚥不下被慕容滔侵犯「領地」的那一口氣。

世間上又哪有什麼真正的「衝冠一怒為紅顏」？全不過男子為自己所做之事，扯的一塊荒誕的遮羞布而已。

「霖哥兒真的走了嗎？」不知什麼時候走了進來的沈昕顏輕聲問。

「嗯，走了。」他嘆息著拉她入懷，輕輕地抱住。「妳也不用過於擔心，路上的一切，包括在西延，我都安排了人暗中照應著，他若是爭氣，將來必有回來的時候。」

「若他仍是想不明白、不爭氣呢？」沈昕顏顫聲問。

「若是如此，他也就不配當這個世子，我又如何能將這府裡的一切交給他？所幸釗哥兒、越哥兒和騏哥兒幾個也是相當不錯的孩子，再不濟，還有祥哥兒，總不至於便非他不可了。經歷這般多仍是想不透、看不分明，這樣的兒子難擔大任，我也只能盡全力保他一生富足，別的卻是再沒有了。」魏雋航的語氣冷漠，卻又帶著幾分掩飾不去的痛心。

沈昕顏怔怔地抬眸望著他。眼前這張臉是屬於她同床共枕多年的那個人的，可他身上的冷意卻又不屬於她熟悉的那個人。

不過半日的時間便能將深受陛下器重的長子送往最偏遠的地方，這樣果斷，如此凌厲，甚至不留情面。

魏雋航察覺她探究的視線，輕嘆一聲，撫著她的臉龐啞聲道：「這段日子難為妳和母親了，是我回來得太晚。」

沈昕顏定定地注視著他良久，終於，輕吁口氣，緩緩搖頭。「我沒事，倒是母親……」

大長公主是個多麼驕傲的人啊，可卻接二連三地被她信任的晚輩算計，整個人再也支撐不住，徹底病倒了。

聽到她提及母親，魏雋航臉上盡是愧疚。母親年事已高，卻仍要為他們這些不肖子孫操碎了心，以致如今臥病在床，他到底難以心安。

「明日再請個太醫仔細診治，只是，終究是心病難醫……」他長嘆一聲。他想了想，又道：「盈兒與蘊福的親事盡快辦了吧，府裡最近發生一連串不平事，也該辦場喜事了。」

「好，蘊福盼著你回京也不知盼了多久，只怕過不了幾日便會上門來了。」

魏雋航微微一笑。「盈兒的性子略有些急躁，自幼深受寵愛，難免嬌縱幾分；蘊福性情溫和寬厚，與她又有打小一處長大的情分，這門親事確是再好不過了。」

這也是他離京那段日子裡得到的最好的消息。

若不是蘊福有著那麼一個身世，很早之前他便想要將女兒許配給他了。

沈昕顏對這門親事自然也是一千個、一萬個滿意。兩個都是她看著長大的孩子，知之甚深，若能結為夫婦，相伴一生，她這輩子也算是了卻了一個最大的心願。

「你不在的時候，母親作主分了家。」想到分家一事，沈昕顏忙道。

「我都知道了，一切聽從母親安排便是。」魏雋航回答。

這又是讓他震怒非常的另一件事，沒想到他向來敬重的大嫂竟會做出這樣的事來！若是長寧郡主真有個什麼萬一，國公府與寧王府情分斷了不只，怕還將結為仇怨。

見他如此毫不意外的表情，沈昕顏低嘆一聲，知道他許是將最近府裡發生之事都查過了，故而也不多言，輕輕地靠著他的胸膛，喃喃地道：「你回來了真好……」

若不是他離府這麼一回，她都不知道原來自己不知不覺對他有了這麼深的依賴。有那麼一瞬間，她想將自己活過兩輩子之事告訴他，可轉念一想又打消了這個念頭。

這輩子只是得知長子為了娶周莞寧而費盡心思，他都如此盛怒了，若是得知長子上輩子那樣對自己……

既然都看開了，那也就沒有必要再將他牽扯進來，只會令他們父子之間再生嫌隙。

魏雋航不知她所想，環著她的腰肢，感受她此刻難得的依賴。

魏雋航歸來後連番動作，短短不過兩日，大長公主病倒了，魏承霖離京赴任了，這一切完全沒有任何預兆，讓府內眾人大惑不解。尤其是魏盈芷，不明白為什麼兄長會這般突然便離開了？

不管是魏雋航還是沈昕顏都不願將長子所做之事告訴她，只是含含糊糊地扯了個理由，像是生怕她再問，忙提起她的親事，將她給羞走了，這才鬆口氣。

夫妻二人對望一眼，均從對方眼中看到了無奈。

隔得幾日，由瑞貴妃作主，忠義侯趙蘊福與英國公嫡女魏盈芷便正式訂下了親事。

魏雋航拿著這對小兒女的生辰八字，親自到了靈雲寺，將它擺到了惠明大師的眼前。

「大師，你倒是替我算一算，這對孩子是不是天定姻緣？」

惠明大師緩緩睜開眼眸看了他一眼，而後又慢慢地合上。「國公爺既非誠心相問，又何苦如此？」

魏雋航冷笑。「都說出家人不打誑語，可大師卻又為何胡言亂語、信口開河，說什麼犬子與一位周姓姑娘乃是天定姻緣？」

「貧僧所言非虛，令公子與那女施主確是命中注定的天定姻緣，只是——」惠明大師話未說完，便被魏雋航打斷了。

「什麼叫命中注定？十五年前，曾有位『高僧』替我批命，說我乃英年早逝之相，注定活不過三十，可如今，我卻已過而立之年。大師乃得道高僧，德高望重，深得家母敬重，何苦為了些塵世間的雜事而毀了自己修行？」

魏雋航心裡對惠明大師是有幾分怨的。若不是他批了那句「天定姻緣」，母親未必會那般輕易便相信了長子胡扯的那些話。

惠明大師微瞇著雙眸注視著他良久，魏雋航不避不閃他的視線，兩人就這般無聲地對視著，惠明大師終於道：「國公爺的面相，貧僧看不清。」

「大師都有不確定之事，可見批命算卦之事甚是虛無，未必可信！」魏雋航斷言。

到底對這老和尚還是心存敬意的，魏雋航略諷刺了他一通，便又添了香油錢，這才離開了。

惠明大師定定地看著他離開的背影，濃眉緊皺，喃喃地道：「怪了、怪了，原本確是天定姻緣沒有錯，為何會……奇哉，怪哉！」

像是為了一掃早前的晦氣一般，沈昕顏將這訂親儀式搞得相當盛大，讓人不禁驚嘆英國公這位嫡姑娘的得寵。

「夫人，平良侯夫人與周五夫人去了殿下處。」春柳走到她身邊，瞅了個她得空的機會，壓低聲音向她稟報。

沈昕顏皺眉，略思忖一會兒，終究放心不下，吩咐道：「妳且隨我去瞧瞧。」

平良侯夫人與方碧蓉前來，必是為了方氏一事。

方氏到底是個大活人，無緣無故的「病重靜養」，身為她的娘家人，平良侯府必會派人前來探個究竟，這一日是遲早之事。

只是大長公主大病初癒，沈昕顏更怕她們言談間觸怒大長公主，以致使她病情反覆。

守在門外的丫頭見她過來，行禮問安。

「侯夫人與周五夫人還在裡頭？」沈昕顏問。

「回夫人的話，還在裡面呢！」

沈昕顏遲疑著要不要進去，忽地聽見裡面傳出大長公主的怒喝——

「本宮自問一向待她不薄，更為了她而讓次媳沈氏受了不少委屈，可她呢？是如何回報本宮的？妳們若是覺得本宮、覺得國公府虧待了她，那好，妳們便帶著她滾出府去，本宮活至這般年紀，也不在乎什麼顏面不顏面了，便豁出去讓世人看場熱鬧，評一評理，看到底是國公府虧待了她方碧珍，還是她貪心不足，心腸歹毒！」

伸出去的腳緩緩地又收了回來，沈昕顏知道這個時候自己並不適宜進去。

果然，裡面又隱隱傳出女子的說話聲。

「妳、妳怎能說出這樣的話來？她這些年來一心守寡，教導兒女，還要替妳那次媳操勞家事，便是沒有功勞也有苦勞。況且，她是妳看著長大的，性情如何難道妳會不清楚？她怎會做出那種事？必是有心人陷害無疑！」

緊接著又是大長公主的怒喝。「誰是有心人？是本宮還是本宮的二兒媳？她性情如何本宮自然清楚，本宮只恨自己心慈手軟，才會縱容得她越發膽大妄為！況且，妳們打的什麼主意，當本宮真的半點不知不成？本宮家事由不得你們平良侯府多嘴插手，從今往後，妳我恩斷義絕，再不必談什麼姊妹之情！」

平良侯夫人大驚。她來可不是為了和大長公主鬧翻的，得罪了大長公主對她們半點好處也沒有，難不成她還真的要把長女帶回侯府，從此徹底斷了與國公府的關係？

便是方碧蓉也暗悔不已。沒料到長姊竟然是栽到了數年前的那宗事上。

她穩住情緒，上前朝著大長公主福了福，柔聲道：「殿下息怒，母親只是掛念姊姊才會一時口不擇言，殿下也是為人之母，必能體諒這番心情，還請殿下莫要見怪才是。」

「恕本宮不能苟同妳們這種陷害家人的做法，也無法體諒，更不能明明知道了卻還要視而不見！妳們不必再多言，本宮言盡於此，送客！」

沈昕顏推門而入，便見平良侯夫人臉色一陣紅、一陣白；她身邊的方碧蓉似是想要說些話緩和一下，哪知大長公主根本不看她，一拂袖轉過身去，下了逐客令。

見她進來，平良侯夫人臉上浮現怨恨，想要說上幾句狠話，方碧蓉眼明手快地拉住了她，自己則朝著沈昕顏恭敬地行了禮，母女二人便被侍女「客氣」地請了出去。

「母親何必為這些不相干之人動怒？若是氣壞了身子，豈不是得不償失？」沈昕顏緩步至大長公主身邊，柔聲勸道。

大長公主深深地望了她一眼，良久，嘆息一聲道：「妳說得對，不過是些不相干的人罷了。」

數十年的姊妹，如今她才看清……不對，也許很久之前，久到平良侯夫人因為夫君之事請她出面向皇帝求情而被婉拒之後，她們之間便已經生了隔閡，只是這些年來一直粉飾太平而已。

平良侯夫人與方碧蓉母女二人並沒有直接離開，而是被帶到了方氏處。

早就得到消息候在門外的桃枝見兩人過來，連忙上前行禮問安，而後領著她們進了屋。

屋內，方氏正不厭其煩地叮囑著魏承騏，讓他要學會暫且忍讓，並且盡全力去贏得魏雋航的信任，不能讓三房的釗哥兒和越哥兒搶了先。

魏承騏一直沈默地聽著她絮絮叨叨不止，眼中卻帶著幾分苦澀，半晌，他才道：「二叔是孩兒的親叔父，孩兒自然會敬重、愛戴他……」

「對，就是這樣，你要比平常加倍敬重他！你向來便是聰明的孩子，應該知道以咱們母子二人的處境，必須要靠著你二叔才得以改善，否則若是被三房那對兄弟搶了先，沒有你二叔的扶持，只怕——」

「夫人，侯夫人與周五夫人來了。」桃枝聽了須臾，嘆息著上前打斷了她的話。

「外祖母、姨母！」魏承騏上前見禮。

「好孩子，難為你了！」平良侯夫人嘆息著扶起他。

魏承騏低著頭，讓人瞧不清他的表情。

方氏見母親與妹妹到來，知道必是為了自己的事，堅決地道：「娘，您不必多言，這國公府的爵位應該是咱們騏哥兒的，父傳子，夫君不在了，世子之位自然該由兒子承繼，他魏雋航已經占了一回便宜，難不成還想著子子孫孫地傳下去？天底下沒有這樣的道理！」

「正是如此！」平良侯夫人點頭表示贊同。

「國公府的爵位是先祖拚來的，是祖父的，不是父親的！」魏承騏忽地出聲。

方氏被戳到了痛處，尖叫著道：「你胡說什麼！當年你父親是英國公府世子，日後這爵位自然是他的，他不在了，便應該由你來坐，焉能輪到他魏雋航？是你祖父不公，才會使爵位旁落二房！」

「好了好了，騏哥兒，讓姨母瞧瞧你，許些日子不見，倒是又長高了不少！」方碧蓉見魏承騏憋紅著臉似是又要反駁，連忙拉著他到一邊。

魏承騏緊緊抿著雙唇，卻是一言不發。

「母親還盼著你可以將爵位奪回來，如今瞧來，你卻是不知什麼時候被二房那些人洗了腦子，連善與惡都分不清，還學會了頂撞生母！」方氏哪裡想得到一向乖巧溫順的兒子會這樣頂撞自己，又是心痛、又是憤怒，指著他便罵。

魏承騏仍是不說話。什麼是善，什麼是惡？難道二叔他們是惡嗎？母親設局陷害長寧郡主，意圖給大哥安上剋妻之名便是善嗎？

「騏哥兒，這回外祖母可也不幫你了，你怎能這樣對你母親說話！要知道，她為了你吃了多少苦，受了多少委屈！」平良侯夫人一向疼愛這個外孫，可這回也板起了臉教訓道。

「如今魏承霖被調往西延城，西延那是個什麼地方？只怕他有去無回，這可是天大的好機會！」方碧蓉插話。

「什麼？魏承霖被調往西延城？」方氏大感意外。

「姊姊難不成不知道嗎？這是前幾日之事，京裡頭都傳遍了，都說英國公竟捨得。」方碧蓉奇怪她竟然對此事一無所知。

方氏張張嘴，又怎會告訴她，自己自從被軟禁之後，莫說府外的消息，便是府裡的消息她也是半點都得不到了。

「如此真真是天助我也！只盼著他當真是有去無回才好，這才能解了我心頭之恨！」她眼裡閃過一絲快意。

「大哥必然會平安歸來的！」魏承騏終於開口，可說出來的話令在場的三人臉色都不怎麼好看。

尤其是他臉上的表情，明確地表示了他根本不認同她們所說的這些，方氏又豈會看不出來？當下氣得拉住他就打，一邊打，一邊哭罵：「我這輩子真是白操了心，竟養出了你這麼個不爭氣的！你父親的東西，憑什麼要給別人占了去？你身為人子，不只不為你父親討回公道，反倒還要向著外人，你、你這是要氣死我是不是！」

魏承騏一動也不動地站著，任由她的拳頭雨點般落到自己的身上。

倒是平良侯夫人與方碧蓉看不下去了，連忙拉著方氏，又是勸、又是安慰。

「妳這是做什麼？有什麼話好好說不成嗎，做什麼要打他？若是打壞了，心疼的還不是妳自己？」一邊又安慰魏承騏。「你母親也是心裡太著急了，她一向視你如珠如寶，把你當成自己的命根子一般愛護著，她做了這麼多事還不全是為了你好！」

為了他好嗎？他倒是希望她能少為自己一些。只安心過日子不好嗎？為什麼還要去爭那些早就不屬於自己的東西？

魏承騏眸中閃過掙扎，良久，才啞聲道：「母親的心意我都明白，只是，孩兒仍舊不能苟同！二叔父他們又怎會是外人？自來子承父業，父親過世時，祖父仍在世，府裡的一切自然便是他的，又怎會成了父親應該留給孩兒之物？」

「你！」方氏不敢相信地瞪大了眼睛，卻又聽魏承騏繼續道——

「外祖母與姨母若只是來看望母親的便好，若是為了其他目的，還是罷了吧！」

「騏哥兒，你知不知道你在說什麼？」便是方碧蓉也不禁震驚地望向他。

「長寧郡主那事，以母親一人之力又豈會成事？若說這當中沒有姨母的出力，我是必不會相信的。祖母與二嬸不是蠢人，怕是早就將一切查得清清楚楚，只是為了顧及兩家顏面，不願聲張罷了。姨母是個聰明人，自然應該知道什麼該做才是。」魏承騏面無表情，似是一點也沒有聽到她們的話。「還有外祖母與外祖父，這些年打著祖母與二叔的名號在外頭占了多少好處，祖母與二叔便是不說什麼，只怕心裡也是有數的，畢竟誰的心裡不是亮堂堂的？」

方碧蓉心中劇震，臉色頓時便變了。大長公主她們真的查到了自己身上？不、不會吧？當年她只是提供了藥給姊姊，其他諸事她都沒有經手，照理應該查不到自己頭上才是啊！

便是平良侯夫人的臉色也不怎麼好看。這幾年他們夫妻確實是借著英國公府的東風在外占了不少好處，卻沒有想到人家早就將一切看在眼裡。還有，方才被大長公主指著鼻子罵倒也罷了，那個人到底是連今上都要退讓三分的朝廷大長公主，身分尊貴，她也只能受著。可是被自己的親外孫這般指責，她的心裡便燒起了一團火，若不是顧及此處乃是國公府，只怕當場便要發作起來了！

方氏更是被氣得險些一口氣提不上來，猛地推開拉著她的平良侯夫人，衝上去重重地往魏承騏臉上打了一巴掌。「放肆！這是你應該說的話嗎？」

魏承騏被她打得偏過了臉，好一會兒才緩緩地轉過來，神情平靜，便是眼睛裡也是平靜無波的，像是一潭死水，輕易不能激起半分波瀾。

饒是經過不少事的方碧蓉，也被他這樣的眼神給嚇住了，下意識地拉了拉平良侯夫人的袖口，制止了她欲上前的步子。

方氏自打出這一巴掌後便也後悔了，她這輩子做得再多，還不是為了這個兒子嗎？若是因此母子離心，那她這麼多年來的堅持又是為了什麼？

「外祖母與姨母也來了好些時候，想必外祖父還在等著妳們的消息吧？恕不遠送。」良久，魏承騏才緩緩地道。

「你！」平良侯夫人那個氣啊！被大長公主趕了一回客便罷了，如今連自己的親外孫也這般對待自己？

倒是方碧蓉知趣，知道自己今日必是遭了嫌棄，硬是拉著平良侯夫人。「好，那咱們便先回去了，你們母子好好聊聊。姊姊，莫要再衝動，母子之間是沒有什麼隔夜仇的。」

看著那母女倆離開，魏承騏才撩起袍角跪在地上，朝著方氏連磕了幾個響頭。

那「砰砰砰」的額頭觸地響聲，直聽得方氏一顆心都提起來了，再也忍不住，上前去要將他拉起來。

魏承騏卻固執地堅持，一直給她磕了九個響頭才停下來，頂著額上的紅腫，聲音沙啞地道：「母親，放棄吧！孩兒什麼也不想，什麼也不要，更不願去爭，孩兒只想侍奉母親終老，將來娶妻生子，讓母親含飴弄孫，安安心心過下半輩子。至於爵位，莫說那不是孩兒的，便是是，孩兒也要不起！如今國公府的風光，全是因為二叔一家子。二叔自幼與陛下關係親厚，深得聖眷；二嬸養育蘊福多年，宮中貴妃娘娘感念她照護趙氏血脈之恩，事事照拂；太子殿下與大哥有同窗之義，彼此間的信任豈是外人可能猜度？莫說二叔既敢讓大哥往西延去，必是做足了準備，只說便是萬一大哥真有個三長兩短，這爵位也必不可能會落到孩兒頭上。因為，太子殿下不會同意，貴妃娘娘不會同意，陛下更不會同意！母親，您可知道，您爭爵位，不是與二叔一家在爭，而是與太子殿下、與貴妃娘娘、與陛下在爭啊！」

方氏臉色蒼白，連連後退幾步，最後一屁股坐到了長榻上，臉上盡是絕望。

「母親，罷手吧！日後咱們只過自己的日子，何苦再為了那不可能再屬於咱們之物而讓親者痛、仇者快？」魏承騏嗚咽著勸道。

方氏雙唇不停地顫著，像是想要說些什麼，可最終卻半句話也說不出來。

有些事她並非沒有感覺，只是不願去深想，如今兒子這一番話，將她多年來的堅持打擊得七零八落，心中那搖搖欲墜的奢望轟然倒塌，再也拼湊不起來了……

「騏哥兒，你到底對外祖母和姨母說了什麼話，氣得她們臉色那般難──你在做什麼？」魏敏芷挺著好幾個月的大肚子走進來，本是要指責魏承騏的，不想卻看到這樣的一幕。

「三姊姊既有了身孕，一心照顧著肚子裡的小外甥便好，其他事便不要放在心上了。」

「你說什麼?!」魏敏芷簡直不敢相信，一向聽話的弟弟會對自己說出這樣的話來！

「姊姊不是已經聽清楚了嗎？姊姊如今已是趙家婦，一心一意想著夫君與孩子，把自己的日子過好便是，旁的事就不必再多記掛著了。」魏承騏垂眸並不看她，彎下身子，將被方氏碰掉落在地上的墊子拾起放回長榻上。「四妹妹與蘊福訂親，三姊姊既為男方親眷，又為女主親眷，正是受人注意的時候，更不應該四處走動才是。」

「你！」一聽他提到魏盈芷與蘊福的親事，魏敏芷便氣不打一處來。

打小她便與魏盈芷不對盤，彼此看對方都不順眼，好不容易她得了一門好親事，想著總算可以壓她一頭了，不承想她轉身便與忠義侯訂了親！

也是嫁到了趙府她才知道，蘊福真的不再是當初在國公府那個毫無根基的野孩子，她夫家那些人更是可著勁地討好他，而她也因為幼時便與趙蘊福相識，在夫家的地位有幾分超然。

可如今魏盈芷訂親，將來嫁到侯府，那便是事事壓自己一頭，而她這個當姊姊的，日後還要看著她的臉色討日子，真是怎麼想怎麼憋屈！

「果真是長能耐了，把外祖母與姨母氣走了不算，如今連我也要氣不成？還有，你方才對母親說了什麼，竟把她弄成這般模樣！」魏敏芷冷笑，再一看方氏那失魂落魄的模樣，頓時就更惱了。

「我言盡於此，三姊姊不聽便罷了。」魏承騏輕聲說著，扶起方氏打算將她扶進裡屋。走出幾步，方氏突然停了下來，低低地道：「敏兒，聽妳弟弟的話，莫要再和魏盈芷針鋒相對，她背後有趙蘊福、有瑞貴妃，妳是鬥不過她的。」

「娘……」魏敏芷眼睜睜地看著母子倆的身影消失在眼前，片刻後，輕咬著唇瓣，眼中猶帶著幾分不甘。「母親這是怎麼回事，好好的怎說是抱病靜養？」她冷著臉問身後的桃枝。

「三姑奶奶還是莫要多問的好，誠如四公子方才所說，三姑奶奶只把自己的日子過好便是，別的何苦再操心？再說，如今操心也是白操心。」桃枝嘆了口氣，不等魏敏芷再說，她接著又道：「三姑奶奶回去吧，屋裡藥味重，對孩子不好。」

魏敏芷再多的不滿在聽到這句話時也嚥了下去。如今萬事都沒有她肚子裡這個孩子重要，其他的，等孩子出生了她再好好斟酌斟酌。

第二十九章

正堂裡的魏雋航端坐上首，滿意地看著身姿越發挺拔的蘊福，想到他還是一個小不點的時候，整日板著一張小臉，卻又偏要堅持履行身為「下人」的職責來侍候自己，以只及自己腰間的身高在屋裡忙得團團轉。

那個被自己捉弄了還對自己感恩戴德的小傢伙，不過一眨眼的工夫便長成這般清俊挺拔的少年郎，很快便要將他疼若至寶的女兒娶走。

「國公爺！」蘊福被他看得有幾分不自在。國公爺為什麼這樣看著自己？是不是對自己不滿意？他越是想便越發不安起來。

魏雋航哈哈一笑，拍拍他的肩膀。「好小子！去吧，夫人還在裡頭等著你呢！」

蘊福眼睛一亮，響亮地應下，索利地向他行了禮，而後一溜煙地往後院去了。

「國公爺，恭賀國公爺覓得佳婿！」周懋瞅準機會走了進來，笑著向魏雋航道喜。

魏雋航笑容微斂，不過卻又飛快地掩飾過去，抱拳回了禮。「多謝周大人！」

「這會兒京城不知多少人家羨慕國公爺，可是將他們相中的佳婿人選給搶了先呢！」周懋開玩笑般道。

魏雋航笑道：「先下手為強，大概便是如此了吧！」

周懋又說笑了幾句，這才恍若不經意地道：「前些日聽聞世子爺被調往西延城去了，如何走得這般急，竟連親妹妹的訂親酒都不吃了？」

「聖旨已下，豈能耽擱？這也是沒有辦法之事。」魏雋航笑容不改。

周懋笑容一滯。他會信了這種說辭才有鬼了！旨意下得再突然，陛下也不可能連這點時間都計較，更何況要訂親的男方還是瑞貴妃嫡親的姪兒。

「世子此去，怕是沒個三年五載都回不來，又是走得這般急，只怕連個侍候之人都來不及安排吧？」

「既是去歷練，自然無須人侍候，否則這與在京城府中有何區別？周大人認為可是這個道理？」魏雋航笑咪咪地反問。

「國公爺言之有理。」周懋或明或暗地試探著魏承霖突然離京的原因，可魏雋航卻始終和他打著哈哈，四兩撥千斤地將他的話全部給堵了回去。

這個老滑頭，真真是滑不溜手！周懋暗罵。

本想不再理會他，可一想到近來憔悴了不少的女兒，以及憂心忡忡的夫人，他遂把心一橫，乾脆地問：「我瞧著世子年紀倒也不算小了，彷彿這親事還不曾訂下，這一去，國公爺與尊夫人便不擔心嗎？」至於擔心什麼？自然是兒子的親事啊！

「命裡有時終須有。不經磨練，如何成長？不曾成長，又如何擔得起一家之主之責？周大人說對吧？」魏雋航仍是笑容滿面的，彷彿絲毫不在意他的話。

周懋心裡卻說不出是什麼滋味。他當初雖然默許了魏承霖對女兒的心意，但兩家親事畢竟沒有正式訂下，本是等著國公府請的官媒上門的，不承想官媒沒有看到，便是魏承霖也突然離開了京城。

他雖然滿意這個「女婿」，但是也不會上趕著將女兒許給他。他如花似玉的女兒，應是由世上最好的男子親自前來求娶的，而不是自動送上門去！

「國公爺說得對！」探不出什麼有用的東西，他便也冷了臉。

一家有女百家求，更何況還是他周懋的寶貝女兒，難道還怕找不到好夫君嗎？

看著他沈著臉離開，魏雋航臉上的笑容也漸漸地斂了下來。

良久，他揉揉額角，發出一陣低低的嘆息。

這個周懋確是位能臣，否則皇帝表兄也不會那般重用他。只不管如何，長子與他的姑娘卻不是適合的，既然明知不適合，那便不要再給旁人半點希望，以免累了人家姑娘終身。

既訂了親，這婚期很快便也敲定了，就定在魏盈芷十六歲生辰之後。

待出嫁前那日，始終等不到兄長的歸來，魏盈芷掩飾不住滿臉的失望，靠著沈昕顏的肩悶悶不樂地道：「娘，哥哥是不是趕不及回來了？」

沈昕顏輕撫著她的長髮，喃喃地道：「想是趕不及了……」

這一年多的時間，她也只是偶爾從魏雋航口中得知長子的消息，知道他順利抵達了西延，再多的，魏雋航便沒有再說，只讓她放心。事已至此，她便是再不放心還有什麼用呢？

「小公子！小公子走慢些，小心摔著……」

春柳的聲音伴著孩童特有的清脆軟糯笑聲傳了進來，沈昕顏不過一愣神，懷裡便撞入了一個軟軟的小身軀。

她無奈地摟著笑倒在她懷裡的小兒子，疼愛地在那張肉肉的臉蛋上捏了捏，接過魏盈芷遞過來的帕子替他拭了拭臉蛋，又擦擦小手。

「祥哥兒又淘氣了是不是？」看著氣喘吁吁的春柳，她故意板著臉問。

「沒有呀！」魏承祥無辜地眨著眼睛，肖似魏雋航的小臉紅撲撲、肉乎乎的。

「必又是捉弄春柳姊姊了，就你這小壞蛋淘氣！」魏盈芷壞笑著伸手去呵他的癢，當即引來小傢伙清脆響亮的笑聲。

「四姊姊壞，壞透了……」剛過了四歲生辰的小傢伙話已經說得相當索利了，躲進沈昕顏的懷裡避開姊姊的魔爪，眼睫撲閃撲閃幾下，可憐巴巴地告起狀來。

沈昕顏笑著將他抱起。「明日，你四姊夫便會來將這個壞透了的四姊姊接走了。」

四姊夫這個詞剛出口，魏盈芷便鬧了個大紅臉。

魏承祥拍著小手直樂，一聲聲「四姊夫」叫得歡快，越發讓魏盈芷羞得耳根子都紅了。

「我、我不理你們了！」最後，她一跺腳，摀著臉便跑了出去，身後響著那母子倆越發愉悅的笑聲。

魏雋航進來的時候，看到的便是笑倒在長榻上的母子二人。

他笑著上前，一把將夫人懷中的小兒子高高舉了起來，順手在那肉肉的小屁股上拍了一記，小傢伙尖叫著抱緊他的頭，一聲聲「爹爹」叫得相當興奮。

「好了，他本就是個人來瘋，你偏還愛逗他。」看著父子倆鬧了片刻，沈昕顏才上前去，將小兒子抱了下來。

與長子安靜沈默的性子不同，這小兒子是個極愛鬧騰的，偏小嘴又像是抹了蜜糖一般，哄起人來一套又一套，直哄得大長公主將他當成了命根子，輕易離他不得。

「夫人，殿下使人來問，小公子怎的還不過去？」

正這般想著，便有侍女進來回道。

「好了，跟嬤嬤下去洗洗臉便到祖母那兒去。」沈昕顏替兒子整整衣裳，將他交給奶嬤嬤帶了下去。

看著小傢伙蹦蹦跳跳地跟著奶嬤嬤離開，她嘴角的弧度越揚越高。

「這孩子，像我！」魏雋航得意地翹起腿。

小兒子生得像自己，這一點著實讓他得意極了，每每抱著小傢伙到外頭溜一圈，引來喬六等人羨慕嫉妒的眼神，他的成就感就滿滿的。

沈昕顏沒好氣地嗔了他一眼。「偏就像你，這鬧騰人的性子最最像你！」

魏雋航哈哈大笑，不以為然地揮揮手。「小孩子鬧騰些才好，才有孩子的模樣，不像霖哥兒當年……」笑容在提起長子的名字時頓時便凝滯了，再看看沈昕顏瞬間便暗了下來的眼眸，他暗悔，清清嗓子道：「妳不必擔心，他如今在西延，雖然是沒有在府裡舒服自在，但是適應得也還算可以。」

沈昕顏嘆了口氣。「昨日陪著母親用膳時，她還弄了好幾個霖哥兒喜歡的菜，她嘴裡雖不說，可到底還是記掛著。便是盈兒、釗哥兒、越哥兒和騏哥兒幾個，也不時問起他。滿府數下來，也就祥哥兒最是無憂無慮了。」

魏雋航眼瞼微垂，少頃，道：「那便讓祥哥兒多去陪陪母親，鬧騰得她老人家再無暇想其他。」

「也唯有這樣了。」沈昕顏無奈，想想小兒子的性子，嘴邊不由得漾起了淺淺的笑容。「說起來，還多虧了國公爺，將這樣鬧騰的性子傳給了祥哥兒。」

魏雋航愣了愣，看著夫人打趣的眼神，也不禁笑了。

今日是魏盈芷出嫁的日子，府裡張燈結綵，處處洋溢著喜氣。

看著一身紅嫁衣的女兒，沈昕顏不知不覺便紅了眼。

她顫著手，接過春柳遞過來的鳳簪，小心翼翼地插進女兒那高聳的髮髻上。

銅鏡裡的魏盈芷，眼眸迅速湧出了淚水。

「姑娘莫要哭，小心花了妝！」喜娘一見，連忙提醒道。

沈昕顏微仰著頭將眼中淚意逼了回去，嗓音微啞。「去瞧瞧姑爺快到了沒有？」

自有小丫頭應下跑了出去。

屋內很快便只剩下母女二人。

「嫁了人，便不可再像當姑娘時一般任性了。蘊福自幼與妳一處，性子是個再好不過的，他待妳好，妳也要愛他、敬他，凡事多體諒他。忠義侯府雖說只得你們夫妻兩個正經主子，可裡頭卻還有不少貴妃娘娘的人。在外頭，妳要時時記得他是妳的夫君，以夫君為先，處處敬著他；關上門了，便是你們夫妻間的事，這裡頭的尺度妳要把握好。至於趙府裡的人，到底是隔了房，該有的禮數不能少，只是也莫要被人仗著輩分壓著，不管怎樣，妳也是堂堂正正的忠義侯夫人，沒有必要讓自己受那些不必要的委屈。且記得，人不犯我，我不犯人；人若犯我，雙倍奉還！」

儘管這番話這些日子沈昕顏對她說了不止一回，可魏盈芷還是含淚應下。「娘放心，我不會讓人欺負的。」

沈昕顏拉著她的手，仔仔細細地打量著她，用眼神描繪她的臉龐，像是想要把她牢牢地刻在心上。

「夫人，吉時快到了！」春柳在外頭提醒著。

沈昕顏回神，假裝不經意地別過臉去，偷偷拭了拭雙眸，這才起身，也不敢看她，啞聲叮囑道：「吉時快到了，蘊福也要來了，娘先去準備。」說完，低著頭快步走了出去。

魏盈芷望著她的背影，眼淚終於沒忍住，流了下來。

待蘊福「過五關、斬六將」，千辛萬苦地抵達正堂時，魏盈芷已經由魏雋航親手替她蓋上了紅蓋頭。

沈昕顏扶著大長公主，婆媳二人眸中都含著淚。

「殿下、國公爺、夫人，你們放心，我會一輩子好好待盈兒的！」蘊福跪在三人跟前，鄭重地許下了一生的承諾。

魏雋航親自將他扶了起來，沈聲道：「行動永遠比諾言更有說服力！」

蘊福點了點頭。「我明白，國公爺與夫人且看著便是！」

「四妹妹，來，二哥揹妳出門。」那廂，魏承釗抹了一把臉，走到魏盈芷身前，半彎下身子。嫡親兄長魏承霖不在府中，自然便應該由堂兄魏承釗揹她出門。

紅蓋頭下的魏盈芷紅著眼眶，正要伏到他的背上，突然，一陣大哭聲陡然響了起來。

「嗚哇哇！四姊夫，你、你別帶我四姊姊走……我、我以後再、再不淘氣了，也不說四姊姊壞透了……」魏承祥一邊哭，一邊大聲道。像是生怕蘊福真的會將他的四姊姊帶走一般，他邁著一雙小短腿「噔噔噔」地跑到魏盈芷跟前，緊緊地揪著她的裙裾不放手。

眾人被這一幕打了個措手不及，一時之間竟愣住了，也沒人想起去拉魏承祥。

「這小傢伙，真真是……」大長公主眼睛還泛著水光，可臉上卻已經揚起了笑容，朝著祥哥兒招招手。「祥哥兒，到祖母處來。」

「不、不要，祖母您讓四姊夫別帶四姊姊走……」魏承祥打著哭嗝，小手將魏盈芷的裙裾抓得更緊，一副生怕她會被搶走的模樣。

「這……」突然當了要搶走人家姊姊的壞人，蘊福摸摸鼻子，一時不知應該怎樣哄小傢伙好。

「四姊姊一定要和四姊夫一起才行，要不他怎麼是你的四姊夫呢？」魏承騏蹲下身子耐心地勸著魏承祥。

「那、那我和四姊姊一起，也跟著四姊夫行不行？」魏承祥哭得鼻子紅通通的，可憐巴巴地又問。

「哈哈，四妹夫，你這是娶一送一呢！」一旁的魏承越陡然爆發出一陣笑聲，引來楊氏沒好氣的一巴掌。

「瞎說什麼呢！」

魏承越摸摸被娘親打得有點痛的手臂，可臉上卻仍是忍俊不禁。

沈昕顏與魏雋航也是哭笑不得，魏雋航乾脆大步上前，一把將還在討價還價的小兒子抱了起來，捏了捏他紅通通的鼻子，哄道：「哭什麼呢？真真是傻孩子，改日讓你四姊姊把四姊夫帶回來不就得了？」

「可、可以嗎？」魏承祥抽抽嗒嗒地問。

「當然可以了！」魏雋航一邊哄他，一邊朝著魏承釗使了個眼色。

魏承釗心領神會，立即揹起魏盈芷邁出了門。

待魏承祥反應過來時，屋裡早就沒有了魏盈芷的身影，小傢伙扁扁嘴又想哭，眼淚都在眼眶裡打了好幾個轉，結果居然沒有掉下來。

「我不哭，我等四姊姊帶四姊夫回來。」

話雖如此，可他這要哭不哭的模樣著實可人疼，大長公主心疼得拉他到懷裡，心肝肉地直喚著。

英國公府與忠義侯府聯姻，兩府都設了宴席，京城各府人家乾脆便分兩路，一路到忠義侯府，一路到英國公府。

沈昕顏作為府中主母，自然不會太空閒，只略坐了一會兒便去招呼著賓客了。

「國、國公夫、夫人。」

她正忙碌著，忽聽身後有人喚，回頭一看，便見周莞寧有些不安地站在她身後不遠。

「周姑娘？」她有些意外。

這還是自避暑山莊之後，她頭一回見到周莞寧。

眼前的周莞寧，比她上回看到時明顯消瘦了不少，同時更添了幾分我見猶憐的味道。

「國公夫人，魏、魏大哥他、他是、是不是不會、不會再回來了？」周莞寧輕咬著唇瓣，深呼吸一下，結結巴巴地問。

沈昕顏定定地望著她，直望得她一張俏臉漸漸泛白，最終羞愧地低下頭去。

「周姑娘，妳一個姑娘家不應該問這樣的話，若是讓人聽到了，有損妳的閨譽。」沈昕顏平靜地道。

「我知道，可是、可是，他連一聲招呼都沒有打，就那樣走了，我、我不甘心……」周莞寧的眼眸瞬間氤氳了水氣，哽聲道。

沈昕顏沈默，片刻，搖搖頭道：「我不知，我也不知他什麼時候會回來。」

「是嗎？連您也不知道……」周莞寧的聲音帶著掩飾不住的失望，神情黯然。

「寧妹妹，妳怎的在這兒？讓我好找！」一名身著粉色長褙子的姑娘快步走來，拉著周莞寧便走。「姨母在尋妳呢……」

沈昕顏定定地看著她的身影消失在眼前，良久，輕嘆口氣。

西延某地樹林裡。

魏承霖滿身血污地躺在地上，月光照到他的身上，映出那一道深可見骨的刀傷。

他怔怔地望著夜空那輪明月，似是渾然不覺傷口的劇痛。

今日，是盈兒出嫁的日子，只可惜他這個親大哥卻無法揹著她出門。不過幸好，幸好她嫁的人是蘊福，蘊福必不會負她。

意識漸漸變得模糊，恍恍惚惚間，似是看到母親銜他溫柔地笑，似是看到父親驕傲地挺著胸膛道「有子如此，夫復何求」，又似是看到祖母慈愛地叮囑著他要注意身子。

最後，是白茫茫的雪地裡，父親如同孩子一般追逐著淘氣的釗哥兒、越哥兒、蘊福與妹妹；長廊裡，騏哥兒滿目羨慕，母親倚窗而立，而他，則是眉目含笑地站立一旁。

真好啊……

其實那個時候他也是想加入父親與弟妹們的嬉戲去的，可是為什麼最終卻沒有加進去呢？若是當時加進去了該有多好啊……

「……明日我便奏明陛下，將你調往西延城，此後無詔不得回京！」耳邊彷彿又響著父親嚴厲的聲音。他想，也許這輩子便是有陛下的詔書，他也無法回京去了。

終於，他的意識漸漸渙散，整個人徹底墜入黑暗當中……

「……小哥，這位小哥，你醒醒，醒醒，該吃藥了！」

迷迷糊糊間，似是有人不停地在他耳邊叫著，他覺得很吵，很想讓對方不要再叫，可是喉嚨卻像是火燒一般痛得緊。

「小哥、小哥，快醒醒、快醒醒！」那聲音鍥而不捨，好像不把他叫起來不甘休，甚至，他還感覺肩膀處有一隻厚實的大掌不停地輕輕推著他。

「小哥，醒醒，該吃藥了！小哥，快醒醒……」

他掙扎著，艱難地從喉嚨裡擠出一句。「好、好吵……」

「小哥，你醒了?!」對方的聲音中帶著相當明顯的驚喜，推著他肩膀的力度也不由自主地加重了幾分。

「你、你是誰？」他努力掀開彷若千斤重的眼皮，模糊間似是看到一張陌生的臉龐。

「醒了就好，來，快把藥吃了！」

那人沒有回答他，只是伸出手扶著他靠坐在床頭上，動作間牽扯到他身上的傷口，痛得他一聲悶哼，額上瞬間滲出了冷汗。

「抱歉抱歉，山野之人粗魯了些，你沒事吧？」對方歉意地問。

這一痛，倒是讓魏承霖清醒了許多，也讓他看清了眼前之人。

出現在他眼前的是一個年約四十來歲、作獵戶打扮的方臉中年男子，正關切地望著他。

他又打量了一番所在之處，見是一間再簡陋不過的茅屋，除了他躺著的這張一動就發出一陣「吱吱呀呀」聲音的老舊大木床外，也就屋正中央那張崩了一個角的四方桌，以及桌子旁邊兩張勉強算是完好的板凳了。

是這個人救了自己？

「小哥，先把藥喝了吧，喝了傷就會好得快些。」那大漢笑呵呵地將仍冒著熱氣的藥碗捧了過來。

魏承霖遲疑片刻，想了想，接過藥碗輕聲道了謝，一仰頭便將藥給喝了下去。

「小哥，我瞧你這打扮，想必是官府裡的人吧？可是去剿匪受的傷？唉，那位守備大人到底年輕，青峰上的那些人哪是這般容易能被剿滅的。」大漢嘆了口氣。

魏承霖沈默。的確是他輕敵了，否則也不至於險些連自己的命都丟掉。也不知來祿那邊情況如何？自己不見了蹤跡，想必他如今還在派人四處尋自己吧！

「小哥，你年紀輕輕的，若想幹一番事業，還是離了這西延，到別處去吧！這西延早就不是尋常人能待的了，除非當年的魏大將軍再世，否則這西延啊……難！」大漢好心勸道。

「魏大將軍？」魏承霖疑惑地望向他。這個魏大將軍，不會是他以為的那個魏大將軍吧？

見他問到「魏大將軍」，那大漢明顯精神一振，一雙眼睛都冒出了光。「魏大將軍你不知道吧？我阿爺年輕時曾是他麾下的兵士，當年魏大將軍大破九龍陣那場大戰，我阿爺也是有分參加的喔！戎狄人多狂妄凶狠啊，可遇到了魏大將軍，也只有認栽的分！還有慕容將軍，千里追擊戎狄大將巴勒圖，取下其項上人頭，那英勇勁兒，可恨我晚生了幾十年！」說到此處，大漢一臉惋惜。

魏承霖終於確定他口中的魏大將軍指的正是他的曾祖父，也是曾祖父那一輩，魏氏的威望達到了空前地步。

「……魏大將軍與慕容將軍聯手，這天底下便沒有打不勝的仗！」大漢一拍大腿，下了最後的結論。

「……爭風吃醋，不顧魏氏與慕容氏的同袍之義……」

父親當日的喝罵聲猶在耳邊，他有幾分恍惚，這才終於想起，魏氏先祖與慕容氏先祖曾是戰場上合作無間的將領。

曾經是戰場上彼此最信任的同袍，數十年之後，他們的後人卻因為爭風吃醋，彼此欲置對方於死地，若是先祖們泉下有知，只怕……

「說了這般久，小哥，我還不知道你貴姓呢?我姓屠。」那大漢拍了拍腦袋，笑著問。

「我……姓魏。」平生頭一回，魏承霖覺得自己竟然配不起這個姓氏，更不敢讓人知道，他就是那個魏大將軍的後人。

「你姓魏?可真真是巧了，都說同姓一家親，不定你與魏大將軍五百年前是一家呢!」那大漢哈哈一笑。

魏承霖勉強地笑了笑。

「魏小哥，你先在此好生治傷，我午後便到守備府去，讓他們過來接你。你是在守備府當差吧?」

「……是，多謝屠大叔。」

那大漢笑了笑，又叮囑了他幾句，這才離開了。

魏承霖躺在床上，想到昨夜那番混戰，自己一個多月來的佈置最終還是落得一場空，不但無法剿滅山匪，還打草驚蛇，只怕傷亡也不少。

此時此刻，他突然對自己的能力產生了強烈的懷疑。

他真的可以如祖父期待的那般，延續曾祖父時魏氏的輝煌嗎？自年少時起得到的那些讚譽，真的不是言過其實嗎？

他從來沒有哪一刻似如今這般沮喪，似如今這般陷入一種深深的自我厭棄裡。

他想，那些讚譽其實不過是因為他的身分，並非因為他的才能。而近些年他辦的差事，其實也算不得什麼大事，若是換了一個人，未必會做得比他差。

他這麼多年來得到的一切，不過是因為先祖的餘蔭、魏氏的光環罷了。可笑他竟然一無所知，還自以為聰明絕頂，焉知在旁人眼裡，他不過是一個可笑可悲之人罷了。

如今，除了那四名金令護衛外，他又擔上了不知多少條人命。

想到昨晚可能已經犧牲掉了的官差，他頓時一片絕望。

父親若是知道他又害死了這麼多人，只怕對自己更加失望了……

「世子。」

屋裡忽地響起了有幾分熟悉的低沈嗓音，他望過去，便見一身灰衣的來祿不知何時竟出現在眼前，對上他的視線時，臉上明顯一鬆。

「屬下來遲，請世子責罰。」來祿單膝跪在地上。

「起來吧，不怪你，是我自己沒用。」

來祿有幾分詫異地瞥了他一眼，隨即又低下頭去。

「昨夜，咱們死了幾個人？」

半晌，他聽到魏承霖啞著嗓子問。來祿沈默片刻，回道：「四人。」

魏承霖只覺喉嚨一甜，身子晃了晃，險些一頭栽到地上去，虧得來祿眼明手快地將他扶住。

昨夜參與剿匪的那些人，是他這一年來精心訓練出來的，如今不過一晚的時間便死了四人，教他……教他將來如何向父親交代！

鋪天蓋地的絕望席捲而來，他白著臉，身體不停地顫抖著，也不知是因為傷口痛的，還是因為那死去的四名官差而感到的悲憤？

最終，他眼前一黑，整個人昏迷了過去。

待他再次醒過來的時候，已經身在守備府中。

他強撐著身子，親自去看了那四名陣亡的官差。看著原本鮮活的人無聲無息地躺著，他雙唇微顫，卻是一句話也說不出來。

「屬下已經通知了他們的家人，如今他們的家人想必正在趕來的路上了，世子不如先去歇息一會兒？」來壽見他臉色著實難看，有些擔心地道。

「不必，我不要緊。」魏承霖搖搖頭。

見他堅持，來壽無可奈何，唯有扶著他到了隔壁間，總不能讓他一直這般對著四具遺體吧？

一陣陣呼天搶地的哭聲陡然從隔壁停放著四名陣亡官差的房間裡傳來，也讓始終坐著一動也不動的魏承霖心口一顫。

那一聲聲萬分悲慟的哭喊、痛不欲生的悲泣，如同一把把鋒利的匕首，直往他心口上插，一刀又一刀，刀刀不留情。

「世子？」見他煞白著一張臉，來壽擔心地輕喚。

魏承霖彷彿沒有聽到，整個人木然地坐著。也不知過了多久，隔壁的哭聲漸止，他才恍若夢囈般問：「你也是金令護衛吧？我害死了平硯他們四個，你想必也會如隔壁的那些人那般恨我吧？」

來壽怔了怔，沒有想到他竟會問出這樣的話，略沈默須臾才道：「屬下確也是金令護衛。但是，世子，這是不一樣的，平硯他們的死，和隔壁那幾人的死是不一樣的。」

「有什麼不一樣？他們一樣是因我而死。」魏承霖喃喃地道。

來壽皺了皺眉，也不知是不是他的錯覺，總覺得眼前的世子彷彿一夜之間失去了所有的自信，變得自我懷疑起來了。

「戰場上刀槍無眼，有所死傷在所難免，能跟去之人，都已是將生死置之度外的。可是，平硯他們……死得不值。」來壽坦然地回答。「金令護衛原為老國公的護衛隊，都是跟隨老國公征戰沙場之人，太平之世不願解甲歸田，自願留在國公府內，甘為一府護衛。老國公曾言，金令護衛乃戰場上之英雄，只為國家大義、百姓蒼生而死，除此之外，除非魏氏一族瀕臨滅族，否則不可輕易啟用金令。」

魏承霖久久不能言。這番話，他彷彿曾經聽祖父說起過，許是時間太長遠，又許是他從來沒有將這些話聽入心裡，只覺得金令護衛也是護衛，不過是武藝比尋常護衛高一些罷了，與府裡其他下人又有何區別？

只是，他卻沒有想到，護衛還是那個護衛，可啟用了金令指使他們為了自己的私怨動手，便是玷辱了他們數代人心中的堅持。

他想，父親罵他的那番話是對的，他確是不忠不孝，不仁不義，毫無家族大局之念，為了一己之私，枉送了忠士性命。

他甚至連一個山野獵戶都不如！

因為平硯等人的死，來壽心裡一直對他憋著一口氣，只是因為職責所在，不得不一路護著他到西延，如今終於將憋在心裡的那口怨氣吐了出來，整個人才覺輕鬆了不少。

再看魏承霖白得嚇人的一張俊臉，那張臉與過世的前任國公爺甚為相似，他微不可聞地嘆了口氣。

會愧疚還好，就怕他不知悔改，如此才是辜負了國公爺的一番心血。

「世子可知當年國公爺險些墜崖是何人所為？」

魏承霖的心裡正如翻江倒海一般，又聽他突然問自己，不禁怔了怔，好一會兒才想起來。當年父親坐的馬車曾經遭受意外，整個人險些墜下山崖，若非母親與他及時趕到，只怕後果不堪設想。如今聽來壽這般問，難不成當年那事並不是意外？

「是、是何人？」當年他年紀尚小，有許多事都不甚瞭解，如今細一想，那件意外本就帶有許多詭異之處。

「是宮裡的周皇后私自與誠王做了交易，周皇后協助誠王放走誠王世子，誠王助她除去國公爺。」來壽回答。

魏承霖顫著唇又問：「皇后娘娘與父親有何恩怨，為何要置父親於死地？」

「世子可還記得當年忠義侯的冤案？」

「自然記得。」

「因為侯爺一案，當年仍為王妃的貴妃娘娘被先帝滅口，是國公爺拚死救下了她，這麼多年與陛下竭盡全力隱瞞她仍在世的消息。後來王妃娘娘回宮成為瑞貴妃，宮裡的皇后會如何想，又會如何恨救了貴妃之人？世子是個聰明人，自然不必屬下多言。」

魏承霖身子晃了晃，觸動身上的傷口，痛得他整張臉都帶了幾分扭曲，豆大的冷汗一滴一滴滾落下來。

是周皇后，是周皇后欲對父親下殺手！

「周懋周大人這麼多年來一直暗中替陛下做事，當年若非被周皇后之事牽連，他如今又豈會只是區區一個鴻臚寺卿？哪怕嫡庶有別，可總也是親姊弟，又哪能事事撇得清？」來壽意有所指。

魏承霖不是蠢人，一聽他這話便明白了，慘白的臉又難看了幾分，本就千瘡百孔的心又被他這番話接連扎了幾刀。

周皇后與周大人撇不清，因為他們同宗同族，又是一房的親姊弟，陛下縱然看在周大人多年的追隨上不去計較，可貴妃娘娘呢？太子殿下呢？

便是太子殿下同樣可以輕輕放下，那貴妃娘娘呢？明明是陛下的元配嫡妻，可那麼多年來不但無名無分，甚至連面都不能現於人前，更多年來一直深受兄長被冤的痛苦，好不容易回了宮，又遭受皇后娘娘的連番黑手，讓她怎能不恨？

可笑他卻對此一無所知，被情愛迷了眼睛，迷了心竅。

不，父親說的是對的，從來迷惑人心的不是美色，是人本身的無能與責任的缺失。這所有的一切，歸根到底，問題還是出在他自己身上。

他自私涼薄，毫無家族大局之念，因一己之私毀了魏氏與慕容氏的同袍之義，又連累了忠心相隨的府中護衛，莫說父親不會輕易原諒他，便是如今的自己，也無法原諒自己。

「受傷之事，不可告訴父親。」

見魏承霖久久不語，臉色更是白得像紙一般，搖搖欲墜的身體教人擔心不已，來壽正要喚大夫，便聽他這般吩咐自己。來壽頓了頓，最終還是點頭應下。「是。」

外間傳入來來回回的腳步聲，像是有人抬著什麼東西進進出出，他知道，必是那幾名官差的家人將他們帶回去了。

落葉歸根。不管在哪裡，便是死了，也要魂歸故里。

京城中的魏雋航夫婦並不知道在女兒出嫁的大好日子裡，他們遠在西延的長子卻經歷了一番生死。

魏盈芷回門這日，上自大長公主，下至年紀最小的魏承祥都盼長了脖子。

「爹爹，為什麼四姊姊還不把四姊夫帶回來呀？我粥都吃完了，娘說等我乖乖吃完了粥，四姊姊就會帶著四姊夫回來了！」久等不見四姊姊回來，魏承祥有些悶悶不樂。

魏雋航心裡也是急得很，只是面上卻不顯，聽到小兒子這般問，笑著彎下身子抱起他，捏捏他的臉蛋。「當爹爹不知道呢，昨日你便收拾好了包袱，說若是四姊姊不回來，你就要找她去！」

魏承祥認認真真地點點頭。「對呀，她若是不回來，我就找她去，把她帶回來！」一邊說，一邊掙脫他的懷抱，「噔噔噔」地跑了出去，不過一會兒的工夫便抱著他昨日收拾好的小包袱進來了。

看著小小的孩童似模似樣地抱著小包袱，一副要出遠門的模樣，沈昕顏沒忍住，笑了出來。「來，讓娘瞧瞧祥哥兒都收拾好了什麼？」她朝小傢伙招招手。

小傢伙又「噔噔噔」地跑到她身邊，乖巧地將手上的小包袱遞給她，奶聲奶氣地道：

「我帶了小老虎和桂花糖，等見到了四姊夫，我把桂花糖送給他，讓他把四姊姊還給我；如果他不肯，我再把小老虎也給他。」

「哈哈哈，你這小子是打算賄賂你四姊夫呢！」魏雋航朗聲大笑，待湊過去一看，包袱裡果然放著春柳給他做的布老虎，以及一包包得嚴嚴實實的桂花糖，他又忍不住笑了。

大長公主擦了擦笑出來的淚花，招手讓魏承祥到她身邊去，摟著他用力親了一口。「祖母的小心肝喲，怎的就這般可人疼！」

屋裡氣氛正好時，一陣歡快的聲音從外頭傳了進來。

「四姑奶奶回來了、四姑奶奶回來了！」

沈昕顏一聽，下意識站了起來，迫不及待就要往外走，還是魏雋航一把拉住了她。

「四姑奶奶是誰？」魏承祥不解地歪著腦袋，大大的眼睛滴溜溜地轉動著。

「四姑奶奶就是小公子的四姊姊。」春柳笑著對他解釋。

話音剛落，小傢伙便如一枚小炮彈一般往外衝，大長公主想要拉住他，可小傢伙跑得太快，她一時竟拉他不住，眼睜睜地看著他一頭撞上正牽著魏盈芷進門的蘊福。

蘊福低頭一看，便見雙腿被小傢伙抱住了，他正要說話，又見小傢伙「呀」了聲，立即鬆開了他，轉而撲向他身邊的新婚妻子。

「四姊姊……」愛嬌的甜糯聲隨即便響了起來。

一進門便受到弟弟熱情的對待，魏盈芷心裡高興極了，蹲下身子捏捏弟弟肉嘟嘟的臉蛋，又忍不住親了親，這才笑著道：「祥哥兒想姊姊了？」

「想，可想了！四姊姊，妳不要跟四姊夫走，還留在家裡跟以前一樣好不好？」魏承祥摟著她的脖子直撒嬌。

「來來來，讓四姊夫抱抱！」生怕魏盈芷會順口應下，蘊福忙不迭地將魏承祥抱了起來，一直將他抱了進屋，對上滿屋子的親人。

「殿下、國公爺、夫人。」他習慣性地行禮喚。

話剛出口，大長公主便笑道：「還喊殿下呢，這稱呼是不是該改改了？」

他俊臉一紅，難得地帶了幾分羞意，可還是老老實實改了口。「祖母。」得到了大長公主響亮的應聲後，他又朝著魏雋航與沈昕顏喚道：「岳父大人、岳母大人。」

魏雋航哈哈一笑，拍了拍他的肩膀。「好女婿！」

沈昕顏笑盈盈地看著這對翁婿，目光最終落在女兒身上，見她氣色甚好，眼神總是不經意地飄落在蘊福身上，終於鬆了口氣。

這兩人自幼相識，一直吵吵鬧鬧地長大，只是有時候距離太近了反而不易看清心意，她就怕自己這個性子有幾分大剌剌的女兒不經意間會傷了別人的心。

如今看來，這對小夫妻倒是將日子過得不錯。

「蘊福待妳可好？」雖是這般想著，可母女倆獨處的時候，沈昕顏還是不放心地問。

「挺、挺好的。」魏盈芷俏臉一紅，略帶有幾分不自在地回答。
「那趙府那些人呢？可有為難妳？」沈昕顏又問。
「他們倒是想，也不瞧瞧我可是那種能輕易被欺負的？」魏盈芷冷哼一聲。
「可是發生了什麼事？」沈昕顏不放心地追問。
「也沒什麼，不過是有些人想仗著輩分給我一個下馬威而已。」魏盈芷不以為然。
「是趙夫人彭氏？」沈昕顏一聽便明白了。
「除了她還會有哪個？不過是當年過繼不成，心裡一直憋著一口氣，可又不敢對名正言順的蘊福做什麼，大概瞧著我剛過門，新媳婦臉皮子薄，想著先壓一壓，日後也好拿捏吧！」魏盈芷隨手給自己倒了杯茶，又替沈昕顏續了茶水。
「妳沒與她起什麼衝突吧？」沈昕顏有些擔心。
「娘放心，我都有分寸，她也只敢綿裡藏針、含沙射影地說幾句。我裝傻充愣，要不就扯開了皮直白地問她，她是個要臉面的，自然不敢承認，最後倒把她自己給憋得半死。」
沈昕顏想了想女兒這直來直往的性子，略想像了一下當時的場面，有些好笑地輕戳了戳她的額。「人家來暗的，她偏要來明的，偏有些話還真不能當面說開，如此一來，可不是把說的人給憋死嗎？「不定人家在背地裡取笑妳是個二愣子呢！」她打趣道。
魏盈芷笑了起來。「二愣子便二愣子吧，反正她們也占不了我便宜！是她們總想著從我這裡拿好處，難不成我倒還要哄著她們？」

知道她心裡清著，沈昕顏便也放心了。

「進宮的時候，貴妃娘娘可有說什麼？」

「也沒什麼，不過是些祝福的話，讓我與蘊福好好過日子。」頓了頓，魏盈芷的語氣便添了幾分悶悶不樂。「反正我這輩子的性子也就這樣了，學不來八面玲瓏……」

貴妃娘娘當初相中的姑娘是鎮國將軍府的大姑娘慕容文嫣，那人才真真是個八面玲瓏的性子，凡是見過她的沒有不說她好的。可自己卻不喜歡她，總覺得她笑得一點兒也不真誠，還不如她那個直腸子的妹妹慕容文琪討喜，偏偏長輩們明顯更屬意慕容文嫣。

進宮的那日，貴妃娘娘雖然一如既往的親切和藹，可她卻明顯感覺得到，貴妃娘娘對著自己的笑容沒有如以前那般，像是發自內心的歡喜。

魏盈芷大約也猜得出這當中變化的原因，許是因為蘊福沒有要她相中的慕容文嫣，而是堅持娶了自己。

沈昕顏沒有錯過她臉上那一閃而過的黯然，略思忖須臾便猜到了，柔聲道：「世間事哪有什麼十全十美的？娘娘是個明白人，她既同意了這門親事，那便是認可了妳，至於其他的，妳也不必放在心上，只安心與蘊福過日子便是了。」

「我明白。」魏盈芷點點頭，也不過多糾葛於此了。

母女倆說著悄悄話，書房裡的蘊福卻被魏承祥給纏上了。

「四姊夫，這個桂花糖可好吃可好吃了，你嚐嚐！」魏承祥一隻小胖手抓著一塊桂花糖便往蘊福嘴裡塞。

蘊福避之不及，唯有張嘴含上，甜滋滋的味道頓時便充斥口腔。

「好吃嗎？」小傢伙眨巴眨巴眼睛，一臉期待地問。

蘊福頷首。「好吃，多謝祥哥兒。」

「那這個我都給你！」魏承祥相當大方地將手上那包桂花糖一股腦兒地往他懷裡塞。

向來護食的小傢伙這回居然這般大方？蘊福頓時有些受寵若驚，恍然不覺一旁的魏雋航那看好戲的表情。

「多謝祥哥兒！」雖然他已經過了愛吃甜食的年紀，可是小孩子的一番心意是不能拒絕的，故而他還是相當感激地接住了那包桂花糖。

果真是不一樣的啊，從蘊福哥哥變成四姊夫，這待遇立即便升了好幾個級別！蘊福喜滋滋地又取了一塊往嘴裡塞。

「你吃了我的桂花糖，那四姊姊便要還給我了喔！」魏承祥下一句話害蘊福險些讓口水給嗆住了。

「什、什麼？」他不明所以。

「你吃了我的桂花糖，四姊姊就又是我的了，不准你再搶她走！」魏承祥氣哼哼地瞪他。

「這個……」蘊福終於醒悟，含在嘴裡的糖嚥也不是，吐也不是。

魏雋航再忍不住笑出聲來，對他投過來的求救視線只當作沒看到。「吃了我家祥哥兒的糖，就是要把四姊姊還給祥哥兒，對吧？」

「對對對，爹爹說得對！」魏承祥將小腦袋點得如同小雞啄米一般，大大的眼睛閃閃發亮，小嘴抿了抿，很快便揚起了歡喜的笑容，下一刻，屁顛顛地往外就跑。「我找四姊姊玩去！」

「祥哥兒，你等等！等等……」蘊福一見，隨即追了上去。

魏雋航見狀，哈哈大笑。

這日，忠義侯府這對新婚夫妻回府前，費力哄著死活抱著姊姊的腿不讓走的魏承祥……

次日，用過午膳後，沈昕顏帶著兒子到園子裡散步消食，不經意間見春柳正與府內丫頭說著話，待她走到身邊時，隨口問道：「可是有什麼事？」

「慧姑娘的親事要訂下來了。」春柳回答。

沈昕顏怔了怔，訝然地望向她。「不知訂的是哪家的公子？」

「訂的這家人，夫人想必有些印象，正是上回臨時反悔拒了大公子親事的陳家！」提到陳家，春柳還是有些不高興。

「原來是他們家，倒是不錯的人家。」沈昕顏想了想，又問：「訂的是陳家哪位公子？」

「陳三公子，太子妃的表弟。」

沈昕顏眉間帶有幾分憂色。「陳三公子人品、才學如何？大哥可曾使人細細打聽過？」

不過再一想，只怕兄長也認為這陳家是相當不錯的人家，他們家替自家公子求娶女兒，想來也沒有考慮太多便答應了，畢竟沈慧然的親事可是再不能拖的了。

「想來也不會太差，伯爺只得慧姑娘一個女兒，哪會不仔細挑選著？夫人便放心吧！」

「我就怕他心裡著急，只覺得這陳家門第不錯，便急急地訂下來了。」

待晚間魏雋航歸來時，沈昕顏便不由得向他打探陳家三公子。

「夫人放心，這門親事結得過，陳家家風清正，陳家三公子才學雖不及其兄，卻也是個踏實的孩子，堪為良配。」魏雋航回答。

「陳家那樣的門第，又有太子妃的一層關係，如何這般突然會到伯府提親？」沈昕顏還是有些放心不下，只覺得這門親事來得太過於突然，不是不好，而是太好了，總讓她的心像是懸著一般。

「伯府門第並不低，慧兒又是唯一的嫡女，品貌雙全，又在妳身邊教養多年，舉止、氣度不遜於任一名門世家之女，這幾年上門求娶的人家並不在少數，只是大舅兄左挑右選總是放心不下，這才一拖再拖；且陳老夫人是個有眼光的，替孫兒選中慧兒並不奇怪。當然，這也不排除她想通過婚事與妳、與咱們府緩和關係的緣故。」魏雋航向她分析著。

上回大長公主本與陳老夫人私底下達成了兩府聯姻的共識，不承想待官媒上門時，陳府卻一再拒親，雖然事出有因，但到底是出爾反爾，心中總是難免有幾分愧疚，因此兜了個彎求和並沒有什麼好意外的。

沈昕顏想了想，也覺得他所說的確有幾分道理。

「只要陳三公子是個好的，能真心真意待慧兒好，其他什麼都不重要。」沈昕顏嘆了口氣。其實姪女的親事也成了她的一樁心病。自從發生上回避暑山莊之事後，沈慧然已經明顯減少了到國公府來的次數，這半年來就更少了。

「這個妳便放心吧！以陳老夫人愛護兒孫的心意，若是陳三公子不點頭，她也不會輕易請媒上門的。況且，若不是真的相中了慧兒，陳家又豈會拋出一個嫡子來？」

「你說得對。」沈昕顏總算是徹底放下了心頭大石。

上輩子女兒與姪女先後離世，給她帶來了極為沈重的打擊，如今這輩子可以看到她們先後覓得好人家，她才算是真真正正安心，才覺得這輩子真的沒有白過了。

陳、沈兩家訂下兒女親事那日，沈昕顏特地回了一趟靖安伯府，看著喜形於色的兄長，再看看近些年來越發沈穩的姪兒沈峰，想到魏雋航對他的讚賞，她的嘴角不禁揚起了笑容。

「妹妹臉皮子薄，這會兒躲在屋裡不敢出來見人呢！」沈峰的妻子崔氏挺著四、五個月的大肚子笑著道。
沈昕顏輕笑，目光落在她的肚子上，笑容柔和。「快五個月了吧？這孩子可鬧妳？」
「還差半個月便滿五個月了。不瞞姑母，這孩子真真是個極鬧騰的，怕是出來之後也不是個省心的。」崔氏語氣無奈，臉上卻帶著笑意。
「看來必是個淘氣的小子了！」
「承姑母貴言。」
兩人說笑間，崔氏引著她到了沈慧然處，又略坐了一會兒便走了。
看著沈慧然臉上難抑的羞意，沈昕顏忍不住打趣了幾句，越發讓她羞得臉蛋更紅了。
「好了，姑姑不笑妳了，慧兒也是大姑娘了。陳三公子……妳姑父仔細打聽過，是個好的。」她輕輕拉著沈慧然的手，含笑道。
「那三公子，我、我是見過的……」沈慧然羞著一張臉，蚊蚋般道。
「見過？」這一下沈昕顏倒是意外極了。
「嗯，盈兒成親那日匆匆見了一面，只那時卻不知他是陳三公子。」
原來如此。看來這門親事是那陳三公子先瞧上，這樣更好，如此這親事便多了些純粹。
沈慧然坐了片刻便有丫頭奉了靖安伯之命來喚了她去。
沈昕顏在屋裡又坐了一會兒，忽有一陣風吹進來，吹動桌上的幾卷畫軸，撲啦啦地往地上掉。她上前去，一一將它們撿了起來。

也不知碰到了哪處，當中一卷陡然打了開來，她伸手過去正要將它捲好放回書案上，卻被畫中之人吸引了視線，只當她看清畫中人的容貌時，臉色頓時一變。

畫中描繪的是一位年輕男子，男子面容俊朗，眼角眉梢帶著微不可見的笑意，正正是她的長子魏承霖！

沈慧然在她身邊多年，她自然認得出沈慧然的筆跡，故而這幅畫，她只一看便知道是出自何人之手。

為什麼？為什麼慧兒會藏有霖哥兒的畫像？她雖非畫中好手，可也能從畫上每一筆中看得出，作者對畫中人所蘊含的縷縷情意，以及那絲欲說還休的幽怨。

一個念頭陡然生起，她的瞳孔猛地收縮。

慧兒她對霖哥兒……會嗎？應該不會吧？這些年慧兒雖然有不少時候是在國公府，但與霖哥兒見面的次數並不多，單獨相處更是從來沒有之事，對這一點，她還是很確信的。

可是，手上這幅畫卻響亮地搧了她一記耳光，讓她清楚這一切都是真的，她的姪女確實對她的長子生出了那種心思，而這一切更與上一輩子重合！

「姑——」沈慧然走進來，乍一看到屋內之人手上攤著的那幅畫時，臉色劇變，想要說些什麼解釋，卻是一個字也說不出來。

第三十章

「是什麼時候之事？妳、妳為何從來不曾……」沈昕顏不知該怪自己終究仍是大意了，還是應該感嘆沈慧然將心思掩飾得太好？不但是她，便連與她朝夕相處的魏盈芷，甚至貼身侍候她的侍女珠兒也沒有察覺她的這番心思。

沈慧然俏臉煞白，隱藏多年的秘密一朝被人揭穿，揭穿她之人，還是她最敬重的姑姑，教她頓時無地自容，只恨不得挖個地洞將自己埋起來。

「姑姑，我……」她結結巴巴的，不知該從何解釋，唯有緊緊抿著唇，再不說話。

姑姪二人相對而立，壓抑的沈默縈繞兩人周遭。也不知過了多久，沈慧然才苦澀一笑，輕聲道：「我也不知道是什麼時候開始的？只待我發現之時，已經來不及了。我知道，承霖表哥那樣出色的男兒，心悅他的女子何止我一個？我更清楚，不管是姑姑您，還是大長公主殿下，都不曾想過讓承霖表哥娶我。而我，也貪戀在國公府裡的溫暖，唯有將滿腹的心意壓下，不敢讓任何人發現。」

想到避人耳目地偷偷關注意中人的那段心酸又暗自歡喜的日子，她的眼中不知不覺地泛起了水光。

她知道自己配不上那般出色的表哥，長寧郡主也好，謝家姑娘、陳家姑娘也罷，都不是她比得上的，也只有那樣人家的姑娘，才能堪配那個人。而她，除了默默地關注著他，當他一輩子的表妹之外，再沒有別的。

「不過，姑姑您放心，我都已經放下了，那年從避暑山莊回來不久，我就已經學會慢慢放下了。陳三公子是我自己選的，若沒有我的同意，爹爹是不會輕易同意親事的。」她深深地吸了口氣，揚起了一個帶淚的笑容。

沈昕顏眼神複雜地看著她，很想告訴她，她也好，大長公主也罷，都沒有認為她配不上長子。

「這幅畫我是打算找出來燒掉的，沒有想到居然讓姑姑看到了。不過也好，藏了這些年，直到今日我才算是覺得輕鬆了。」

暗自戀慕一個不會屬於自己的人著實不好過，尤其是那個人的視線從來沒有落到自己的身上。她壓抑著自己，無助地看著心底的那絲情意生根發芽，越長越大，卻是束手無策。

一直到後來，她發現自己心悅的那個人，已經有了一個喜歡到非卿不娶的姑娘，她便知道自己是時候放棄，是時候將那棵「情樹」從心裡挖出來了。

畢竟，她的年齡已經不允許她再這樣拖延自己的婚事，而心裡念著另一個人去嫁人，這樣之事太失厚道，也對她未來夫君太不公，她做不出來。

將埋藏心裡的秘密道出後，她覺得輕鬆了，也準備好迎接她最敬重的姑姑的責罵。

可沒有想到的是，她卻聽到這麼一句話——

「妳是我親手帶大的，天底下沒有什麼男兒是妳配不上的，這一點，妳一定要記住！」

「姑姑……」她陡然瞪大了眼睛，愣愣地望著神情平靜的沈昕顏，眼中甚至還帶著幾分淚意。

沈昕顏嘆息著上前，溫柔地替她拭去眼中的淚水。

「妳不必妄自菲薄，沒能回饋妳的心意，是霖哥兒沒有福氣。」

「姑姑……」沈慧然嗚咽著，終於潸然淚下。

誰也不會知道，比起被人發現她對表哥懷有的那種心思，她更怕從一向疼愛她的姑姑眼中看到失望、看到厭惡。

「把眼淚擦一擦，從今往後，過去之事便讓它徹底過去。」沈昕顏邊替她擦淚邊道。

沈慧然搗著嘴用力地點頭，可眼淚卻如斷線的珠子一般不停地掉落。

許久之後，她才掏出帕子拭了拭眼淚，取起書案上那幅魏承霖的畫，毫不猶豫地用力一撕。只聽「嘶啦」一聲，畫卷被撕作兩半。

「姑姑，我知道自己想要什麼，更知道自己要珍惜的是什麼人。陳三公子是我未來的夫君，這輩子我都會將他放在心上，也只將他放在心上。」

「妳能這樣想便是真正成長了，姑姑也就放心了。」沈昕顏既欣慰，又有些悵然。

是一樣，又是不一樣。兩輩子，她最疼惜的姪女同樣喜歡上了她那個出色的長子。

可不一樣的是，這輩子的沈慧然沒有上輩子的執著，她學會了放下，知道了怎樣才能讓自己過得更好。

世間上最難之事，不是「拿起」，而是「放下」！

上輩子的沈慧然始終執著放不下，將自己困在情愛中出不來，在意中人已經娶妻後仍不肯放棄，甚至連身為伯府嫡女的驕傲與矜持都能放棄，只為在那人身邊求得一席之地。

她的這種執著就像是一把雙刃劍，最終傷害了自己，也傷害了關心她的人。

所幸這輩子她終於學會了放棄，學會了善待自己，也學會了珍惜她應該珍惜之人。

從靖安伯府離開後，沈昕顏整個人都是輕鬆的。

身旁的春柳見她心情頗好，笑著道：「慧姑娘訂親，夫人總算是了了一樁心事，如今只等大公子回來，再娶個兒媳婦、生個白胖孫子，如此就可以過含飴弄孫的生活了！」

含飴弄孫？沈昕顏輕撫著鬢角，啞然失笑。原來她竟是到了該抱孫子的年紀了。

只是再一想到遠在西延的長子，她又嘆了口氣。只怕離抱孫的日子還有一段距離。

「好了，旁的先不說，妳的親事呢？就真的決定一輩子不嫁？」

春柳的親事也是她的一件頭疼事。人挑了一個又一個，可始終得不到她點頭。秋棠與夏荷孩子生了一個又一個，最大已經能挑起家事了，可身邊的這位卻始終毫無著落。

她急也急過，急起來甚至還罵過，可春柳依舊不動如山。

「哎呀，夫人說這些做什麼？我都這把年紀了，還嫁什麼人？日後給夫人的大胖孫子當個嬤嬤好了！」春柳一本正經地道。都這把年紀了，她自然不會再像小姑娘一樣，提到嫁人就害羞得不敢說話。

「這把年紀了，這臉皮也越來越厚了！」沈昕顏沒好氣地瞪她一眼。

這幾年春柳調教的丫頭也陸續可以獨當一面，她如今只一心替沈昕顏管著福寧院，其他侍候人的差事已經不大做了。

主僕二人正說著話，突然馬匹一聲長嘶，馬車驟然而停，兩人一個不注意，險些被摔出去。可儘管如此，額頭也重重地撞到了車廂，痛得沈昕顏眼淚都出來了。

「出事了、出事了！撞到人了、撞到人了！」

車外一陣雜亂的叫喊聲，讓被撞得七葷八素的沈昕顏心口一緊，連額頭上的痛楚也顧不得了，一把掀開車簾便問：「撞到什麼人了？快去瞧瞧可要緊？」

「不是咱們的車撞到人，是前面有人鬧市縱馬，驚了一輛駛過的馬車，把車裡的人給摔出來了！」很快便有侍從前去探個究竟。

「鬧市縱馬？簡直荒唐！那車裡之人可曾傷著？」

侍從遲疑了一下，上前一步，聲音略低了幾分。「應該不曾傷著，恰好三皇子經過，把人給救下了。」

沈昕顏訝然。

那侍從的聲音壓得更低。「我瞧著那馬車的標記，像是周大人府裡的。」

周府的馬車？沈昕顏有片刻的怔忡，腦子裡反射性地浮現起一張絕美的臉龐。

如果真的是周莞寧，這一回在眾目睽睽之下，只怕這「英雄救美」的佳話是切切實實地落實了。慶幸的是三皇子尚未娶妻，憑周懋如今的官位及元佑帝對他的看重，他的女兒當一個三皇子妃也不是不可以。

三皇子性情雖然有幾分魯莽，但是身為皇室中人，想要活得長久，最不需要的就是自以為是的聰明。

就是不知道三皇子的生母麗妃會有什麼想法？雖然周懋算是個有前途的，但他畢竟姓周，是周皇后的庶弟，娶了他的女兒會不會讓瑞貴妃另有想法，這一點麗妃想來還是要考慮清楚。她暗暗思忖著，額頭上的痛楚一陣陣襲來，她倒抽了一口冷氣，再也沒有心思去理會旁人之事。

魏雋航今日休沐，正抱著魏承祥教他寫字，聽到腳步聲抬頭一看，便見沈昕顏頂著額頭的紅腫走了進來，驚得他手一抖，在紙上畫下了重重的一筆。

「啊！壞了！」一見原本寫得好好的字被弄壞了，魏承祥噘著小嘴，很是不高興。

魏雋航將他放在太師椅上坐好，自己則快步朝著沈昕顏迎了上去。

魏承祥這時也看見娘親回來了，連忙從椅子上爬了下來，屁顛顛地跑了過去，響亮地喚：「娘！」

沈昕顏笑著摸摸他肉嘟嘟的臉蛋。

「這是怎麼了？額頭怎的這般紅？」魏雋航伸出手去輕輕撫著那處紅腫，手才剛剛碰到，沈昕顏便縮著避開他。

「別碰別碰，疼！」

「夫人，藥來了！」新提拔上來的侍女紫煙拿著藥，急急走了進來。

「可有把藥拿一份給春柳送去？」沈昕顏接過藥，順便又問。

「正準備送去。」紫煙回答。

「妳另拿一份藥給春柳送去，這裡不用妳侍候了。」魏雋航拿過沈昕顏手上的藥，吩咐紫煙。

「是怎麼弄傷的？出門一趟還能把額頭弄傷，這是怎麼一回事？」他一邊替她上藥，一邊問。

魏承祥則一臉緊張地盯著沈昕顏，一副擔心她會疼的表情。

「撞到車廂了，回來的路上也不知哪個缺德的竟在街上縱馬，馬受了驚，這才不小心撞上的。」沈昕顏的語氣頗為無奈，將路上發生之事一五一十地告訴了他。

魏雋航聽罷，濃眉緊皺。「鬧市縱馬，這性質委實惡劣，若查清是何人，必不能輕饒才是！」略頓了頓，他又問：「三皇子救下了周府馬車裡之人？可知道救的是哪一個？」

「這倒不曾細問。」沈昕顏接過兒子貼心地遞過來的濕帕子擦了擦手，見小傢伙眼睛閃閃亮，一副等著她表揚的表情，她微微一笑。「祥哥兒真是個乖孩子！」話音剛落，瞬間便見祥哥兒笑得眼睛彎彎的。

「娘，我幫您吹吹，吹吹就不疼了。」小傢伙拉著她，示意她坐下來，讓自己替她吹吹痛痛的地方。

沈昕顏笑著在湘妃榻上坐了下來，任由他鼓著腮幫子替她吹著額上的紅腫。

魏雋航含笑看著母子倆片刻，想了想，轉身走出去，喚來今日護送的侍從細細詢問。

待他再次回到屋裡之時，便聽到母子倆歡快的笑聲。

「三皇子救下的是周懋之女。」待魏承祥跟著他的奶嬤嬤離開後，他才皺著眉道。

沈昕顏了然。果然是她！「這回麗妃娘娘也不必頭疼兒媳婦之事了。」她半開玩笑地道。

魏雋航的濃眉皺得更緊，想到早前調查長子時順便查到的那些事，片刻，揉揉額角。

「這位周姑娘可真真是……也不知她這算不算是倒楣？」

倒楣嗎？或許是，又或許不是，畢竟不是誰每回都能逢凶化吉的，她兩輩子認識的人當中，也就一個周莞寧而已。況且，是什麼人都能這般輕易被當朝皇子給救下的嗎？

所以周莞寧這奇怪的命格，她縱是活了兩輩子都想不明白。

她想，或許這大概便是戲文當中的「主角命格」？

「只怕宮裡有得鬧了，麗妃娘娘未必肯應下這門親事，但是陛下，也不會想要冷了忠心追隨多年的臣子的心。」魏雋航斟酌須臾，緩緩地道。

「陛下若是有意成全，麗妃娘娘再怎麼鬧也沒有用。」

「確是如此，若是陛下賜婚，麗妃再不高興也只能認下周姑娘。」魏雋航頷首。

「不過，你又如何這般肯定人家周大人就願意將女兒嫁入皇家了？」沈昕顏挑眉。

皇家的媳婦是那般容易當的嗎？上一輩子她只是給周莞寧添添堵，周懋夫婦便隔三差五地將長子叫去好好「談心」，周家兄弟倆也不時警告長子一番，若是換了皇家之人，只怕他們一家人倒不好那般出頭了。

「為何不肯？三皇子雖不能繼承大統，可若一輩子安安分分，一個親王的頭銜是跑不了的。況且，三皇子性情直率，行事也算是光明磊落，陛下三子當中，除了太子，便數三皇子得聖心了。縱是瑞貴妃娘娘和太子，對三皇子也頗有照應，更不提他在宮裡還有一個位分不低的母親。」魏雋航不解。

「雖說低頭娶媳抬頭嫁女，可這世間上也並非所有父母都樂意讓女兒高嫁的，我瞧著周大人與周大夫人未必願意。」沈昕顏道。

魏雋航想了想。「妳說的確有道理，只是，妳卻忽略了一點。這周姑娘的年紀已經不小了，如果我沒有記錯，她是比盈兒還要長一歲的。周懋再疼愛女兒，可也不能耽誤了她的終身大事啊！」

「人家父兄許是一點兒也不介意養她一輩子呢！」沈昕顏攤攤手。這話可不是她說的，是上輩子她數不清多少次從周家父子口中聽來的。

「嘴上說說而已，哪能當真。」魏雋航明顯也是聽過周家父子說過類似的話，一聽她這般說便搖頭道。

夫妻二人只說了一會兒便將此事拋開了，畢竟周家姑娘最終嫁不嫁三皇子，與他們都沒有太大的關係。

周府中，周懋頭疼地揉了揉額角，他身旁的溫氏眼睛則泛著淚。「街上那麼多人看見，這回可如何是好？難不成真的只能將阿莞嫁到皇家去了？」

夫妻這麼多年，周懋仍舊抵擋不住妻子的眼淚，見狀連忙哄道：「妳也莫要擔心，若是阿莞不願意嫁，誰也不能逼她。」

「可恨那魏承霖，撩起了阿莞的心思，卻又不告而別，半點音訊全無！」一想到那撩撥了女兒心思，卻又辜負了女兒心意的魏承霖，溫氏便氣到不行。

周懋同樣氣極，可不管他如何試探，都不能從魏雋航口中得到半點關於魏承霖的消息。西延千里迢迢，他又全無半點人脈在那處，縱是想要打探一二，也是有心無力。

「其實細想起來，三皇子也不失為一個好的女婿人選。」良久，他才若有所思地道。

「什麼？難不成你真的想將女兒嫁入皇家？」溫氏不可思議地瞪大了眼睛。

「妳不要急，且容我細說。」見她急了，周懋連忙安慰。「三皇子性情敦厚，並不是那等心思深沈之人，否則太子殿下不會親近他，瑞貴妃娘娘也不會容許他分去陛下的寵愛。況且，皇子成了婚便可離宮建府，沒有長輩一處，這日子便也自在些。」周懋細細分析著。

溫氏的眉頭漸漸舒解幾分。沒有長輩一處這一點著實是最好不過了。

不像她，頭上壓著一個不時拿孝道壓她的婆母，還有時不時給她添堵的妯娌，尤其是五房那個方氏，性子奸滑，甚有手段，進門不過一年便籠絡了不少人心，到後面連二房那一位都被她逼到了一邊去，更有甚者，初時堅決不同意她進門的婆母，竟然也被她籠絡了過去，什麼都聽她的，可著勁與自己作對。

如今偌大一個府邸，她這個唯一的誥命夫人，竟被方氏逼得連氣都透不過來，這日子還不如當初外放之時，好歹那會兒她還是府裡的當家夫人，不似如今這般，處處受人掣肘。

「大夫人，老夫人請您過去。」正感嘆間，便有侍女進來稟道。

又來了又來了！又不知聽了那方氏什麼慫恿，來找自己麻煩了！

溫氏煩不勝煩，卻又拿對方一點兒辦法也沒有，畢竟對方占著一個長輩的身分，不管做什麼，她也只能受著，否則一個不孝的罪名扣下來，他們這一房人只怕都得不了半分好。

周懋如何不知夫人的苦處？可他同樣被生父壓著，早已力不從心，哪還顧得上她？

隔得半月有餘，果如魏雋航所料想，因為三皇子與周莞寧之事，麗妃鬧了起來。

三皇子意欲娶周莞寧為正妃，麗妃卻只同意周莞寧為側妃，她相中的娘家姪女為正妃。

能。

沈昕顏聽到這個消息時愣住了，不管是她還是魏雋航，都沒有想過周莞寧為側妃這個可能。

她是壓根兒就沒這種想法，魏雋航則不認為以周懋在元佑帝跟前的分量，他的女兒只能當皇子側妃。

沈昕顏搖頭。難為麗妃能想得出這樣一層來。

麗妃娘家並不是什麼顯赫的家族，周家雖然沒了首輔，但周懋卻是位得元佑帝器重的能臣，便是太子對他也是相當禮遇，周莞寧更是他唯一的嫡女，怎可能會給三皇子當側妃？

麗妃這樣的念頭，必定讓周懋氣狠了。

「真真是愚蠢至極啊！」便是魏雋航也對麗妃無語至極。

果然是他高估了此人，難怪當年會被周皇后和淑妃當槍使，險些連累了三皇子，可見愚蠢不一定會隨著年齡的增長而改變的。

這哪裡是結親？分明是與周家結仇啊！

宮中母子倆各不相讓，到後來三皇子便直接求到了元佑帝處，請元佑帝為他與鴻臚寺卿周大人之女賜婚。

元佑帝並沒有同意，也沒有拒絕。

三皇子不死心，又求到了瑞貴妃處，倒讓瑞貴妃哭笑不得，也為難至極。

魏盈芷閒聊間將此事告訴了沈昕顏。

「貴妃娘娘可頭疼著呢，三殿下不去磨陛下和麗妃，反倒去磨著貴妃娘娘替他作主，麗妃得知了消息也去磨著貴妃娘娘，母子倆誰也不肯讓步，貴妃真是有苦說不出。」

沈昕顏啞然失笑，對瑞貴妃也是同情得很。

這種事外人怎可能插手？麗妃這對母子也真是讓人無可奈何。

「他們去鬧貴妃娘娘，陛下肯定心疼，娘您看著吧，過不了幾日，陛下便會有旨意下來了！」魏盈芷一臉肯定地道。

沈昕顏深以為然，卻覺得以周懋對女兒的疼愛，事情鬧至如今這地步，對這門親事必然已經起了反感。可又因為事情鬧到了這地步，周莞寧只能嫁給三皇子了。

「我聽說妳前不久整頓了內宅？」沈昕顏忽地問。

魏盈芷呆了呆，噘著嘴撒嬌地道：「怎的什麼也瞞不過娘！是有這麼一回事。其實也不是什麼大事，只是讓那些拿著雞毛當令箭之人看清楚，誰才是府裡真正的主子！」她微頓，冷哼一聲道。

「再怎樣她們也是貴妃娘娘的人，妳也得掌握好分寸，莫要讓蘊福難做。」沈昕顏早就想過了這個情況。

忠義侯府早前只得蘊福一個真正主子，蘊福身為男子，不會將精力放在內宅，而瑞貴妃派過去之人自然便生了優越感。

待魏盈芷嫁進去，名正言順地掌家，那些人失了手上權柄，當然心裡不平衡，雖然明面上不敢做什麼，但私底下必會整些麻煩出來。

可魏盈芷又哪是輕易肯吃虧之人？趙氏族裡那些人都拿她毫無辦法，她又怎可能被自己府裡的下人拿捏？當下毫不留情地出手整治，以雷霆手段徹底掌控住忠義侯內宅。

「娘您放心，此事蘊福也是支持我的，他比我還要惱呢，從來沒見過那般不知所謂的，給她幾分臉面，便真把自己當個人物了，連主子屋裡事也敢插手！」一想到這，魏盈芷就忍不住氣惱。

屋裡事？沈昕顏倒沒有想到這個。

魏盈芷氣呼呼地又道：「蘊福都沒說呢，她倒讓我給丫頭開臉，敢情婆婆早逝，貴妃娘娘在宮中，她倒把自己當成侯府半個太夫人了！」

沈昕顏一聽也惱了，臉色一沈。「確是不知所謂。此事妳不必擔心，便是瑞貴妃怪罪下來，娘也替妳擔著！」

「我就知道娘最疼我了！」聽她這樣說，魏盈芷的臉色頓時便緩和了下來。

再隔得幾日，確如魏盈芷所料，元佑帝正式下旨，賜婚三皇子與鴻臚寺卿周懋嫡女。麗妃與三皇子之爭，最終以三皇子的勝利告終。

消息傳來，沈昕顏心裡說不出是什麼滋味。

上輩子的兒媳婦，這輩子成了別人的，她不知道，若是遠在西延的長子得知他的意中人另嫁，心裡又會有什麼想法？

元佑帝下了聖旨，三皇子與周莞寧的親事便已沒有了半點回轉的餘地，哪怕周懋因為麗妃那番讓女兒為側妃的話氣得半死，連帶著對三皇子也開始看不順眼，可還是得憋著滿肚子的火氣籌備婚禮。

三皇子終於得娶那恍若夢中神女般的女子為妻，心情極度愉悅，對周懋的黑臉絲毫不以為忤，得了空便以請教公事為名往周府跑，實則只是為了多見他那未過門的妻子一面。

周懋與溫氏如何不知他的心思？一時又是好氣、又是好笑，只是心裡也終是鬆了口氣。

三皇子如此看重女兒，女兒嫁進去後日子想來也不會太差，只要三皇子肯護著，宮裡的麗妃也無可奈何，縱是存心為難，可到底不同住一府，許多手段也施展不來。

周莞寧神情恍惚地望向窗外。再過幾個月她便要出嫁了，可是她卻感覺不到半點喜悅。並非三皇子不好，只是因為他終究不是她心裡的那個人，又教她如何高興得來？

彷彿不過眨眼間的工夫，那個人不告而別便已經快滿兩年了……

沈昕顏沒有想到自己會遇上本應在府中待嫁的周莞寧。

這日得知許素敏身子抱恙，她便上門去探望，也不知是不是她的錯覺，總覺得許素敏的心情相當不錯，眼角、眉梢間的笑意怎麼也掩飾不住。

「可是有什麼好事？瞧妳歡喜得嘴角上揚，壓也壓不下來。」她有些好笑地問。

許素敏微微一笑，卻是一副神神秘秘的表情，一點兒也沒有為她解惑的意思。

「過些日子我得離開京城一段時間，我不在的時候，這京裡的生意妳便替我好生看著。」

沈昕顏有些奇怪。「替妳看著倒也沒什麼，只是聽妳這口氣，這離開的一段時間到底是多久？」

「至少要一年……不，還是兩年更好一些。」許素敏想了想，便給出了一個期限。

「兩年？要這般久嗎？」沈昕顏訝然。

「自然是要的。」許素敏臉上又綻開了笑容，這笑容太過於燦爛，簡直能把人的眼睛給閃得瞎了。

「到底有什麼好事，妳快與我說說！」沈昕顏實在沒忍住，拉著她的手直問。

許素敏嘻嘻一笑，神秘地道：「再過些日子我便告訴妳，如今還不是時候。」

沈昕顏無奈，也不再逼她。

許素敏又將她京裡的生意大略向她交代一番，見她一一用心記了下來，又道：「旁的也不敢煩勞妳這個大忙人，妳只得了閒之時偶爾替我巡巡鋪子、查查帳便可以了。」

「妳既信得過我，我自不會推辭。」

交代完後，許素敏又與她閒聊了一陣，這才親自將她送出了二門。

「可是國公夫人嗎？我家姑娘想與夫人說幾句話。」沈昕顏扶著紫煙的手正欲上車，忽聽身後有人喚自己，回過頭一望，便見一名十六、七歲的年輕姑娘正對著自己說話。

她略頓了頓，認出此人正是周莞寧那名為流霜的貼身侍女。

這樣看來，是周莞寧有話與自己說？她有些驚訝，順著流霜所指的方向望去，果然見不遠處的路邊停著一駕馬車。

雖然不知道周莞寧會與自己說什麼話，可鬼使神差的，她卻沒有拒絕，反而點點頭應了下來。

流霜見她同意了，一直緊懸著的心總算是落回了實處。

路上自然不會是談話的好地方，周莞寧明顯是有備而來，引著她到了一處幽靜的半山涼亭，兩人身邊的侍女遠遠地候著，亭子裡便只有這對上輩子的婆媳。

沈昕顏靜靜地望著眼前愈見纖弱單薄的女子，女子一身月白色襦裙，清風吹動著她的裙裾翻飛似蝶，如瀑的青絲隨風飄揚著，恍若即將乘風而去的天宮仙娥。

不管見過她多少回，沈昕顏還是驚嘆她這般出眾的容貌，那微微蹙著的柳葉眉，眉間那一抹淡淡的輕愁，教人見了都忍不住生出一股想要替她解決一切麻煩，以換她展眉一笑的衝動。

「夫人想必奇怪我尋您想說什麼？」兩人靜靜相視而立良久，周莞寧才緩緩地道，嗓音是一如既往的輕柔，更帶著一股天生的軟糯，煞是好聽。

「確是有幾分奇怪。」沈昕顏坦言。

「我這些日子想了許多事，想起了我與夫人初次見面之時，那還是在我七歲那年。」說到此處，她略微頓了頓，望向沈昕顏的眼神相當複雜。

沈昕顏平靜地迎著她的視線，靜候她接下來的話。

「我原以為是自己記錯了，可後來卻發現不是，夫人彷彿從第一次見到我，便對我有些敵意。幾年後再度相見，敵意雖然已經不存在了，可夫人每回對著我的時候，眼睛總是帶著防備。我自問從不曾得罪過夫人，更不曾傷害過夫人及您關心之人，甚至於因為魏大哥之故，我想著討您歡心尚且來不及，更不必說敢得罪您，何至於讓夫人防備我至此？」

沈昕顏心中一緊，卻是不知該說些什麼才好？

她更不知道，原來自己每次看到周莞寧時，眼睛裡都是帶著防備的嗎？

「……周姑娘即將嫁入皇家，還是莫要過多糾結於過往比較好，否則不定會給自己惹來不必要的麻煩。」最後，她只能這般道。

周莞寧低低地嘆了口氣，彷彿沒有聽到她這番話，繼續道：「夫人這般防備我，想必也是不會願意看到魏大哥與我一處，所以便與英國公一起將魏大哥遠遠送走，只為了分開我們嗎？」

沈昕顏雙眉不知不覺地皺了起來，對她這番話有些不悅，淡淡地道：「周姑娘多心了，犬子乃是奉了皇命離京赴任，與姑娘毫無瓜葛。」

「最近每個夜裡，我都在作一些零碎而又奇怪的夢，我原本不相信夢裡的一切，可那些夢境太過於真實，彷彿確確實實發生過一般。」周莞寧自言自語般又道。

沈昕顏已經沒有心思再逗留聽她的胡言亂語，轉身便要離開，才剛走出幾步，便聽身後的周莞寧幽幽地道——

「母親，您便當真恨我至此，為此不惜一切代價，要分開我與夫君嗎？」

如同一道驚雷在腦中炸響，沈昕顏整個人愣住了，不可思議地回過頭來，震驚地望向她。

「原來如此，原來夫人竟也作過那樣的夢，所以才會對我諸多防備。如此說來，那些夢中之事應是前世發生過的。」周莞寧的震驚不亞於她，一會兒覺得有些心酸，一會兒又覺得心裡泛起幸福之感，可最終，卻化為一聲聲不甘的質問。「您為何要這般對我？縱然是上輩子，您也是對我諸多挑剔，萬般不滿。可是，我又做錯了什麼？夫君心裡沒有沈慧然，是我的錯嗎？盈芷意外身死，又是我的錯嗎？您既然夢到前世事，那便應該知道，我與夫君情深意重，是不可分割的夫妻，您為何借著夢中記憶諸多阻撓，千方百計拆散我們?!」

沈昕顏心裡翻起了驚濤駭浪，不敢相信自己所聽到的，更不敢相信，眼前的周莞寧，竟然不知什麼時候擁有了一些屬於上輩子的記憶！

不過，她很快冷靜了下來，冷冷地望著滿臉忿恨不甘的周莞寧，不疾不徐地道：「周姑娘這些話是什麼意思？什麼前世今生，什麼上輩子、這輩子，難道是糊塗了不成？子不語怪力亂神。更何況，人死如燈滅，過奈何橋、喝孟婆湯，前塵往事皆化於無，說什麼夢中憶起前世事，周姑娘這些話簡直是荒謬！」

周莞寧被她訓得臉色一白，她本就不是善言辭之人，被她這麼一懟，頓時說不出話來。是這樣的嗎？難道一切真的是她的一場夢境，是她不願面對自己將要嫁給別人，故而才會有那樣的「美夢」？

不！不會的，那些夢那樣真實，夢裡的魏大哥待她是那樣溫柔，與現實中的他待自己一模一樣，又怎可能不是真的！

「您騙人，方才我喚您母親，您臉上的震驚是騙不了我的！」她深深地吸了口氣，鼓起勇氣對上對方。

「姑娘此話當真可笑，無緣無故被一個外人喊作母親，誰不會感到吃驚？更何況，這個外人還即將嫁入皇家，是當朝皇子未過門的正妃！」說罷，沈昕顏的臉色又沈下了幾分。「還有，姑娘還是注意些為好，這一口一個『魏大哥』地喚，若是讓人無端猜測，犬子的名聲倒也罷了，但連累了姑娘的清譽，那便是他的罪過。我府裡還有些事，恕不奉陪了！」扔下最後一句話後，沈昕顏再不久留，邁著步子離開。

只有她自己知道，她是以多大的耐力才讓自己保持著冷靜，才不會讓周莞寧再看出破綻。

不管上輩子如何，這輩子長子與周莞寧已是男婚女嫁，各不相干，她著實不希望在這個時候還橫生枝節。

「夫人！」紫煙見她從亭子裡離開，快步迎了上來。

「回府吧！」沈昕顏吩咐道。

車簾放下來的那一瞬間，沈昕顏才徹底鬆了口氣，也發覺自己的背脊竟然滲出了冷汗，便是掌心處，也是一片汗漬。

這輩子，她只想和所有姓周的離得遠遠的。兩府各自安好、互不干擾不好嗎？為什麼到了這個節骨眼，竟然讓周莞寧夢到前世事！

她不敢想像，若是周莞寧對那些夢境深信不疑，會做出些什麼來？

周莞寧怔怔地望著她離開的背影，整個人還是恍恍惚惚的，半天回不過神來。

是嗎，只是一場夢境嗎？可是，會有那般清晰、那般真實的夢境嗎？

她只覺得腦子裡一片混亂。一會兒像是有個聲音說，那些不是什麼夢境，而是上輩子真真切切發生過的事；一會兒又像是有另一道聲音反駁，哪有什麼作了一個夢便知道前世事的，還真真是作夢呢！

「姑娘，您不要緊吧？」流霜見她呆呆地站著不知反應，擔心地上前來扶著她輕聲喚。

「我、我沒事，沒事，沒事的……」周莞寧喃喃地回答。

西延守備府。

魏承霖滿身疲累地歸來。近幾月西延山匪越來越猖狂，他每日不是忙於練兵，就是帶兵剿匪，基本上都是卯時不到便要起來，到將要亥時才歸來。

可儘管如此，他卻絲毫不覺得日子難捱，每一日的所見所聞，都在刷新他的認知。

此處是完全不同於京城之地，沒有皇宮大族，沒有繁華精緻，可每人都在努力地求生存。京中的祥哥兒還能在父母身邊撒嬌淘氣，可西延這兒與他同齡的孩子，卻已經開始幫著家人做些力所能及之事了。

「大人，京裡來信。」

他痛快地換洗過，那廂下人已經將晚膳擺好，來祿便帶著從京城國公府裡來的信函進了來。

他順手接過，問：「留下一起用晚膳吧，也不必再多麻煩後廚一回了。」

來祿笑了笑。「來壽已經吩咐後廚給屬下留了飯，這回便不打擾大人了。」

魏承霖也不勉強，叮囑了他早些歇息，待他離開後，這才往嘴裡扒了幾口飯，隨手便將信函拆開。

是父親的來信。

父親在信上簡略地將京中形勢告知他，比如太子妃再度生下一名小郡主。接連生下兩個嫡女，朝中不少大臣已經開始暗暗準備奏請太子納側妃一事了；相反的，二皇子妃卻順利地生下了嫡長子。

再比如孫首輔接連決策失錯，已經引得陛下的不滿了。

也是離京的這段日子，他才發現自己的父親對朝政有著相當敏銳的洞察力，而他這個當兒子的，離此還有好一段距離。

信的最後，除了轉達祖母與母親的殷切關懷後，還有元佑帝賜婚鴻臚寺卿周懋之女為三皇子正妃一事。

他手上的筷子「啪」的一聲掉了下來，不可置信地瞪大了眼睛，來回數遍盯著那「周懋之女」、「三皇子正妃」幾個字。

他的雙手微微顫抖，臉色也有幾分發白，整個人怔怔地盯著手上的信，良久，發了一聲悵然的嘆息。

三皇子嗎？也是個不錯的人選……

這一日遲早會到來的，其實他心裡已經隱隱有了感覺。

他合著眼眸深深地吸了口氣，再度將視線投到信上，信的最後，詳細地寫明了三皇子與周莞寧的婚期，離今日只有三個多月的時間。

不知不覺間，他的眉頭擰了起來。

父親……這是何意？為何要特意說明婚期？

片刻，他心口一緊，瞬間便明白了這當中用意，臉色變得有幾分難看。

父親這是還不相信自己嗎？特意寫明了婚期，是讓他選擇是否要私下回京爭取他的姑娘？

他深深地覺得自己被侮辱了，心裡更是一陣說不出的難受。

他重重地將信函拍在膳桌上，胸口因為氣憤而急促起伏。

良久，他苦澀地勾了勾嘴角。

三個半月，若是他快馬加鞭的話，足夠他趕回京城實行「搶親」。

可是，他又怎麼可能會做出這樣的事？

賜婚聖旨已下，便是未曾行禮，可那也是板上釘釘的皇家媳婦，他又怎可能會因為一己之私，置整個國公府於萬劫不復之地。

英國公府內，自從與周莞寧見過面後，沈昕顏便有些心神不寧，每個夜裡，總會夢到上輩子死後她聽到的那些謾罵。

但與上輩子不一樣的是，這一回，連她的夫君、她的兒子也與她「同病相憐」。

接連數日難得安寢，她整個人便消瘦了幾分。

魏雋航自然也察覺到她的異樣，不禁關心地問了起來。

沈昕顏自然不敢將這些事告訴他，含含糊糊地扯了理由應付了過去，怕他再追問，連忙轉移話題道：「霖哥兒那邊也不知怎樣了？若是他……」

魏雋航深深地看了她一眼，在心裡給她找到了答案。原來是擔心長子得知周家姑娘嫁人後會有什麼出人意表的舉動。

「我已經去信將三皇子的親事告訴他了。」他平靜地道。

沈昕顏吃驚地望向他。「你、你告訴他了？」

「是，同時還將婚期也在信上跟他說了。」

「你、你為什麼要這樣？都這般久了，他心裡不定已經平靜了下來，你再去信跟他說這些，豈不是要攪亂他的心神嗎？若是他、若是他一時想不通……」沈昕顏有些急了。

「夫人，他已經長大成人了，不是當年那個只會在妳身邊撒嬌的無知孩童，他應該學會為自己作的每一個決定負責，否則，將來如何擔得起這滿府的責任？」魏雋航嘆息著道。

「他，畢竟還年輕……」沈昕顏澀然。

這兩年來，大長公主對長孫也由初時的氣憤慢慢變成了想念，如今京中與他同齡的男子陸陸續續都成了親，只有長孫，連個妻子的人選也沒有定下來。

她不止一回讓魏雋航將長孫叫回來，可每一回不是被魏雋航打個哈哈應付了過去，就是被他以祥哥兒轉移了話題。

一連幾回之後，她終於也怒了，直接將魏雋航給轟了出去。

三個月後，三皇子大婚，新娘子的十里紅妝引來京城一片驚嘆，只道這周大人對女兒竟是如此疼惜。

沈昕顏自然也到了三皇子府，看著那個一身大紅嫁衣的女子緩緩走了進來，在唱喏聲中拜過天地，最終送入了洞房，不和不覺間，鬆了口氣。

這輩子，也就這樣了吧？各自安好，互不干涉。以三皇子對她的喜歡，想來婚後也會一直善待她的。

翌日，京城裡便得到了一個西延傳來的消息。

西延城爆發大規模匪亂，守備魏承霖領兵剿匪失蹤，下落不明，生死不知。

消息傳來，大長公主一口血噴了出來，整個人徹底暈厥過去。

屋內頓時亂作一團，沈昕顏一把上前去，與徐嬤嬤兩人將她扶了起來，大聲吩咐著下人立即前去請太醫。

得到消息的魏雋賢、楊氏及各房小輩忽匆匆地趕了過來。

大長公主本就有了年紀，如何禁受得住這般沈重的打擊？太醫仔細診斷了良久，嘆息地表示她的病情不樂觀。

在場眾人的臉色頓時就變了。

沈昕顏心如刀絞，既擔心著下落不明、生死不知的長子，又為大長公主的病憂心忡忡。

大長公主這般情形，上一輩子她也曾經歷過一回，那是魏雋航出事的消息傳回來，再度白髮人送黑髮人的大長公主一病不起，勉強支撐了幾年，終於在魏承霖成婚後半年便撒手而去了。

這一世因為魏雋航的安然無恙，沈昕顏原以為她的壽數會比上一世長些，哪想到人算不如天算，長子這一出事，大長公主便又倒下了。

待得到消息的魏雋航匆匆從宮裡趕回來時，大長公主已經由太醫診治過，但仍然處在昏迷當中。

「那些消息可是真的？霖哥兒當真失蹤了？」他到屋裡看過大長公主後，才剛邁出來，沈昕顏便一把抓住他的手臂，忙不迭地問。

以魏承釗為首的小輩齊唰唰地望向他，等待著他的答案。

魏雋航臉色沈重，少頃，緩緩地點了點頭，嗓音沙啞。「是真的。」

沈昕顏身子一晃，險些一頭栽到地上，虧得她身邊的魏承騏及時伸手扶了她一把。

「二伯父，到底是怎麼回事，大哥怎會失蹤的？外頭那些話傳得莫名其妙，大哥不是守備嗎？前去剿匪必然帶著不少人馬，怎會好好的沒了蹤跡？」魏承釗追問。

魏雋航扶著沈昕顏落了坐，對上姪兒們擔憂的眼神，眸中閃過一絲悲痛。

就在方才，他也得到了來祿著人快馬加鞭送回來的信函。一個半月前，西延便已經爆發了匪亂，長子領著人馬剿匪，可惜寡不敵眾，在青峰山血戰了一日一夜，官兵傷亡慘重不說，他自己也身受重傷，最終掉落山崖，不知所蹤。

可這些，教他如何敢對母親、敢對妻子說？

如今的西延城早已大亂，山匪四處肆虐，民不聊生，官員多不作為，唯有長子這一年多來訓練的兵士在頑強抵抗。禍不單行的是，與西延相隔不遠的夷疆小國也在趁亂打劫。

見他不說話，沈昕顏心裡隱隱有了猜測，強忍著悲痛道：「你便直說吧，瞞得了一時，也瞞不了一世，再壞的消息我也能頂得住。」

魏雋航想了想，最終還是緩緩地將來祿送回來的信中內容一一道來。

沈昕顏慘白著一張臉，雙唇抖了抖，卻是半句話也說不出來。

「如今陛下已經著相鄰的省府派兵剿匪，蘊福方才在宮中也向陛下請旨欲往西延。」魏雋航緩緩地又道。

魏承霖下落不明，大長公主病倒在床，魏雋航為著長子之事一直早出晚歸，府裡也漸漸有些人心浮動。沈昕顏既要擔心著長子的下落，又要衣不解帶地照顧著大長公主，府裡諸事也離不得她，短短不過數日，她便迅速消瘦了。

待蘊福臨行前一日來向她道別時，她只是含淚叮囑了他幾句，別的卻是再也說不出來。

「我此去，只待尋著了承霖大哥便歸來，我不在的這段時間，盈兒便拜託岳母大人了！」說完，他深深地朝沈昕顏作了個揖，而後轉身大步離開。

大長公主這一病，宮裡的元佑帝與瑞貴妃也親自過問，更不時遣了太醫過府診治，奈何大長公主此乃心病所致，除非魏承霖能平安歸來，否則怕是難有起色。

自然，也有不少府裡的人家打著探望大長公主的名頭上門來，除了親近的人家。其餘的沈昕顏都逐一打發了。

三皇子夫婦上門拜訪時，沈昕顏正侍候著大長公主喝完藥。

這些日大長公主時而清醒、時而昏迷，但還是昏迷的時候更多，偶爾清醒過來，也只是抓著她的手直問「霖哥兒呢？霖哥兒可回來了？」。

沈昕顏勉強壓著心中的悲痛，柔聲地勸著她，只道霖哥兒很快便會回來了。大長公主昏昏沈沈的，沈昕顏也不知道她是否有將自己的話聽進去？

這時聽聞侍女來稟，說是三皇子攜三皇子妃上門探望大長公主。若來的是旁人，沈昕顏便打算打發掉了，可來的是三皇子，她自然不好將他們拒之於門外，唯有勉強打起精神前去迎接。

「魏大哥到底怎樣了？好好的他怎會失蹤，生死成謎？」待屋內眾人退下後，周莞寧一把抓住她的手臂直問。

沈昕顏又哪有心思再理會她，只簡單地道了句「暫無消息」。

「怎會如此……」周莞寧俏臉泛白，無力地跌坐在椅上，少頃，她猛地抬頭，眸中帶著強烈的怨恨。「都怪你們，若不是你們強硬地把他送走，他又怎會遭遇這等不測？妳怎能這般狠心，他可是妳的親生兒子啊！」

沈昕顏本就已經有些心力交瘁，如今也只是打起精神來招呼她，聽她這般指責自己，當下臉色一沈，一拂衣袖道：「三皇子妃若是前來指責我，那恕我不奉陪！」

言畢，她轉過身去打算離開。

周莞寧眼明手快地拉住她。「妳不能走，妳把話說清楚！為什麼妳要這樣做？妳必是還在怪他上輩子將妳送到了家廟去，所以這輩子心裡壓根兒也沒想著好好待他是不是？」

「放手！」沈昕顏用力拂開她，聽她字字句句都在指責著自己，也無心再去與她爭論什麼前世今生，只冷笑道：「我們母子如何，與妳又有什麼相干？三皇子妃如今為人新婦，嘴裡卻一直唸著別的男子，這樣是不是對三殿下太過於不公了！」

「妳敢承認嗎？妳敢承認妳心裡對他一點兒怨都沒有？妳敢承認這輩子妳對他的疼愛一如上一輩子嗎？」周莞寧卻不肯鬆開她，死死地盯著她，步步進逼。

沈昕顏頭痛欲裂。最近因為府裡之事，她每日歇息不到三個時辰，今日一早又忙著照顧大長公主，連早膳都沒有吃過幾口，如今又被周莞寧這般逼問，當即便怒了。

「我自問自己所做一切都是問心無愧，不懼任何人，便是有不盡之處，可如今妳卻是以什麼身分在指責我？因為妳作的那些奇怪而又零碎的夢？」

「妳承認了是不是？承認了妳也有那些記憶是不是？妳都是故意的是不是？因為想要報復！想要報復我們！」周莞寧越說語氣便越激動。

「報復？我為什麼要報復？又有什麼值得我去報復？你們？誰跟妳是你們？我若想報復

妳，這會兒便會請三殿下前來瞧瞧，瞧瞧他的新婚妻子是如何為別的男子憂心掛慮，徹夜難眠才是！」

周莞寧臉色蒼白，被她堵得一句話也說不出。

是啊，如今的她已經是別人的妻子，已經連替他憂心掛慮的資格都沒有了。

意識到這一點，她渾身無力地跌坐到太師椅上。

「不管怎樣說，妳的心裡必是對他有怨的，這一點，想必妳無法不承認。」良久，她才緩緩地道。

沈昕顏坦然道：「是，我對他有怨！我為什麼不能怨？便是對妳、對妳二哥周卓、對你們周家，我也是恨到了極點！所以，周莞寧，妳要恨，便恨上蒼為何多此一舉，讓我有了不該有的記憶？今生今世，我都做不到對妳心無芥蒂，妳若想報復什麼，儘管衝我而來便是！」

「夫人，殿下醒了！」紫煙急步進來稟道。

沈昕顏再無心理會臉色蒼白如紙的周莞寧，立即提著裙裾走了出去。

周莞寧怔忡須臾後，鬼使神差地也跟了上去。

——未完，待續，請看文創風696《誰說世子紈袴啊》4（完）

文創風 695

誰說世子紈袴啊 3

國家圖書館出版品預行編目資料

誰說世子紈袴啊 / 暮月著. --
初版. -- 臺北市 : 狗屋, 2018.11-
冊 ; 公分. --（文創風）
ISBN 978-986-328-936-4（第3冊：平裝）. --

857.7　　　　107016162

著作者　暮月
編輯　黃淑珍
校對　黃亭蓁　簡郁珊
發行所　狗屋出版社有限公司
地址　台北市104中山區龍江路71巷15號1樓
電話　02-2776-5889～0
發行字號　局版台業字845號
法律顧問　蕭雄淋律師
總經銷　知遠文化事業有限公司
電話　02-2664-8800
初版　2018年12月
國際書碼　ISBN-13　978-986-328-936-4

定價250元
狗屋劃撥帳號：19001626
網址：love.doghouse.com.tw　E-mail：love@doghouse.com.tw